THE GALAXY, AND THE GROUND WITHIN
Copyright © Becky Chambers, 2021

Publicado originalmente na Grã-Bretanha
em 2021 por Hodder & Stoughton, uma
companhia da Hachette UK

Fotografias da capa © Shutterstock.com

Os personagens e as situações desta obra são reais
apenas no universo da ficção; não se referem a pessoas
e fatos concretos, e não emitem opinião sobre eles.

Tradução para a língua portuguesa
© Flora Pinheiro, 2023

Diretor Editorial
Christiano Menezes

Diretor Comercial
Chico de Assis

Diretor de MKT e Operações
Mike Ribera

Diretora de Estratégia Editorial
Raquel Moritz

Gerente Comercial
Fernando Madeira

Coordenadora de Supply Chain
Janaina Ferreira

Gerente de Marca
Arthur Moraes

Gerente Editorial
Marcia Heloisa

Editora
Nilsen Silva

Adap. de Capa e Proj. Gráfico
Retina 78

Coordenador de Arte
Eldon Oliveira

Coordenador de Diagramação
Sergio Chaves

Designers Assistentes
Aline Martins/Sem Serifa
Jefferson Cortinove

Finalização
Sandro Tagliamento

Preparação
Rayssa Galvão

Revisão
Pamela P. C. Silva
Victoria Amorim

Impressão e Acabamento
Gráfica Geográfica

DADOS INTERNACIONAIS DE CATALOGAÇÃO NA PUBLICAÇÃO (CIP)
Jéssica de Oliveira Molinari CRB-8/9852

Chambers, Becky
  Uma galáxia multicor e os confins do universo / Becky Chambers;
tradução Flora Pinheiro. — Rio de Janeiro : DarkSide Books, 2023.
304 p.

  ISBN: 978-65-5598-309-8
  Título original: The Galaxy, and The Ground Within

  1. Ficção norte-americana 2. Distopia 3. Ficção científica
  I. Título II. Pinheiro, Flora

23-4636   CDD 813

Índice para catálogo sistemático:
1. Ficção norte-americana

[2023]
Todos os direitos desta edição reservados à
DarkSide® *Entretenimento LTDA.*
Rua General Roca, 935/504 – Tijuca
20521-071 – Rio de Janeiro – RJ – Brasil
www.darksidebooks.com

BECKY CHAMBERS

uma
galáxia
multicor
e os
confins
do
universo

TRADUÇÃO
FLORA PINHEIRO

DARKSIDE

*Para os estranhos
que ajudaram.*

Prólogo

HORÁRIO DE FUNCIONAMENTO

Mensagem recebida
Criptografia: 0
De: Equipe de Informações da Cooperativa Orbital
    de Gora (caminho: 8486-747-00)
Para: Ooli Oht Ouloo (caminho: 5787-598-66)
Assunto: Possível interrupção do serviço hoje

Esta é uma atualização da Cooperativa Orbital de Gora sobre a cobertura da rede de satélites entre as 6h e as 18h de hoje, 236/307.

    Faremos a manutenção e outros ajustes de rotina em uma parte da frota de energia solar. Esperamos evitar quaisquer interrupções no serviço, mas existe a possibilidade de que residentes e proprietários de negócios nos bairros 6, 7 e 8 (Sul) enfrentem diminuições ou quedas de energia temporárias durante o horário indicado. Nossa equipe de manutenção fará o possível para que isso não aconteça, mas, por favor, prepare-se para imprevistos. Recomendamos ativar e testar seu sistema de energia reserva com antecedência.

    Em caso de dúvida, sinta-se à vontade para entrar em contato com nossa equipe de informações por meio deste caminho de scrib.

    Agradecemos o apoio à cooperativa planetária local!

• • • • • • • • •

ouloo

Na Rede, o sistema tinha sido listado como Tren. A seção de ciência dos arquivos só era notável pela brevidade, já que até o astrônomo mais empolgado teria dificuldades para se animar com aquela seção solitária do mapa. A estrela homônima de Tren era comum, de meia idade, e, fora a poeira e os diversos detritos encontrados em qualquer sistema estelar, a única coisa em sua órbita era um planeta ressequido de tamanho insignificante, sem lua nem anéis, sem nada para colher, nada que valesse a pena minerar, nada para admirar durante as férias. Era só uma rocha com um fiapo desanimado de atmosfera agarrando-se mal e porcamente à superfície. O nome do planeta era Gora, o que em hanto quer dizer *inútil*.

A única coisa digna de nota sobre Tren e Gora era que, nas cartas de navegação, coincidiam de estar a uma distância intermediária favorável de cinco outros sistemas que atraíam muito movimento. Os túneis interespaciais desses portos mais vibrantes eram antigos, construídos com uma tecnologia que não tinha o alcance dos buracos de minhoca modernos. Naqueles tempos, os túneis não podiam se estender tanto, e as antigas rotas da era colonial harmagiana eram pontuadas por trechos curtos, de onde as naves podiam sair para o espaço normal antes de pegar a próxima etapa da viagem. Acabou que aquela pedrinha chata que girava em torno daquele solzinho monótono recebeu um uso: o de âncora entre os lugares que as pessoas de fato queriam visitar.

O tráfego em uma central de túneis como Gora era complicado, pois as idas e vindas por buracos de minhoca tinham que ser meticulosamente rastreadas. Sair de um túnel e entrar no seguinte sem qualquer tipo de regulamentação era a receita perfeita para um acidente, ainda mais se você entrasse em um túnel que ainda estivesse com outra pessoa dentro.

Como era o caso nesses lugares, Tren estava sob supervisão da Autoridade de Trânsito da Comunidade Galáctica. Para entrar ou sair, qualquer nave tinha que apresentar primeiro um plano de voo indicando a hora de chegada, o ponto de origem e o destino. A Autoridade de Trânsito então concederia acesso ao túnel de destino específico e atribuiria um horário de partida. Atravessar o espaço normal de um túnel até o outro só levava algumas horas, mas as esperas no sistema Tren quase nunca eram curtas. Era comum haver uma escala de pelo menos metade de um dia, a não ser em casos de tráfego anormalmente leve. Assim, o planeta solitário ganhou muito mais companhia ao longo das décadas. Gora era repleta de cúpulas de hábitat, cada uma contendo diversões e serviços de gostos variados: hotéis, lojas de tecnologia, restaurantes, oficinas, mercearias, vendedores de simulações, vendedores de coice, vendedores de estouro, jardins, casas de *tet* e piscinas, tudo para atender aos espaciais cansados que precisavam de um pouco de gravidade real e uma breve mudança de ares.

Uma dessas cúpulas, em uma planície no hemisfério sul, rodeava um estabelecimento de tamanho modesto. O nome — pintado em uma guirlanda de vários idiomas na placa do lado de fora — era Cinco Paradas em Uma.

A missão de vida autodesignada de Ouloo era fazer você querer pousar lá.

Como sempre, ela acordou antes do amanhecer. Seus olhos se abriram naturalmente na escuridão, o corpo há muito acostumado a sair do sono naquela hora exata sob aquela luz exata. Ela se espreguiçou no ninho de travesseiros amontoados na alcova, ergueu a cabeça que estivera descansando sob a perna traseira e tirou o pelo da frente dos olhos. Então, estendeu a pata e desligou o alarme desnecessário (nem conseguia lembrar o som que ele emitia).

Ouloo dobrou o longo pescoço para o quarto e viu que a alcova em frente estava vazia.

"Tupo?", chamou. Ê filhe não costumava acordar tão cedo. Em sua memória recente, todas as manhãs tinham começado com uma guerra pré-adolescente, cada uma mais tediosa que a outra. Ouloo sentiu uma leve esperança surgir, uma fantasia de que Tupo havia se levantado sozinhe, começado a fazer suas tarefas, e talvez até *cozinhado*.

Ouloo quase riu de si mesma. Não havia a menor chance.

Ela atravessou o quarto, entrou em seu armário de tosa, trancou-se no compartimento espaçoso, colocou os pés em cada uma das quatro marcações e apertou um botão com o nariz. Ela suspirou quando um grupo de máquinas inteligentes começou a trabalhar, penteando e enrolando, lavando e enxaguando, massageando suas patas e limpando suas orelhas delicadas. Ela adorava essa parte da manhã, mas sentia falta dos dias antes de Gora, quando sua rotina matinal incluía sabonetes perfumados e pós de ervas. Mas, como anfitriã de um estabelecimento multiespécies, Ouloo sabia muito bem que cheiros que ela achava maravilhosos poderiam desencadear reações adversas, que iam de alergias a ofensas, e ela valorizava a satisfação de seus clientes exponencialmente mais do que a indulgência passageira de uma espuma fragrante de ervas da primavera. Ouloo era uma mulher que levava os detalhes a sério, e, para ela, nenhum detalhe era pequeno demais — não quando o assunto eram seus clientes.

"Tupo?", chamou de novo. Devidamente arrumada, Ouloo saiu do armário e seguiu pelo corredor que ligava o quarto aos outros aposentos. A casa não era grande nem chique, mas era perfeita para es dues, e não precisavam de nada maior do que isso. Não era típico laruanos viverem em um grupo tão pequeno — se é que dois indivíduos contavam como *grupo* —, mas Ouloo não pensava em si mesma como alguém "típica". E se orgulhava disso.

O corredor tinha uma fileira de claraboias que davam para uma vista sempre movimentada. Tren mal começara a brilhar, mas o céu estava claro, cintilando com satélites, orbitais e um desfile constante de naves decolando, pousando, indo de um lado a outro. Passando por uma janela, Ouloo notou que a pintura da plataforma de transporte estava precisando de retoques. Adicionou a tarefa mentalmente à lista de Tupo.

A cena que viu no final do corredor deixou seus cachos frescos em um arrepiado raivoso.

"Tupo!", ralhou Ouloo. Fechando as pálpebras, ela suspirou. Ainda se lembrava do dia, muito tempo atrás, em que olhou para dentro da bolsa da barriga e viu uma coisinha rosada finalmente olhando de volta para ela. Duas decanas depois de nascer, os olhos de Tupo começavam a se abrir, e Ouloo os encarou com todo o amor e admiração do universo, ficando sem fôlego diante daquele momento de pura conexão com seu bebê maravilhoso e perfeito, tentando inspirar suavidade e segurança nas palavras para aquele pequeno tesouro vivo enquanto se perguntava em quem aquela criaturinha poderia se transformar.

A resposta deprimente era o desastre consumado que agora roncava no meio do chão, os membros esparramados feito um bicho atropelado. Algum vídeo bobo passava, sem ser assistido, no projetor mais próximo; enquanto o único membro da plateia dormia com a cara enfiada em uma tigela de flocos de algas.

Ouloo não tinha tempo para aquilo. Ela marchou até ê filhe, enrolou o pescoço em ambos os lados do seu torso e ê balançou com firmeza.

"Tupo!"

Tupo acordou com um ronco e um sobressalto.

"Não fui eu", disse, imediatamente.

Ouloo saiu pisando duro até o projetor e o desligou.

"Você disse que iria para a cama à meia-noite."

Tupo levantou o pescoço com dificuldade, piscando em confusão, com migalhas de algas grudadas no pelo do rosto.

"Que horas são?"

"É *de manhã*. Temos hóspedes chegando em breve, e... e olhe só para você."

Tupo continuou piscando. Então fez uma careta.

"Minha boca está doendo muito", queixou-se.

"Deixe-me dar uma olhada", disse Ouloo. Ela se aproximou, balançando o rosto para mais perto do de Tupo, tentando ignorar o fato de que ê filhe tinha babado na tigela de salgadinhos. "Abra a boca." Tupo obedeceu com naturalidade. Ouloo olhou lá dentro. "Ai, ai", comentou, a compaixão corroendo o aborrecimento. "Esse vai sair até o fim da decana, aposto. Vamos passar um pouco de gel, que tal?" Os incisivos adultos de Tupo estavam fazendo sua primeira aparição e, como todo o resto no corpo de filhe, era um processo deselegante. Crescer nunca foi uma experiência divertida para nenhuma espécie, mas os laruanos viviam mais do que a maioria e tinham muito mais tempo para o período desagradável se arrastar. Ouloo não sabia como aguentaria pelo menos mais oito anos-padrões disso. Tupo ainda era muito molenga, e tinha um temperamento muito infantil, mas finalmente cruzara o limiar de *pequene e fofe* para *grande e brute*. Nada se encaixava bem e o processo ainda estava em curso. Não eram só os dentes: também tinha os membros desconjuntados, a mandíbula, a pelagem adulta crescendo feito um arbusto mal aparado e o cheiro — ah, estrelas, ê filhe fedia. "Você precisa se lavar", disse Ouloo.

"Eu me lavei ontem à noite", protestou Tupo.

"E agora precisa se lavar de novo", insistiu Ouloo. "Temos aeluonianos chegando, e se *eu* posso sentir seu cheiro, eles com certeza também vão."

Tupo vasculhou a tigela distraidamente com a pata dianteira, procurando por flocos de algas que não estivessem molhados. "Quem vem hoje?"

Ouloo foi buscar seu scrib na mesinha de canto onde o deixara na noite anterior, o mesmo lugar onde sempre o deixava. Ela gesticulou para a tela, consultando a lista de chegadas do dia.

"Temos três atracagens programadas", anunciou. Não era o melhor dia de todos, mas não era ruim. Assim teria tempo de fazer alguns reparos, e Tupo poderia começar a pintar a plataforma de transporte. Ouloo gesticulou de novo, passando os detalhes da tela para o modo de projeção, para que Tupo pudesse ver.

A lista dizia:

Ancoragens programadas para hoje

Saelen (Prev. de chegada: 11h26)
Melodia (Prev. de chegada: 12h15)
Korrigoch Hrut (Prev. de chegada: 13h06)

"Qual é a nave aeluoniana?", perguntou Tupo, de boca cheia.
"Qual delas você acha que é?"
"Eu não sei."
"Ah, vamos lá. Você sabe."
Tupo suspirou. Em geral, elu adorava esses jogos de adivinhação — e, às vezes, podia até se exibir um pouco —, mas as manhãs não eram seu melhor momento do dia, mesmo quando elu não passava a noite com a cara enfiada em uma tigela. "Saelen."
"Por quê?"
"Porque é obviamente um nome aeluoniano."
"Como você sabe?"
"Por causa do fim. E do *ae*."
"Muito bem." Ouloo apontou para a terceira nave na lista. "E que idioma é esse?"
Tupo estreitou os olhos. "É ensk?"
"Nem de longe. Olhe para as consoantes."
Tupo estreitou ainda mais os olhos.
"Tellerain!", exclamou, como se soubesse o tempo todo. Seus olhos sonolentos se animaram. "São quelins?"
"Quelin, singular, mesmo que seja um grupo, e sim, são quelin."
A animação de Tupo era evidente.
"Faz um bom tempo que não recebemos quelin."
"Bem, não há muitos deles viajando pelo espaço comum. Você lembra que não deve fazer perguntas demais sobre o que estão fazendo aqui, certo?"
"Lembro. Mãe, eles têm umas pernas tão *estranhas*."
Ouloo franziu a testa.
"O que foi que nós conversamos?"
Tupo bufou, fazendo o pelo abaixo do nariz estremecer.
"Não são estranhas, só *diferentes*."
"Isso mesmo."
Tupo revirou os olhos, então voltou a atenção para a lista.
"E a segunda nave?"
"Pode ser qualquer um", respondeu Ouloo, o que era verdade para uma nave com um nome klip. "Provavelmente uma tripulação mista."
"Você poderia olhaaaaar", pediu Tupo, bajulador.

Ouloo fez um gesto para a lista, abrindo os detalhes enviados à Autoridade de Transporte.

> Melodia
> Categoria da nave: Transporte familiar
> Nave orbital associada (se aplicável): Harmonia
> Duração da escala planetária: Duas horas
> Piloto: Falante

"Falante? Que nome é esse?", perguntou Tupo. "Isso não é nome."

"É claramente um nome", retrucou Ouloo, mas também estava curiosa. Devia ser um nome de modificador; modificadores sempre tinham nomes engraçados. Ela abriu a carteira de piloto enviada junto com o pedido de atracagem. O arquivo apareceu na tela, completo com uma foto de piloto em questão.

Ouloo arfou de surpresa.

Tupo agora estava totalmente desperte.

"O que é *isso*?", exclamou elu, aproximando o rosto. "Mãe, o que é *isso*?"

Ouloo ficou olhando. Aquilo não podia estar certo.

Dia 236, Padrão 307 da CG
....

AJUSTES DE CURSO

falante

Quando Falante acordou, Rastreadora não estava à vista — o que já era de se esperar. Rastreadora sempre era a primeira a se levantar. No ovo, Rastreadora já estava quase livre da casca quando Falante começou a quebrar a dela — um fato do qual nenhuma das gêmeas se lembrava, mas que seus parentes recontaram inúmeras vezes. Falante nunca conheceu uma vida sem Rastreadora, nem uma manhã em que acordasse com a irmã ainda na cama. Assim, não foram os barulhos de uma irmã ocupada que a despertaram naquela manhã, e sim o som alto de uma ligação.

"Você pode atender?", gritou Falante, relutando em soltar a almofada em volta da qual estava enrolada.

O toque da ligação continuou, o que respondeu à pergunta.

Relutante, Falante rastejou até a beirada da cama suspensa. Estendeu o antebraço, usando o grande gancho de queratina na ponta da mão, que era muito menor, para se ancorar no poste de deambulação mais próximo. Depois, balançou o corpo para agarrar o poste seguinte com o gancho oposto, e assim por diante. Como em qualquer nave akarak, todos os cômodos da *Harmonia* estavam repletos de treliças de postes que iam do chão ao teto, cada um projetado para imitar os caminhos arborícolas de seus ancestrais. Falante nunca tinha usado uma árvore de verdade na locomoção, nem se movia com a habilidade de seus antepassados — pelo menos era o que achava. Como tantos outros, Falante nascera com o que seu povo chamava de síndrome de Irirek, uma condição genética provocada pelo ambiente, que limitava o uso das pernas. Os dois membros curtos pendendo enquanto ela se balançava pelo aposento podiam segurar coisas e sustentar seu peso quando ela estava imóvel, mas nada além disso. Eram os braços que a carregavam, braços fortes e incansáveis, mesmo logo de manhã, depois de ter sido acordada daquele jeito brusco.

Falante chegou ao painel de comunicação embutido na parede e se acomodou em uma das redes que pendiam à frente. Ela gesticulou para o painel e examinou as informações da chamada recebida. Uma transmissão local, não uma chamada via ansible. Falante respirou fundo e se forçou a entrar em um estado de calma. Nunca se sabe. Talvez tudo corresse bem desta vez.

Uma laruana apareceu na tela — a anfitriã em solo de seu destino, presumiu Falante; o nome cheio de vogais que vira antes, ao solicitar atracagem no Cinco Paradas, só poderia ser laruano. Os akaraks costumavam achar essa espécie difícil de decifrar, com os pelos que obscureciam a maior parte da musculatura facial, mas Falante sabia interpretar a expressão e a linguagem corporal dos laruanos, assim como da maioria das espécies da CG. Praticara obstinadamente e sabia que suas habilidades estavam afiadas.

De qualquer forma, aquela laruana em particular estava nervosa, o que, apesar de não ser nenhuma surpresa, deixou Falante exausta.

A laruana falou em hanto com alguma dificuldade. *"Eu sou Ouloo, a anfitriã em solo. Por favor, informe seus planos."* Era impossível não reparar na ausência de saudação educada ou de boas-vindas, ainda mais na língua colonial cheia de floreios. Isso poderia ser atribuído à dificuldade óbvia de Ouloo com a língua, mas a experiência de Falante indicava que não era o caso.

Ela adotou uma postura que sabia funcionar bem com laruanos: ombros caídos, cabeça mais à frente do que era natural para ela. Para um laruano, eram os marcadores visuais de uma pessoa à vontade. "Olá, Ouloo", respondeu, em klip fluente. "É um prazer conhecer você. Meu nome é Falante. Você deve ter recebido a reserva da nossa nave — *Melodia*."

O pelo vermelho-argila de Ouloo se arrepiou de surpresa, e Falante não precisou adivinhar por quê. Akaraks não eram conhecidos por falar klip com tanta desenvoltura. "Ah, eu, hã..." A laruana se atrapalhou, digitando comandos com as patas peludas. "A...?"

"A *Melodia*", repetiu Falante. Duvidava muito que Ouloo já não tivesse visto a reserva.

Os grandes olhos da laruana se moveram para cima e para baixo enquanto ela lia um arquivo em uma tela que Falante não conseguia ver. "Ah, sim", disse Ouloo. Sua voz permaneceu tensa, distraída. "Desculpe, não sabia que você era, hã..." Ela fez uma pausa. "Você poderia... poderia enviar a autorização de viagem da nave?"

Falante resistiu à tentação de estalar o bico irritada e manteve a cabeça estendida de maneira tranquilizadora. "Minha carteira de piloto deve estar junto da reserva", respondeu ela. "Não é suficiente?"

"Sim, hã, é. É só uma verificação extra. Nossa política padrão de segurança."

Falante se perguntou se a tal política existia antes daquela conversa. "Um momento", pediu. Então encontrou e enviou o arquivo.

Ouviu um apito do lado de Ouloo, indicando o recebimento do arquivo. Os olhos da laruana subiram e desceram, então subiram e desceram algumas vezes a mais do que o necessário para ler um arquivo tão curto. "Muito obrigada", agradeceu Ouloo. "Tudo parece nos conformes." Ela estava tentando parecer amigável, mas ainda havia tensão em sua voz. "Bem-vinda a Gora. Estamos ansiosos para recebê-la no Cinco Paradas. Estarei no escritório quando você chegar para avaliar suas necessidades e mostrar nossas instalações." Ela fez outra pausa. "Sinto muito, mas nunca recebemos convidados akarak. Faço questão de oferecer algo diferente para cada espécie, mas não tenho... não sei..." Ela riu sem jeito. "Quer dizer... suponho que seja um descuido da minha parte..."

"Não se preocupe", disse Falante. "Nossa escala será curta, e ficaremos mais confortáveis em nossa própria nave. Só preciso de alguns suprimentos."

"Certo", disse a laruana. "Bem, espero que mesmo assim seja uma estadia agradável. Hã... Você viu no guia de reservas de atracagem que temos uma política rígida de proibição de armas, certo?"

Falante deixou o leve insulto passar batido, como tantos outros. "Nós não carregamos armas", respondeu.

"Ah", exclamou Ouloo, mais uma vez surpresa. Sua expressão se iluminou enquanto ela tentava salvar a conversa: "Então você vai me dar menos trabalho que a aeluoniana. Recebemos uma nave vinda de alguma confusão na fronteira que com certeza teve que trancar algumas coisas. Você deve vê-la por aí."

"Devo mesmo", concordou Falante. "Vejo você ao atracar."

A tela ficou preta. Falante suspirou e olhou para o relógio — uma hora até Gora. Tempo suficiente para alguns confortos.

Balançando-se de um poste para o outro, ela saiu do quarto e foi para o banheiro, onde bebeu um pouco de água, aliviou-se e colocou um tablete de dentibôs sabor Prado para trabalhar. Prado era o *seu* sabor preferido, não o de Rastreadora, mas foi Rastreadora quem fez o pedido de compras na última parada para abastecer. Saber disso fez Falante sorrir ao cuspir a espuma de limpeza. A irmã tinha um talento especial para gentilezas não verbais.

Sentindo-se mais normal, Falante seguiu pelo corredor espiando cada cômodo pelo qual passava. *Harmonia* teria sido apertada demais para uma família akarak típica de dez ou mais, mas a nave era lar apenas de Falante e Rastreadora. Ainda assim, os quartos não ocupados estavam longe de estar vazios: cada um estava cheio de equipamentos de tecnologia, remédios, comidas em conserva, roupa de cama, cilindros de ar — todas as sobras que tinham surrupiado ou presentes que haviam aceitado. Falante e Rastreadora não transportavam aquela carga para si próprias, mas para aqueles que encontravam em seu trabalho. Não havia como saber quem precisaria do quê, então era melhor levar tudo.

Rastreadora estava, como previsto, em um dos dois únicos cômodos da *Harmonia* que as irmãs não empregavam em usos práticos. Um pertencia a Falante, que estava no lento processo de transformá-lo em um paraíso acústico para ouvir música. O quarto de Rastreadora — no qual Falante estava entrando — era uma espécie de jardim. A irmã tinha uma afinidade com o cultivo de cristais e preparou o lugar exclusivamente para esse propósito. A parte inferior do quarto estava cheia de prateleiras com béqueres, queimadores, jarros de pós e sais. As paredes eram enfeitadas com luzes coloridas, afixadas aqui e ali em ângulos assimétricos. As criações inorgânicas de Rastreadora preenchiam o restante do espaço, abrigadas em tigelas e xícaras sustentadas por barbantes, penduradas entre os postes de deambulação. Alguns dos cristais eram felpudos, outros grossos e lisos. Alguns pareciam gelo de água, carvão de motor, ou vidro derretido. As cores eram as mais variadas possíveis, e cada movimento de Falante, não importava quão minucioso, fazia o quarto mudar para um novo caleidoscópico brilhante nascido da interação entre as características dos minerais e os comprimentos de onda da luz.

Rastreadora estava pendurada pelos pés na rede do teto, as mãos organizando o conteúdo de uma tigela também pendurada. "Estão ficando lindos", comentou ela, em seu ihreet nativo.

Falante escalou em direção à tigela em questão, mas parou no meio do caminho: o labirinto de postes e jarros que Rastreadora arrumara em função de seus próprios movimentos não permitia o avanço de alguém com pernas diferentes. Rastreadora notou a dificuldade de Falante e, sem uma palavra de nenhuma das irmãs, desceu para ajudar. Ela se virou horizontal e verticalmente, os membros traseiros movimentando o corpo de maneiras que o de Falante não conseguia. Ela passou os ganchos do pulso pelos ganchos de Falante, então sustentou, empurrou, guiou. Falante se apoiou, seguiu, confiou. Era uma dança que as duas conheciam bem.

Colada ao torso de Rastreadora, Falante ouvia o barulho dos pulmões da irmã.

"Está tendo um dia ruim?", perguntou.

"Não é o melhor", respondeu Rastreadora. A síndrome de Irirek não a afetava, mas sua vida tinha os próprios desafios. Foi Falante quem notou os primeiros sinais de um pulmão frágil em Rastreadora, três anos depois de o ar inadequadamente filtrado que respiraram no ovo desencadear uma lenta revolta mutante. Falante não soubera o que estava errado, só que à noite, quando descansava o ouvido perto das narinas ou contra o coração da irmã, às vezes ouvia a respiração adormecida travar e tropeçar. Se não tivesse arrastado Rastreadora até um médico, teria se tornado um irmã sozinha — a pior coisa pela qual um akarak poderia passar.

"Você tomou seu remédio?", perguntou Falante.

"Vou tomar", respondeu Rastreadora. Ela deu um último puxão delicado em Falante, levando-a até a rede ao lado da tigela na qual estava trabalhando.

"Tome logo o maldito remédio", retrucou Falante com toda a calma, ao se sentar. Ela se inclinou para a frente e olhou dentro da tigela. As espirais minerais eram de um azul profundo, misterioso e tranquilizador, ramificando-se para fora em uma geometria sedutora. Ela pegou um dos cristais e o admirou, virando-o de um lado para o outro na luz colorida. "Foi por isso que você não atendeu a ligação?"

"Não", respondeu Rastreadora, reclinando-se em uma rede abaixo. "Eu só não queria lidar com ela."

Falante olhou para a irmã de relance. "Obrigada", ironizou ela.

Rastreadora abriu os braços em discordância amigável. "Não foi uma merda?"

"Ah, foi uma merda, com certeza", concordou Falante.

"Uhum", disse Rastreadora. "E nada piora essas merdas como ter o meu sotaque."

"Não tem nada de errado com o seu sotaque", afirmou Falante. "Não é como se você fosse a única pessoa na galáxia com um sotaque carregado."

"Bem, eu não sei nem metade das palavras que você sabe. Não chega nem a tanto. Talvez um oitavo. Um dezesseis avos."

"Ainda é bom o suficiente para uma ligação sobre atracagem."

Rastreadora cruzou os ganchos atrás da cabeça, descansando de uma maneira que indicava que não ia ceder. "Você é a Falante, não eu."

Falante colocou o cristal de volta na tigela. "Quer vir comigo desta vez?"

"Não", respondeu a irmã. Não era nenhuma surpresa. Rastreadora raramente deixava a nave sem uma boa razão. Era um traço comum na espécie, mas Rastreadora o desenvolvera com afinco. Era mestre em não ir a lugar algum. Ainda assim, algo lhe ocorreu depois da resposta inicial: "Qual foi o *nível* da merda na ligação?".

Falante entendeu a pergunta implícita: é seguro você ir sozinha? "Não foi nada perigoso", respondeu. "Ela parecia nervosa, não violenta. Além disso, ela não permite armas."

"Está bem. Tem certeza?", perguntou Rastreadora.

"Tenho certeza." Falante começou a descer com cuidado. Rastreadora fez menção de ajudar, mas Falante a dispensou com um aceno. "Estou bem." Ela se jogou na rede de Rastreadora, e a irmã abriu espaço. As duas se acomodaram em uma coreografia familiar, assumindo uma configuração que vinha tão naturalmente quanto as formas que os cristais desenhavam. Rastreadora começou a tossir, e Falante segurou as mãos da irmã enquanto o ataque curto atingia o auge e passava. "Ei, enquanto eu estiver fora...", começou.

Rastreadora puxou o ar em respirações lentas e deliberadas, verificando se tudo dentro do peito estava funcionando como deveria. "O quê?", perguntou, por fim.

Falante a encarou antes de responder: "Tome seu remédio".

roveg

A praia estava linda como sempre. O céu acima tinha o tom de ametista pálida do meio-dia. A água abaixo batia na areia preta cintilante com uma carícia terna e ritmada. Havia indivíduos de todas as espécies, alguns cochilando, outros nadando ou coletando conchas. A praia estava movimentada, mas não barulhenta; tranquila sem ser chata. Um lugar com amplo espaço para mergulhar nos próprios pensamentos enquanto se beneficiava da companhia reconfortante de estranhos que mantinham distância.

Roveg estava sentado no meio da cena, as pernas abdominais dobradas apropriadamente sob o corpo enquanto as pernas torácicas se ocupavam com a árdua tarefa de terminar um longo café da manhã. Comidas variadas estavam espalhadas sobre a mesa à sua frente, todas cuidadosamente selecionadas da estase naquela manhã. O cardápio era um pouco influenciado pelos aandriskanos: biscoitos de grãos com geleia de fruta-crocante, uma pasta de fungo fermentada apimentada enrolada no *saab tesh* fresco e algumas fatias de enguia defumada quente (uma adição aeluoniana, mas que combinava com o conjunto). Uma tigela de chá coroava a refeição — uma delicada mistura laruana —, junto com um pequeno copo de suco de ervas marinhas. A última bebida era o único elemento com a mesma origem da espécie de Roveg, que, embora já tivesse tomado muitos tipos de café da manhã em muitos mundos diferentes, ainda seguia a tradição quelin de começar o dia com uma dose da bebida purificadora. Alguns hábitos ele jamais conseguiria quebrar.

Com um conjunto inferior de pernas, Roveg espalhou geleia no último dos biscoitos enquanto segurava um rolinho de fungo com o conjunto mais próximo da boca. Mordiscou o rolinho observando um cardume de peixes peludos brincar e pular na água além das ondas. Uma brisa farfalhava a moita arenosa a uma curta distância atrás dele, e o som de besouros-de-coro se elevou como acompanhamento, com sua canção melodiosa, grave e doce.

"Amigo", chamou Roveg, falando com clareza. Inclinou a cabeça na direção de onde sabia que a vox da parede estava camuflada. "Desligue os besouros."

Amigo apitou pelos alto-falantes em confirmação, e os besouros-de-coro cessaram.

Roveg gostava dos besouros, mas hoje queria outra coisa, algo mais... "Toque Músicas para Relaxar nº 6", disse. "Reprodução Aleatória."

Amigo apitou de novo, e a música começou a tocar.

"Assim está melhor", comentou Roveg. Continuou comendo, cantarolando baixinho enquanto mastigava. "Quanto tempo até a descida?"

"Vinte minutos", respondeu Amigo.

Roveg flexionou as placas abdominais com uma leve surpresa. "Só isso? Bem." Ele olhou para as últimas iguarias do café da manhã. "Droga." Por um segundo, considerou terminar a refeição às pressas, mas comer sem saborear a comida era quase tão ruim quanto jogá-la fora. Juntou as sobras com cuidado, bebeu o suco de ervas marinhas com um estremecimento apreciativo e ficou de pé. "Amigo, por favor, continue a reprodução da música no sistema de som principal." Ele gesticulou para um painel, e a praia desapareceu, substituída pelo hardware de projeção e pelas paredes lisas. Ele passou pelas portas e seguiu para o corredor da nave.

A *Korrigoch Hrut* era sua nave há anos-padrões, e Roveg a adorava. Não era seu lar —deixara seu lar em Cálice, uma residência charmosa construída em um penhasco com vista para o centro da cidade. Mas as viagens espaciais eram melhores em uma nave que faz você se sentir em casa, e Roveg tinha decorado o interior da *Korrigoch Hrut* com esse espírito. Exceto pelo núcleo do motor, não havia uma só parede sem alguma obra de arte pendurada: pinturas abstratas aandriskanas, máscaras da ópera de cores aeluoniana, requintadas bugigangas feitas de vidro harmagiano, alguns presentes, algumas lembrancinhas, algumas curiosidades encontradas durante um passeio no mercado. Ao entrar na cozinha, ele tocou uma das pernas em uma paisagem feita por humanos. Gostava especialmente daquela obra.

Roveg guardou as sobras cuidadosamente nas prateleiras de estase, então se dirigiu para a sala de controle, ainda cantarolando junto com a música seguinte.

O planeta Gora dominava a tela; Roveg não abandonara seu café da manhã um segundo cedo demais. Nunca viajara passando por Gora, e a primeira impressão foi de uma bagunça muito organizada. Os outros centros de trânsito pelos quais já tinha passado ficavam em torno de sistemas planetários vivos, onde a vida acontecia no solo e o tráfego se restringia aos orbitais acima. Aqui, onde o planeta não tinha outro propósito senão atender às necessidades temporárias dos passantes, onde cada cúpula era uma propriedade individual e o único território compartilhado eram as vias de tráfego que guiavam as naves para lá e para cá, tudo cheirava a artificialidade utilitária. Não havia mares, nem florestas, nem grandes cidades. Era um lugar para ser usado, não para se viver.

Os olhos compostos de Roveg eram capazes de acompanhar muitos objetos em movimento ao mesmo tempo, mas até ele teve dificuldade com a cena que se desenrolava diante de si. O espaço aberto pelo qual voava estava cheio de naves de todos os tipos: cruzadores elegantes com fuselagens brancas polidas, gotas coloridas feitas para viagens rápidas sem perder a estética, cargueiros pesados, esquifes de férias luxuosos, cápsulas de subcamadas baratas e ônibus espaciais que pareciam só se sustentar inteiros graças a muita solda e reza. As naves se moviam como se seguissem um rastro de feromônios, todas marchando enfileiradas, atracando aqui e virando ali, esperando pacientemente na fila do buraco de minhoca pela vez de saltar pelo espaço entre os espaços. Por mais intenso que fosse o tráfego, Roveg achava reconfortante ver os fluxos organizados de naves e as fileiras calculadas de flutuadores. Ele até gostava das viagens espaciais e apreciava as oportunidades de sair com seu ônibus espacial por algumas decanas, mas não viajava assim com muita frequência. O espaço não era a sua vida. Ele não era do tipo que gostava de um passeio improvisado pelas seções mais ermas do mapa galáctico, e, sem dúvidas, não gostava de pousar em lugares onde o código de viagem era visto mais como sugestão do que regra — sobretudo considerando seu curso agora. A tarefa em mãos era complicada o suficiente sem envolver infrações de trânsito.

Enquanto esperava que Amigo guiasse a *Korrigoch Hrut* em um ângulo de entrada adequado, Roveg notou uma segunda dança de máquinas no espaço abaixo do tráfego — seja qual for o significado de "abaixo" em um espaço tridimensional. A camada orbital que envolvia Gora era tão cheia de satélites quanto a de qualquer outro mundo que já visitara. Também identificou a tecnologia de comunicação e colheitadeiras solares, com suas silhuetas inconfundíveis — enormes painéis fotossintéticos florescendo entre as ervas daninhas dos satélites de comunicação. Os painéis brilhavam ao absorver a luz do sol não diluída pela atmosfera, e ele teve o cuidado de não olhar muito tempo para os feixes concentrados que desciam até as estações de coleta na superfície. A energia solar era o único tipo de energia que fazia sentido em um mundo sem vento e sem água, e ele ficava feliz por *essa* parte da infraestrutura parecer ter distribuição comunitária. Não gostava muito da ideia de cada cúpula ser uma bolha alimentada por um gerador qualquer que o proprietário pudesse obter. Roveg defendia que cada um tocasse a própria música, mas havia algumas áreas em que a individualidade deixava de ser uma virtude e se tornava mais um jogo de azar.

"Estamos prontos para a entrada, Roveg", anunciou Amigo. A IA não era nem sapiente nem senciente, visto que Roveg detestava que se fizesse uso de seres com profundeza igual à sua. Mesmo assim, fizera questão de ajustar os arquivos linguísticos de Amigo para uma linguagem mais amigável — em klip, é claro, jamais em tellerain. Roveg só aceitava o uso de sua língua materna em poucos contextos.

"Obrigado, Amigo", disse Roveg, embora a IA não tivesse capacidade de se importar com agradecimentos. "Vamos começar."

Alguns indivíduos consideravam motivo de orgulho pousar uma nave espacial manualmente, mas Roveg não se arriscava quando o assunto era física. Não via a necessidade de se gabar por ser capaz de fazer algo que todas as espécies da Comunidade Galáctica ensinaram suas máquinas a fazer havia séculos.

Caminhou até o cinto de segurança pendurado no centro do aposento e ficou imóvel enquanto as tiras robóticas se prendiam entre suas pernas abdominais e ao redor de seu tórax. "Amigo", chamou, estendendo a mão para um compartimento próximo enquanto falava. Abriu o pequeno armário e pegou um pacote de pastilhas. "Entre em contato com a superfície para pedir confirmação de pouso."

"Um momento", respondeu Amigo. Os monitores de status de voo mudaram conforme a IA trabalhava.

Roveg abriu o pacote e consumiu os discos de remédio esfarelento, seus espiráculos ardendo em desgosto passageiro. Uma precaução necessária, criada depois da náusea de desembarques anteriores, mas podia pensar em poucas maneiras piores de terminar um belo café da manhã do que com aquelas pastilhas. O fabricante poderia deixá-las mais palatáveis.

Amigo voltou com a informação: "A anfitriã em solo confirmou que está tudo pronto para o desembarque".

"Excelente", respondeu Roveg. Dobrou o pacote vazio ao meio duas vezes, depois o colocou de volta no armário, pronto para ser mandado para o incinerador mais tarde. "Pode começar a aterrissagem."

Sentiu a flutuação repentina da gravidade artificial sendo desligada, o zumbido alto dos motores mudando de posição, o rugido quando a nave se lançou em uma curva parabólica precisa. De repente, a *Korrigoch Hrut* se jogou em direção a Gora, e a gravidade natural a agarrou com autoridade inescapável. Roveg se obrigou a relaxar nos arreios, como há muito se ensinara a fazer. Tensionar o corpo só piorava a entrada atmosférica, embora cada instinto seu clamasse pelo contrário. Racionalmente, estava ciente de que passara por aquilo inúmeras vezes e não tinha nada com que se preocupar. Ainda assim, era difícil dizer ao seu corpo para ignorar a imagem de *um planeta inteiro se aproximando em alta velocidade*. Mas Roveg, enfim, conseguiu relaxar, deixando a engenharia assumir as rédeas. Ambos os seus estômagos se contraíram quando a nave atravessou a atmosfera insignificante de Gora. O café da manhã, felizmente, ficou onde estava. Já não se arrependia de ter tomado o remédio.

As cúpulas passaram uma após a outra como um flash durante a descida, e ele esticou o torso em direção à tela, tanto quanto os arreios permitiam. Tudo estava indo rápido demais para ver direito, mas Roveg distinguiu várias rajadas de verde e azul: os sinais de vida vegetal e de água, transportadas entre as estrelas e encurraladas ali para o conforto dos viajantes. Foi tomado por uma sensação calorosa ao ver as cores, embora os detalhes estivessem perdidos. Amava ambientes simulados — o que fazia sentido para alguém com a sua profissão —, mas já tinham se passado mais de duas decanas desde sua última atracagem, e estava mais do que pronto para o mundo real, por mais selecionado e organizado que fosse. Para ser bem sincero, Roveg preferia jardins a biomas não cultivados, nos quais passava o mínimo de tempo possível. Lugares selvagens tinham todo o direito de existir, e a galáxia com certeza precisava deles, mas Roveg ficava muito satisfeito em deixá-los atrás de cercas, paredes e de janelas bem grossas.

A nave começou a desacelerar, e o mundo junto com ela. A *Korrigoch Hrut* flutuou até seu destino, aterrissando o mais confortavelmente possível. A vista lá fora era o que se esperaria de um lugar desses: uma pista circular de pouso fora de uma cúpula de habitação de tamanho modesto. Um túnel de descompressão conectava a cúpula à plataforma de pouso, com seis portas de travamento universais ramificadas para fora como vias aéreas. Enquanto Amigo guiava a nave para a posição de atracação, Roveg olhou preguiçosamente para as outras naves que agora eram suas vizinhas. Uma parecia militar e aeluoniana — branca como a casca de uma criança e lisa como cerâmica molhada, a fuselagem resistente pronta para levar uma surra. Estava em excelentes condições e era um banquete para os olhos; Roveg nunca tinha visto uma nave aeluoniana que não fosse. As outras pareciam o tipo de kits pré-fabricados que qualquer pessoa com orçamento modesto poderia comprar em um revendedor multiespécies, mas essa era toda a semelhança entre as duas. Uma claramente pertencia à anfitriã em solo, pois o exterior tinha sido pintado com a frase "VISITE O CINCO PARADAS EM UMA!" em todos os lados. A outra... bem, era uma nave barata, sem dúvida, e quanto mais Roveg a examinava, mais ficava claro que havia passado por reparos envolvendo componentes de outros kits. Era feia e descombinada, mas não estava caindo aos pedaços nem parecia perigosa. Só parecia que alguém se esforçara bastante e estava fazendo o que podia com o que tinha. Apesar de todo o seu amor pela estética, Roveg respeitava isso. Às vezes, o máximo que se podia fazer era garantir que tudo funcionasse.

Houve um tinido, um zumbido, um silêncio. "A atracagem está feita", informou Amigo. "Você pode sair da nave com segurança, quando estiver pronto."

"Obrigado, Amigo", respondeu Roveg, quando os cintos o soltaram. Estrelas, estava doido para sair. Não demorou a ir até a escotilha, entrar na câmara de ar, ficar de pé, pacientemente, enquanto era examinado em busca de contaminantes, e seguir em frente.

Esperando por ele na entrada da câmara de ar estava um laruano — uma criança grande, jovem demais para ter escolhido um gênero, com membros que não pareciam confortáveis e pés que não combinavam com o corpo. A pelagem parecia penteada pela metade e era longa demais para o rosto. Caía sobre os grandes olhos pretos de uma maneira que indicava que não sabia por que ainda estava crescendo, mas não sabia mais o que fazer.

"Bem-vindo ao Cinco Paradas em Uma", recitou a criança laruana no tom monótono dos desanimados. Estava parade em três pernas, segurando um scrib na quarta pata, e olhava a tela, esticando o pescoço ágil. Então elu olhou para Roveg, depois de volta para a tela, até que virou o scrib para que Roveg pudesse ler a própria carteira de transporte.

Roveg levou um momento para perceber que aquela era a tentativa da criança de verificar sua identidade. Ao que parecia, aquilo era o que passava por procedimento de segurança de ancoragem, por aquelas partes. "Sim, sou eu", disse, esperando estar correto na interpretação do que estava acontecendo.

A criança laruana assentiu com o pescoço longo e desgrenhado e guardou o scrib na bolsa leve amarrada nas costas. Então elu virou a cabeça para a esquerda e seguiu em frente, conduzindo Roveg para dentro, sem dizer mais nada.

Um par de portas se abriu: o Cinco Paradas em Uma. O lugar era... pitoresco. Charmoso, de forma bucólica. Roveg não era do tipo condescendente com essas coisas; a arrogância era uma característica da qual não gostava muito e tomava o cuidado de esmagá-la em si sempre que a encontrava. Mas teria mentido se dissesse que aquele estabelecimento tinha sido sua primeira escolha. Sua intenção era ir para o Tarde à Reskit, um restaurante bem avaliado no hemisfério sul de Gora, mas estava lotado, assim como o jardim de esculturas de Goran, os banhos harmagianos e o campo da cidade. Roveg teria apreciado um mimo para facilitar a viagem, mas só precisava mesmo de combustível; e, quando ficou claro que os pontos de atracagem em Gora estavam em alta demanda naquele dia, ele mudou de estratégia e agendou a primeira reserva que conseguiu.

Roveg olhou ao redor, avaliando exatamente onde essa escolha o levara.

Alguém trabalhara duro naquele lugar, alguém que usava amor como substituto sempre que o dinheiro acabava. O espaço circular dentro da cúpula abrigava uma seleção de edifícios de tamanhos variados em formato de bolha, todos pintados em tons de branco e cinza inofensivos — uma paleta claramente destinada ao conforto dos aeluonianos, que poderiam se cansar com uma arquitetura colorida, que sua espécie interpretaria como gritos. Os caminhos que se ramificavam entre os prédios pareciam feitos à mão e pavimentados de uma maneira que permitia a passagem dos carrinhos harmagianos. O ar filtrado estava quente — mais quente do que um laruano com uma densa pelagem escolheria habitar, supôs, mas bastante confortável para seus padrões, um meio-termo entre sua preferência quelin por um ar bem úmido e o gosto aandriskano pelo ar seco do deserto. Não era perfeito, mas agradaria a maioria. Roveg teve a impressão de que esse era o objetivo implícito de tudo naquele lugar.

Uma placa pendia acima do caminho de entrada, abarrotada de tantas palavras em tantos idiomas que a tentativa bem-intencionada de comunicação universal a tornara quase ilegível. O tellerain era gramaticalmente deficiente (mas ele respeitava o esforço, pelo menos), então leu em klip.

BEM-VINDOS AO CINCO PARADAS EM UMA!
A PEQUENA CÚPULA COM MUITAS OPÇÕES!

ANFITRIÃ DE SOLO: OOLI OHT OULOO
ASSISTENTE DA ANFITRIÃ EM SOLO: OOLI OHT TUPO

Ao lado havia uma foto em close dos anfitriões em questão, ambos fazendo caretas entusiasmadas para a câmera. Tupo devia ser a criança que Roveg seguia, pois a figura pequena no retrato era igualzinha a elu, só que com metade do tamanho, duas vezes mais peluda e de bom humor.

As placas supersaturadas continuavam.

NOSSAS REGRAS:
SEM ARMAS!
SEM ÍMÃS!
SEM TEMPO RUIM!!!

POR AQUI:
ESCRITÓRIO E LOJINHA
— AUTORIZAÇÕES DE VIAGEM OFICIAIS
— ATUALIZAÇÕES DE SOFTWARE OFICIAL DE IMUNOBÔS
— CHIPS OFICIAIS DO MAPA DAS AUTORIDADES DE TRÂNSITO DA CG
— ESTAÇÃO DE FILTRAGEM DE ÁGUA
— LEMBRANCINHAS!
— PRESENTES!
— LANCHES!

**RESIDÊNCIA DOS ANFITRIÕES E INSTALAÇÕES DE SUPORTE
À VIDA/COMUNICAÇÃO**
NÃO ABERTA A HÓSPEDES

POR ALI:
COMBUSTÍVEL E REPAROS
— ALGAS EM BARRIS
— KITS DE ALGAS
— REPARO FOTOVOLTAICO
— MIUDEZAS DE TECNOLOGIA MECÂNICA
— NÃO TEMOS SUPRIMENTOS DE TECNOLOGIA COMPUTACIONAL PARA PRONTA ENTREGA, MAS PODEMOS ENCOMENDAR PELO CORREIO!

O ÚNICO MUSEU DE HISTÓRIA NATURAL DE GORAN
NÃO PERCA!!!

EM FRENTE:
DESCANSE E RELAXE DURANTE SUA ESTADIA NO MUNDIALMENTE FAMOSO BANHO E JARDIM MULTIESPÉCIES DO CINCO PARADAS!
— SUPRIMENTOS E TORNEIRAS PARA TODOS OS SAPIENTES!
— EXPERIMENTE NOSSO ESFOLIANTE CASEIRO, BANHO FRIZANTE, TABLETES DE VAPOR E SABONETES!
— SOBREMESA TRADICIONAL LARUANA OFERECIDA GRATUITAMENTE NO JARDIM TODOS OS DIAS, DAS 14H ÀS 17H
— NOS ORGULHAMOS DE USAR PLANTAS HIPOALERGÊNICAS PROJETADAS PELOS LABORATÓRIOS AGRÍCOLAS DE UTLOOT
— SEM PESTES! SEM CHUVA! MELHOR DO QUE O AR LIVRE!
— PISTA DE NATAÇÃO AO ESTILO HARMAGIANO EM BREVE!

Quando Roveg estava começando a se sentir oprimido pelo excesso de pontos de exclamação, a responsável pelas placas apareceu na sua frente.

Laruanos eram, aos seus olhos, uma espécie de aparência hilária. Claro que nunca diria isso na cara de nenhum deles, e sabia muito bem que a normalidade biológica era extremamente relativa. Tinha certeza de que parecia estranho para muitas pessoas fora de seu próprio fenótipo. Mas, pelas estrelas acima, laruanos eram tão *desengonçados*. Os membros pareciam macarrão animado, os torsos atarracados, grossos e desajeitados, os pescoços compridos, parecidos com uma cauda, algo entre um pesadelo e uma grande piada cósmica. Aquela laruana — Ouloo, ele presumia — tinha penteado a pelagem em uma explosão de cachos intensos que lembravam as fileiras de glacê que vira uma vez em uma padaria humana. Ela, sem dúvida, parecia o tipo que adoraria um bom ponto de exclamação (ou doze).

Roveg descobriu estar correto, embora a voz alta da laruana não fosse dirigida a ele, mas sim a seu jovem guia. "Tupo!", ralhou a laruana mais velha. A criança se encolheu visivelmente. "Achei que tinha mandado você reabastecer o banho de vapor antes que a Capitã Tem chegasse lá." Ela apontou uma pata furiosa para o caminho do meio. Roveg viu sebes inclinadas convidativas naquela direção e, entre elas, uma aeluoniana andando pensativa — a dona da bela nave, era de se esperar.

A criança exalou das profundezas dos pulmões, como se aquela fosse apenas mais uma injustiça de um universo que existia apenas para conspirar contra ela. "Você também me disse para receber a chegada das 13h06." Tupo gesticulou para Roveg, que se viu como prova de um julgamento que não havia esperado.

"Se você tivesse começado mais cedo, poderia ter feito as duas coisas", retrucou a laruana mais velha. "Pode ir."

Tupo não falou mais nada e foi embora, irradiando aborrecimento.

"E *apare sua pelagem*", gritou Ouloo. Ela arqueou o pescoço em exasperação e virou o rosto para Roveg. "Sinto muito por isso. Puberdade, sabe como é." Ouloo se aproximou confidencialmente. "Ê coitade está bastante desconfortável com os dentes nascendo. Mas isso não é desculpa para..." Ela virou o pescoço de modo que a cabeça ficasse totalmente por cima das ancas, observando Tupo se afastar. "Bem, todo o resto." Ela soltou um muxoxo e virou a cabeça de volta. "Mas só porque elu deixou a educação de lado não significa que eu também tenha." Ela sorriu, curvando o pescoço. "Bem-vindo ao Cinco Paradas em Uma. Eu sou Ouloo, e você deve ser Roveg." Ela baixou a voz para um sussurro. "Nenhum honorífico?"

"Não", respondeu ele, uma pontada silenciosa acompanhando a resposta. A dor antiga era menos intensa, mas estava sempre lá.

Ouloo inclinou a cabeça de novo. "Estamos muito felizes em tê-lo conosco, Roveg", disse, e ele apreciou a resposta. Quelin costumavam sempre ser tratados com um título honorífico; os exilados, no entanto, não tinham permissão para tal. O fato de Ouloo saber que deveria perguntar por um e seguir em frente com a conversa mostrava cortesia e conhecimento cultural. Roveg perdoou alguns dos pontos de exclamação. Não todos, mas alguns.

"Obrigado", respondeu. "Na sua página na Rede, vi que você carrega combustível de algas com alto teor de escuma."

"Com certeza", confirmou Ouloo, em tom competente. "Você está aqui para uma... escala de quatro horas, correto? Gostaria de abastecer agora ou mais tarde?"

"Mais tarde, se não tiver problema. Já passei decanas naquela nave e gostaria de dar uma volta."

"Ah, eu entendo", respondeu a laruana, compreensiva. "Já faz padrões que não faço longas viagens, mas minhas patas se contorcem sempre que lembro. Para onde você está indo?"

"Vemereng."

Ouloo aparentemente conhecia. "Ah, bem longe", disse ela. "Onde é mesmo que você mora?"

"Cálice."

"Meu Deus, sim. Deve ser uma viagem importante para levá-lo tão longe. Negócios ou lazer?"

"Tenho um compromisso lá."

Ouloo esperou com expectativa, mas Roveg não revelou mais nada. "Bem", continuou ela, com um leve indício de decepção se insinuando no tom alegre. "Se quiser um passeio, nosso jardim será perfeito. Está com fome? Não temos restaurante, infelizmente, mas nossa seleção de petiscos é maravilhosa."

Roveg não estava com fome, mas nada despertava seu interesse como uma culinária regional. "Eu nunca digo não a petiscos", respondeu.

Ouloo riu — o que não soava como uma risada para Roveg, mas ele sabia o que o som ofegante significava — e gesticulou com a pata para que ele a seguisse. "Vamos lá, vamos cuidar de você", disse ela. "Gosta de bolo jenjen? Recebi uns frescos do vizinho hoje de manhã." Ela foi andando, engajada em uma conversa bem-humorada. Mas, enquanto a seguia, Roveg não pôde deixar de notar que ela lançava olhares para o depósito de combustível do outro lado. Algo ali estava na mente da laruana. Fosse o que fosse, não era da sua conta. Estava ali para reabastecer, esticar as pernas e, aparentemente, bolo. Dadas as circunstâncias, não tinha apetite para nada mais complicado que isso.

• • • • • • • • • •

pei

Uma das primeiras coisas que as crianças aeluonianas aprendiam depois de dominarem as complicadas tarefas de andar, comer e usar as cores intencionalmente era que o mundo ao seu redor não usava a mesma linguagem que as pessoas. As pessoas, é claro, se comunicavam através dos cromatóforos que cobriam ambas as bochechas. Porém seus vizinhos, as plantas e os animais, não. O pelo arroxeado dos *lumae* não significava que estavam com raiva. Os asas-de-néctar, com suas manchas laranjas, não eram tristes. Peixes arrepiados não eram amigos, não importava o quão gentis suas escamas azuis pudessem parecer. Pei tinha uma memória nebulosa da dificuldade de entender esse conceito, de sentir que o mundo natural não era confiável, que, de alguma forma, estava mentindo para ela. Cores eram cores, e *as cores tinham significado*, e se era óbvio para *ela* que uma risada era verde e o aborrecimento era amarelo, as outras criaturas com certeza deviam saber disso.

Agora, na meia-idade, Pei não conseguia identificar o momento em que aquela concepção errônea se desvaneceu, mas, depois de cruzar esse limiar, entendeu que todos os aspectos da vida tinham camadas. Havia a cor na superfície e o significado por baixo. Amarelo, quando não visto no rosto de uma pessoa, muitas vezes não passava de amarelo. Era preciso frear o reflexo, ponderar se a narrativa daquela interpretação automática fazia sentido. Depois que entendeu isso, ela nunca mais conseguiu ver a vida como uma coisa estática, com uma definição imutável. O universo não era um objeto, era um feixe de luz; e as cores em que se dividia mudavam dependendo de quais olhos observavam. Nada poderia ser visto com uma análise rasa. Tudo tinha facetas ocultas, profundidades secretas que podiam ser interpretadas de mil maneiras — ou mal interpretadas. Os reflexos nos mantêm seguros, mas também podem nos emburrecer.

Pei sabia de tudo isso como sabia respirar, e, ainda assim, ê akarak a deixava alerta.

Nunca tinha visto alguém daquela espécie em um lugar como aquele — já encontrara esses indivíduos em espaçoportos, sim, mas sempre pelos cantos, revirando a sucata, correndo pelos becos, conversando apenas entre si. Nunca no meio de um mercado. Nunca sozinhos. Nunca andando pelo galpão de combustível, examinando os motores de algas e bombas de combustível, como ê akarak que ela observava à distância fazia naquele momento. Akaraks não eram comuns no espaço da CG, mas Pei já lidara com a espécie — claro que não com palavras, e sim com armas. Tinha surpreendido dois akaraks bisbilhotando sua nave, certa vez, e os assustara ao brandir uma pistola. Outra vez, encontrou um grupo roubando a carga que ela e sua tripulação tinham ido coletar — esse incidente não se resolveu tão fácil. Pei nunca falara com akaraks, mas ganhara uma cicatriz no braço de um rifle de pulsação de um e acabara com a vida de pelo menos dois.

Esse era o tipo de fato cujos significados mais profundos ela não queria desvendar.

Pei voltou a atenção para a espiral de cercas vivas onde estava. As flores compridas que pareciam chifres eram bonitas (apesar de serem amarelas), com um perfume agradavelmente doce. Um pequeno enxame de robôs polinizadores se movia entre as plantas em um balanço suave, serpenteando de flor em flor, rolando os pincéis macios e empoeirados com um zumbido mecânico. Pei estava feliz por estar no exterior, por ter os pés no chão. Sua nave — a principal, não a nave em que ela viajara — tinha um jardim, como a maioria, mas isso não era o mesmo que um jardim de um planeta. Ela se ajoelhou, pegou uma pitada da terra que cobria as raízes das sebes, e esfregou-a entre os dedos com reverência. Amava sua nave, amava sua tripulação, amava a vida passada acima em vez de abaixo... mas, estrelas, às vezes sentia falta de *terra*.

A nuca se arrepiou com a sensação de estar sendo observada.

Olhou para cima, então mais adiante.

Ê akarak a encarava.

Estavam muito distantes para que Pei visse seu rosto — não que fosse capaz de ler a expressão, sabendo tão pouco sobre a espécie. Como todos de sua espécie, ê akarak estava dentro de um volumoso traje mecânico bípede, em uma cabine com vídeo que ocupava o espaço onde deveria ficar uma cabeça de tamanho comum. O traje em si era um pouco mais alto que Pei, mas a pessoa ali dentro tinha o tamanho de uma criança — menor, até. Pei poderia guardá-le em uma bolsa. Dava para vislumbrar alguns detalhes físicos: membros finos, torso curto, a sugestão de um bico escondido nas sombras. Mas, mesmo sem uma boa visão do rosto de akarak, Pei sabia que estavam se encarando. O momento em que poderiam fingir que seus olhares não se cruzaram já havia passado.

Notou uma movimentação dentro do traje: uma alavanca foi puxada, botões foram pressionados. O traje obedeceu, endireitando-se e erguendo ambas as mãos de metal de quatro dedos. Ao comando de akarak, o traje virou as palmas para fora e inclinou as pontas dos dedos suavemente para cada lado.

As pálpebras internas de Pei piscaram com surpresa. A postura que o traje akarak adotara era de uma saudação aeluoniana, do tipo que se faz quando a outra pessoa está longe demais para pressionar as palmas das mãos nas dela. Um gesto comum e cotidiano para expressar uma saudação amigável, mas feito pelo último tipo de criatura de quem ela esperaria. A combinação não era nada além de surreal.

Pei ficou um tempo parada, então retribuiu o cumprimento com cautela.

O traje akarak fez um gesto educado de reconhecimento, depois voltou a atenção para as algas.

Antes que Pei pudesse processar a interação, um chacoalhar alto se aproximou. Sua audição não era natural, mas o implante de processamento auditivo embutido na testa permitia que Pei registrasse o som cognitivamente e interpretasse seu significado (a sensação era algo como ler, mas sem a presença de uma tela). Por mais vital que fosse essa necessidade em uma galáxia onde todos insistiam em conversas vibratórias transmitidas pelo ar, o implante não comunicava a *direção* do som pela mesma via neural com que retransmitia o próprio som. Simplesmente não era algo que um cérebro não ouvinte pudesse compreender. Para acomodar isso, o implante zumbiu de leve no lado direito da testa, indicando de onde vinha o ruído.

Ela se virou para ver ê jovem laruane vindo em sua direção, andando sobre as patas traseiras e, com as dianteiras, empurrando um carrinho de três andares. O jardim tinha uma clareira no centro, um gramado espaçoso e bem aparado, com mesas e bancos projetados para diversas espécies. Era para lá que ê jovem se dirigia com a carga.

Pei se aproximou, e o aroma de açúcar quente chamou sua atenção. "O que você tem aí?", perguntou, operando mentalmente a caixa-falante implantada na parte externa da garganta (na verdade, as caixas-falantes podiam ser instaladas em qualquer lugar do corpo, mas os outros sapientes preferiam quando a "voz" vinha da mesma direção que a cabeça, ainda que fosse uma voz computadorizada).

A criança — Tepo, era esse o nome? Tuppo? Algo assim — estacionou o carrinho e virou-se para Pei. Porém... elu não a encarou, não exatamente. Pei estava familiarizada com os laruanos, mas não era preciso ser especialista para entender que ê jovem pelude era tímide. A criança fixou os olhos em um ponto mais ou menos próximo ao rosto de Pei, quase a encarando nos olhos. "Aproveite essas sobremesas tradicionais laruanas, cortesia de seus anfitriões no Cinco Paradas", disse, em um tom sem alegria. Então apontou para o carrinho com todo o entusiasmo de alguém limpando um ralo entupido.

Pei conseguiu conter a risada prestes a sair da caixa-falante e torceu para que o verde divertido que sentia fazendo cócegas em suas bochechas passasse despercebido. "Sabe, acho que nunca comi nenhuma sobremesa laruana", comentou. "Pode me explicar o cardápio?"

Ê jovem se contorceu, pois esperava que apontar para o carrinho fosse servir tanto como olá quanto como adeus; mas, obediente, voltou sua atenção para as guloseimas. "Temos... hã, bolo ao murro, pudim de malva-branda, doce-e-sal, patinhas de bebê e... chips de menta."

"Hmm", respondeu Pei. "Muito interessante." Estava tentando deixar ê jovem mais confortável, mas o comentário era sincero. As tigelas e xícaras com decorações alegres pareciam tentadoras. "Qual é sua favorita?"

"Hã... Eu gosto de pudim de malva-branda." Elu apontou uma pata atarracada para uma tigela cheia de algo preto e gelatinoso, coberto de... lascas de alguma planta? Ou talvez algodão-doce?

"Tudo bem", disse Pei. "Quer comer uma comigo?"

A criança se mexeu nas quatro patas, batendo na grama de leve. "Ah, hã... são só para nossos hóspedes." As palavras carregavam um pesar tão denso quanto o pudim.

Pei lançou um olhar teatral por cima do ombro, em direção ao escritório. "Eu sei guardar segredo", afirmou, com um movimento brincalhão das pálpebras.

A criança finalmente se iluminou. "É mesmo?"

"É mesmo."

Bastou isso para ê laruane se transformar. Com uma súbita explosão de animação, elu pegou duas tigelas de pudim, entregando uma a Pei e ficando com a outra. Pei notou que elu separara para si a tigela com a porção mais generosa e não viu problema algum nisso.

Ambos se sentaram na grama, Pei de pernas cruzadas, ê jovem nas ancas. "Desculpe, qual é mesmo o seu nome?", perguntou Pei.

"Tupo", foi a resposta. Segurando a tigela com as patas dianteiras, Tupo começou a lamber o pudim com a gorda língua roxa, sem precisar das colheres alienígenas que sua mãe fornecia. Pei, por outro lado, precisou de uma colher para abocanhar um naco confiante do pudim. "Hmm", comentou pela caixa-falante enquanto remexia a sobremesa na boca.

"Gostou?", perguntou Tupo, de boca cheia.

"Sim, acho que gostei." O pudim tinha uma consistência estranha, mais fofa do que cremosa, e o sabor não se enquadrava em uma categoria fácil. Doce e terroso, com um quê amargo que surpreendia e encorajava. "Não acho que seja a minha sobremesa favorita, mas é muito boa."

Tupo pareceu satisfeite. Elu engoliu em seco e comentou: "Que estranho".

"O que é estranho?"

"Você conseguir falar enquanto come."

"É estranho para mim que você não consiga falar enquanto come", respondeu Pei, com um sorriso azul. "Só usamos nossas bocas para comer."

"E para beber?"

"Bem, para beber também."

"E para respirar?"

"Certo, podemos respirar pela boca. Mas eu respiro principalmente pelo nariz, que nem você."

Tupo a encarou por um momento. "Posso ver seu nariz mais de perto?"

Pei piscou, surpresa. "Hã... tudo bem, eu acho."

Elu esticou o pescoço todo, chegando muito mais perto do rosto de Pei do que seria remotamente confortável ou educado. Ê jovem estudou seu rosto com grande interesse. "É tão pequeno", comentou.

"E o seu é bem grande para mim", respondeu Pei, que nunca vira tão de perto as narinas largas e carnudas de um laruano.

Com a curiosidade aparentemente satisfeita, Tupo recolheu o pescoço e voltou ao seu pudim. "Que tipo de capitã você é?"

"De carga."

"Achei que você pudesse ser um soldado." Tupo pareceu um pouco desapontado com a resposta e deu outra boa lambida no pudim. A tigela já estava pela metade. "Minha mãe disse que trancou um montão de armas suas."

"Se duas armas são um montão, então sim", respondeu Pei.

"Mas você não é soldado."

"Não. Eu transporto os suprimentos de que os soldados precisam. É a principal parte do meu trabalho."

"Você vai aonde estão lutando?"

"Vou", respondeu Pei com naturalidade.

"Dá medo?"

"Dá."

"Você já levou um tiro?"

Pei inclinou a cabeça, contemplando a atitude direta de Tupo. Elu parecia inofensive, mas não era uma conversa que ela esperava ter. "Já", respondeu, no mesmo tom.

"Doeu?"

"O que você acha?"

"Provavelmente."

Pei riu. "Provavelmente." Olhou para Tupo com uma expressão afável de desaprovação. "Sim, doeu muito."

"Quanto?"

Embora Pei não *precisasse* ficar quieta enquanto comia, levou um longo momento para ponderar a pergunta. "Tem certeza de que sua mãe gostaria que eu falasse com você sobre isso?"

Tupo lambeu um pouco de pudim dos cantos da boca. "Não sei."

"Ahan. Talvez devêssemos encontrar outro assunto."

Tupo pareceu um pouco infeliz com a ideia, mas mudou de assunto. "Se você é capitã, cadê a sua tripulação?"

"Estão de licença em solo. Acabamos de terminar um... um trabalho grande" — com certeza não discutiria os detalhes, mesmo que pudesse vê-los claros como o dia toda vez que fechava as pálpebras externas —, "então agora temos uma folga. Cada um foi para um canto por um tempo, depois vamos nos reunir e seguir para a próxima missão."

"Aonde você está indo?"

"Visitar um amigo."

"Onde seu amigo vive?"

"Em uma nave. Ele é um espacial."

"Você não é?"

"Sou."

"Então...", Tupo não parecia impressionade. "Nas suas férias, você vai para outra nave."

"Quer dizer, férias são sobre a companhia, não é?"

Tupo não estava convencido. "Que tipo de nave?"

Estrelas, Tupo não parava mais depois de comer um pouco de açúcar. "Mista. Meu amigo é humano."

Tupo soltou uma gargalhada. "Os humanos são tão engraçados."

"É?" respondeu Pei. "Por quê?"

"Não sei, eles são engraçados. Têm só as cabeças peludas e mais nenhum pedaço."

"Eles têm pelos por todo o corpo", explicou Pei. "Só que são finos em quase todos os lugares."

"É", concordou Tupo. "Como *bebês*."

Pei riu, o rosto ficando verde. "Não sei não", respondeu, em discordância amigável. Comeu uma bocada pensativa de pudim, deixando-o se espalhar pela língua, saboreando o açúcar que derretia devagar. Alguns tons particulares de um azul afetuoso tomaram suas bochechas. "Acho que alguns são bonitos."

Um tom diferente de azul surgiu no caminho que levava de volta aos prédios principais do Cinco Paradas, e Pei observou com interesse. Ouloo estava dando o grande tour com um quelin cuja nave devia ser a que pousara logo antes da chegada do pudim. Seu exoesqueleto era de um cobalto profundo e brilhava à luz do sol, mas não havia outras cores visíveis na carapaça, nenhuma das joias incrustadas que a espécie costumava usar. Pei notou as cicatrizes opacas onde as gemas tinham sido arrancadas, as linhas ásperas esculpidas em gravuras anteriormente intrincadas, detalhando sua classe e linhagem. Um exilado, um proscrito. Os únicos indivíduos fora do território da espécie. Ela pressionou a língua contra a parte de trás dos dentes com pena silenciosa. O Protetorado de Quelin era formado por um bando de babacas. "Tem gente de todos os tipos aqui, hein?", comentou para Tupo enquanto observava Ouloo, muito animada, apresentando as instalação ao quelin, que parecia especialmente interessado em uma das sebes de flores, e inclinou a metade vertical do corpo para baixo para inspecioná-la mais de perto.

"Já hospedamos quelin antes", comentou Tupo, olhando com tristeza para sua tigela vazia. "Não muitos, mas às vezes. Mas nunca hospedamos um akarak. Minha mãe não me deixa ir falar com ela sozinhe." A proibição deixava Tupo ainda mais triste do que a sobremesa ter acabado.

Ela, Pei notou. Não fazia ideia de como akaraks definiam gênero, então teve que seguir o exemplo da criança. "Sua mãe contou por que não?", perguntou, hesitante. Queria muito saber qual era a da akarak.

"Não", respondeu Tupo. "Só disse que eu não posso." Elu estendeu a mão para o carrinho e pegou outra tigela de pudim. "É verdade que são todos piratas?"

Pei hesitou, porque é claro que não eram, mas era exatamente o tipo de pensamento instintivo que *ela* teve ao ver o traje mecânico. "Não", respondeu. Um akarak era só um akarak. Amarelo podia ser só amarelo. Reflexos podiam emburrecer.

A resposta foi outra decepção para Tupo, mas elu não pareceu surprese. "Ela não tinha armas, então não deve ser pirata."

"Sua mãe leva a sério essa história de trancar armas, hein?", comentou Pei.

"É", respondeu Tupo, devorando a nova sobremesa com o mesmo vigor. "Ela não gosta nada de armas."

"Meu amigo também é assim."

"Seu amigo humano?"

"É", disse Pei. "Ele provavelmente vai me obrigar a largar minhas armas na minha nave." O que era justo, já que estaria na casa dele, mas Pei não gostava nem um pouco.

"Por que os humanos...?" Tupo parou de falar com um sobressalto. Os seus olhos ficaram enormes.

"Mordeu a língua?", perguntou Pei. A caixa-falante enunciara a pergunta com um tom brincalhão, mas assim que as palavras saíram Pei percebeu que a criança não estava olhando para ela. Estava olhando para cima.

"O que é isso?", gritou Tupo.

Pei seguiu seu olhar e se virou para o horizonte. Suas bochechas se inundaram com cor, seu sangue se encheu de adrenalina.

"Capitã Tem, o que...?"

"Fique aqui", mandou Pei, se levantando às pressas. "Eu vou..."

"O que é isso?!"

"Não sei", respondeu. Seu primeiro instinto foi sacar a arma, mas claro que não estava no coldre. Deu um passo à frente, pondo-se entre Tupo e a visão que assustara a criança, tentando entender o que via.

Muito acima da cúpula, bem na borda do céu, algo queimava na atmosfera.

falante

Era difícil olhar para cima ao usar um traje mecânico. O visor da cabine permitia alguma visão periférica, mas mover o campo de visão para cima o suficiente exigia manobrar o traje de modo a inclinar o corpo sentado para trás. Falante não teria feito aquilo se não tivesse erguido os olhos das especificações de compatibilidade do motor que estava lendo e visto os alienígenas no jardim apontando e gritando.

Ela fez o traje sair do galpão às pressas e inclinou o torso para conseguir ver. Faixas brancas gasosas cruzavam o céu. *Nuvens*, foi a primeira coisa que pensou, logo seguido pela lembrança de que Gora não tinha atmosfera suficiente para formar nuvens. O fato foi confirmado quando uma das bordas das faixas mudou de um branco ondulante para a cor inconfundível das chamas. Outra parecida surgiu em outro lugar, depois outra, e outra, um coro cada vez maior de fogos distantes em queda livre.

Embora o traje fosse pesado, podia correr bem rápido.

"O que está acontecendo?", perguntou, correndo em direção aos outros. As palavras saíram da vox externa do seu traje, mas se perderam no barulho de todos os outros gritos da mesma natureza.

"O que está acontecendo?", gritou o quelin.

A aeluoniana veio correndo com a criança laruana. "Mãe!", gritou ê jovem, correndo em direção a Ouloo.

"Este planeta tem comunicações de emergência?", interpelou a aeluoniana.

Tupo se enfiou por baixo e entre as pernas de Ouloo. "Mãe, o *que é isso*?"

"Algum sistema de alerta?", continuou a aeluoniana.

"Eu... eu..." Ouloo encarava o céu em estado de choque, a boca aberta e os olhos arregalados.

"São tantos", disse o quelin. "Será que é... ah, merda."

Uma grande explosão se juntou ao caos — silenciosa àquela distância, mas mesmo assim provocou um nó no estômago. Detritos da explosão se espalharam, meras manchas no céu, enganosamente pequenas. Algo grande estava se despedaçando, e não era a única coisa passando por isso lá em cima.

Todos reagiram à sua maneira: a aeluoniana ficou vermelha como sangue, os pelos da laruana se eriçaram, o quelin jogou as pernas superiores para o lado. Falante ficou imóvel em sua cabine, cada músculo tenso, um pensamento perfurando as dezenas de perguntas emaranhadas que percorriam a própria cabeça e as vozes de todos ao redor.

Rastreadora estava lá em cima.

A aeluoniana assumiu o comando. Ela avançou até Ouloo com passos decididos, olhou-a nos olhos e perguntou: "Onde fica a torre sib?".

Ouloo engoliu ar e apontou uma pata para um dos caminhos. A aeluoniana saiu correndo.

Falante foi atrás.

A torre ansible não ficava longe, e Falante logo a alcançou, chegando apenas alguns passos atrás. A aeluoniana abriu o painel de acesso manual, puxou seu scrib do cinto e olhou em volta, procurando por algo que não estava à vista. Suas bochechas ficaram roxas de frustração.

Falante entendeu; a aeluoniana não tinha o código de acesso sem fio da torre, então precisava conectar seu scrib direto na fonte. Falante enfiou as mãos do traje nos compartimentos de armazenamento presos à seção do meio e pegou um cabo intermix padrão. "Este serve?", perguntou, estendendo o cabo.

A aeluoniana ergueu os olhos, surpresa, como se só agora estivesse registrando a presença de Falante. "Hã, acho que sim", respondeu, pegando o cabo com os longos dedos prateados. Então o segurou ao lado do scrib, inspecionando a porta e o conector. "Sim, sim, serve." Ela conectou o sib, olhando para Falante de relance. "Obrigada."

Ouloo veio correndo atrás, parecia ter se recomposto. "Tente a rede beacon de emergência", sugeriu. "O canal é 333-A." Sue filhe estava quase colade ao seu lado, e o quelin vinha logo atrás.

Uma faixa larga de chamas rasgou o céu da manhã, e Falante sentiu como se o coração fosse explodir no peito. Tinha que sair dali. Tinha que chegar até Rastreadora. O que quer que estivesse acontecendo, ela e a irmã precisavam fugir imediatamente.

A aeluoniana apontou para a tela do scrib, que respondeu ao comando, exibindo um fluxo vertiginoso de flashes policromáticos. A aeluoniana entendia o significado, sem dúvida, mas Falante estremeceu, incapaz de olhar diretamente para o scrib. A aeluoniana gesticulou de novo e disse em voz alta: "Desative a tradução de cores. Ative a reprodução de áudio em klip."

O scrib obedeceu; uma voz começou: "... aconselhamos todos a ficarem calmos enquanto avaliamos a situação".

"Não tenho como ficar calmo se não me disserem qual é a situação", bufou o quelin.

"Quieto", mandou a aeluoniana.

As antenas do quelin se eriçaram.

A transmissão de emergência continuou: "...não ligue para os canais de emergência, a menos que realmente precise de assistência. Estamos cientes da situação e teremos mais informações assim que avaliarmos o..." Uma explosão de estática começou a interromper o pronunciamento. "... está em andamento... não... interrompam todos os lançamentos... por enquanto..."

"Acabei de fazer reparos nesta torre", comentou Ouloo, parecendo desesperada. "Não estou entendendo; deveria estar funcionando."

"Não é a torre", explicou Tupo. Falante virou o traje para a criança, que esticava o pescoço de debaixo das pernas da mãe para encarar o céu. Elu ainda se agarrava a Ouloo, mas sua voz possuía o tom calmo de uma pessoa que chegou a uma conclusão terrível. "Olhem."

Todos os adultos olharam.

O céu estava quase sufocado pela fumaça, cortado por alguns flashes de chamas. Havia ainda mais escombros; por maior que fosse o caos, quanto mais Falante olhava, mais começava a distinguir formas. Ângulos. Bordas irregulares. O brilho ocasional do azul fotovoltaico estilhaçado.

"Satélites", disse Falante. "São *todos* os satélites."

Roveg deu um passo à frente, ao lado dela, seus muitos pés pontudos batendo no chão. Sua voz saiu como um sussurro. "São todos os satélites."

Dia 236, Padrão 307 da CG

ABRIGO

Mensagem recebida
Criptografia: 0
De: Autoridades de Trânsito da CG — Sistema
  de Gora (caminho: 487-45411-479-4)
Para: Ooli Oht Ouloo (caminho: 5787-598-66)
Assunto: ATUALIZAÇÃO URGENTE

Esta é uma mensagem urgente da Equipe de Emergências a bordo do orbital da Gerência Regional das Autoridades de Trânsito da CG (Sistema de Gora). Como os canais de ansible padrão e a Rede seguem momentaneamente indisponíveis, nos comunicaremos por meio da rede beacon de emergência. Pedimos que deixem seus scribs travados neste canal até que os meios de comunicação sejam restaurados.

Esta é uma emergência. Por favor, abriguem-se dentro de suas naves, casas ou qualquer outra estrutura reforçada até receberem uma mensagem com a liberação da ATCG. As cúpulas de hábitat podem não fornecer a proteção adequada contra grandes detritos que sobreviverem à reentrada.
  Por favor, prepare-se para continuar abrigados por pelo menos um dia padrão da CG.

Neste momento, a rede de satélites de Goran está passando por graves colisões em cascata e desestabilização orbital. Como o evento inesperado ainda está se desenrolando, não podemos fornecer detalhes completos sobre a natureza da falha no sistema. No entanto, estamos em órbita, em próxima colaboração com os representantes da Cooperativa Orbital de Gora, para avaliar a situação, e nossas agências estão trabalhando o mais rápido possível para fornecer informações mais detalhadas.
  Como a Cooperativa Orbital de Gora também está sem acesso aos canais de comunicação padrão na superfície, a ATCG fará atualizações públicas pelo tempo que for necessário.
  Ainda não temos uma estimativa de quando a liberação total será possível. Pedimos a todos os viajantes que contem com um atraso de aproximadamente um dia padrão da CG. Entendemos que isso causará grandes interrupções nos planos de viagem, mas lançamentos e pousos representam

um risco extremo nas condições atuais. No momento, qualquer tentativa de viajar da superfície de Goran, ou para ela, resultará na suspensão imediata da licença do piloto responsável e possível confisco da embarcação pela ATCG (supondo que a nave permaneça intacta).

Agradecemos a paciência. Estamos todos juntos nisso.

· · · · · · · · · ·

roveg

Roveg voltou para a nave o mais rápido que as pernas puderam levá-lo. A escotilha se fechou logo atrás, e ele sentiu uma profunda gratidão ao ouvi-la se trancar. Ficou imóvel na câmara de ar, sem saber o que viria em seguida. Nunca estivera em uma situação como essa. Estava ciente de que toda a vida civilizada funcionava graças a máquinas e construções — que eram a base de seu trabalho, então conhecia bem essa verdade. Mas possuir o conhecimento intelectual de que *a infraestrutura pode quebrar* era completamente diferente de *vê-la* quebrando em tempo real. Não sabia o que fazer.

Ainda assim, a calamidade orbital em andamento não era a causa de seu pânico silencioso — pelo menos, não a principal. Não, o pensamento que fez suas antenas se contraírem e seus espiráculos se alargarem era:

Será que vou me atrasar?

"Amigo", disse bem alto. A IA estava em toda a parte, e não havia necessidade de gritar, mas essa parecia a única atitude razoável naquelas circunstâncias. "Preciso fazer alguns cálculos." Não havia sentido em dizer essa frase à IA. Não era um comando ou uma pergunta. Um modelo não senciente não tiraria nada da afirmativa, exceto que um de seus programas logo estaria em execução, o que, por sua vez, não significaria absolutamente nada para um utilitário sem objetivos próprios. Roveg, na verdade, não estava falando com Amigo, estava declarando sua intenção, expressando o primeiro passo em um plano concreto. Avançou a passos rápidos pelo corredor em direção à sala de controle, passando pelas janelas. Através delas, via o céu ardendo. Um pedaço de metal ficou brevemente visível antes de ser engolido pelo fogo de sua própria queda livre.

"Amigo, por favor, escureça as janelas, opacidade máxima", mandou. Amigo obedeceu, e as janelas acrílicas mudaram para o agradável tom de púrpura da hora de dormir. A iluminação ambiente também se ajustou, tornando-se mais calorosa. Roveg flexionou as pernas torácicas em aprovação enquanto se movia pelo corredor. Já bastava *saber* que algo terrível estava acontecendo. Não precisava ficar olhando a cena.

Os painéis de status ganharam vida quando ele entrou na sala de controle, preparando-se para suas instruções. "Amigo, por favor, acesse a rota da viagem atual." Ao seu comando, um gráfico de estrelas encheu a tela, traçando seu curso em uma pincelada de pixels. A luzinha amarela que representava a *Korrigoch Hrut* estava a três quartos do caminho até seu destino. "Por favor, calcule nossa data de chegada se sairmos de Gora daqui a um... não, melhor: dois dias padrão." O alerta de emergência estimara apenas *um* dia, mas melhor estar preparado demais do que de menos.

A luz amarela zuniu ao longo do curso, e uma série de pontos numéricos apareceu ao seu lado (ao contrário da linguagem, matemática era algo que Roveg sempre preferia fazer em tellerain; seu cérebro não gostava de traduzir números). Os resultados foram calculados, e Amigo chegou à conclusão: "Mantendo a taxa atual de consumo de combustível, a alteração na data de partida resultaria em um atraso de cinco dias da chegada".

A ansiedade correu pelo corpo de Roveg, que planejara a viagem meticulosamente, com uma folga de três dias antes da consulta, para caso houvesse algum contratempo (além de ter um tempo para descansar, respirar e reunir coragem). Três dias tinham parecido uma folga generosa. Agora Amigo dizia que ele corria o risco de chegar cinco dias depois do planejado. Cinco dias significaria que perderia o compromisso. "Como um atraso de dois dias resulta em uma diferença de cinco dias na data de chegada?", perguntou, tentando (e não conseguindo) evitar que a voz saísse trêmula.

"Um atraso em Gora provavelmente causará um atraso adicional em Bushto, o que resultará na perda da reserva na fila", explicou Amigo.

"Mas fiz essa reserva há decanas", protestou Roveg. "Fiz a reserva antes de sair de casa."

"Não entendi", disse Amigo.

Roveg respirou fundo, puxando o ar pelo abdômen com lentidão deliberada. Em momentos assim, entendia o apelo de uma IA pensante e consciente (mas, é claro, aí residia o perigo; a conveniência era o inimigo mais astuto da moralidade). "Por favor, explique seus cálculos sobre o atraso em Bushto", pediu.

"Deixar Gora em 238/307 resultará em uma chegada a Bushto em 242/307. Nossa reserva atual para a fila na central do túnel Bushto está marcada para 240/307. A filial local do Gabinete de Viagens Harmagiano tem uma política de cancelamento de um dia padrão. Uma chegada em 242/307 resultará no cancelamento da reserva, portanto..."

"Perderemos a reserva e precisaremos voltar à fila. Sim, entendi." Roveg suspirou. Malditos harmagianos e sua burocracia inútil. "Se aumentarmos a velocidade, podemos chegar a Bushto em 240/307?"

Amigo fez alguns cálculos. "Sim", respondeu a IA. "Um aumento na velocidade de viagem para 75 unidades espaciais por dia resultaria em uma chegada em 240/307."

Em cima da hora, mas seria possível. "E como isso afetaria o consumo de combustível?"

Amigo fez mais cálculos. "O consumo de combustível aumentaria em 258 kulks."

Roveg finalmente se sentiu relaxar. Por acaso, estava estacionado do lado de fora de um depósito de combustível com apenas dois outros clientes. Dinheiro não era problema e, mesmo que fosse, um ou dois barris extras de algas era um preço insignificante a pagar para chegar a tempo. Compraria todo o combustível de Ouloo, se fosse preciso. Venderia sua arte, seu equipamento, tudo que não fosse um motor ou um filtro de oxigênio. Venderia *até a nave* depois da viagem, desde que chegasse a tempo. "Atualize o curso com os últimos cálculos, com as alterações na data de chegada e na velocidade de viagem", mandou Roveg. Desta vez, a voz se manteve firme. Saiu da sala de controle enquanto Amigo trabalhava e foi para a cozinha preparar um bule de mek. Não costumava beber o soporífero em tamanhas quantidades, mas, em um dia como aquele, achava justificado.

• • • • • • • • • •

falante

O ônibus espacial era pequeno demais.

No passado, não era assim antes. Falante já usara o ônibus espacial para o propósito previsto muitas vezes — viagens rápidas entre solo e órbita, ou da nave para a estação, ou de uma nave para outra, em geral transportando suprimentos na ida ou na volta, às vezes com a irmã no assento ao lado. Nunca o achara apertado, e o ônibus espacial estava equipado com o básico necessário para imprevistos como o que tinha agora. Havia água, um par de redes para dormir, bastante comida desidratada, um banheiro decente e ar respirável — tudo que se precisava em caso de apuros. Mas, naquele momento, Falante precisava de algo mais, algo que o ônibus espacial *não* podia fornecer, e essa carência estava enlouquecedora.

Precisava *se mover*.

Falante balançou de poste em poste, os ganchos de pulso batendo no metal em baques altos e raivosos. Ia de um lado a outro do pequeno ônibus espacial, para a frente e para trás, para a frente e para trás, sempre de olho na tela de comunicação. O símbolo de carregando girava havia dez minutos excruciantes, e a qualquer segundo iria...

A tela ficou branca, indicando que a atualização estava a caminho. Falante desceu, apressando-se até o console. "Vamos lá", pediu. "Vamos lá, vamos lá, vamos..."

A fuselagem do ônibus era espessa, mas um barulho aterrorizante a atravessou mesmo assim: o estalo de um impacto, uma chuva de terra. Falante não viu o que tinha acontecido, nem precisava. Não perdeu tempo: deslizou para baixo do poste mais próximo e disparou para o vão no chão sob o console. Inclinou a cabeça e cobriu a nuca com os braços. Algo caíra do lado de fora e, embora não houvesse alarmes de descompressão nem outro som de perigo, ela, mesmo assim, se preparou para o impacto. Já fizera isso em exercícios de segurança, mas nunca por uma ameaça real. O pulso batia forte e as mãos tremiam, mas ela entrelaçou os dedos e fechou o bico com força, esperando pelo que viria em seguida.

Nada veio em seguida. O ônibus e o mundo além estavam tão quietos quanto minutos antes. Deveria ter sido um alívio, mas Falante não confiou. Como encontrar consolo em um silêncio que poderia terminar sem aviso?

Hesitante, rastejou para fora do canto onde se abrigara e subiu até a janela mais próxima para ver a causa do barulho. Não precisou procurar muito: uma massa de metal amassado caíra a curta distância dali, longe o suficiente para que não houvesse necessidade de inspecionar a fuselagem externa, mas perto o bastante para ver a nuvem de poeira ainda pairando no ar.

Falante sentiu o estômago se revirar quando pensou nas variáveis incalculáveis que levaram à queda do lixo *ali* e não *aqui*. Tentou acalmar as mãos trêmulas, tentou abafar o horror de *ai, estrelas, e se?* Fechou os olhos e respirou fundo, então se voltou para o console de comunicação, tentando se concentrar em apenas uma preocupação lancinante por vez.

Erro, dizia a tela de comunicação. *O sinal de comunicação não pode ser estabelecido com o destinatário solicitado. Suspeita de distúrbios atmosféricos.* "Não me diga", resmungou Falante.

Nada na ausência de sinal era uma surpresa. Também não tinha sido uma surpresa nas três vezes anteriores. O ônibus espacial não tinha ansible; só possuía uma antena parabólica de curto alcance, que exigia um canal claro e ininterrupto entre o transmissor e o receptor. Dado que o receptor estava obstruído pelos destroços exponencialmente multiplicados do transmissor, não havia como completar uma ligação.

Tentou de novo mesmo assim, selecionando outro algoritmo de busca de sinal antes de retomar a movimentação de pânico.

"Você está bem", sussurrou para seu eu ainda trêmulo, as palavras assumindo um ritmo de mantra enquanto ela agarrava cada poste. "Você está bem, você está bem, você está bem."

Rastreadora saberia como conseguir sinal, pensou Falante. Bem, talvez. Talvez Rastreadora acabasse chegando à mesma conclusão que a tela de comunicação; às vezes as coisas estavam quebradas demais até mesmo para as soluções alternativas mais inteligentes. Mas resolver esse tipo de coisa era a habilidade de Rastreadora. Era por isso que ela tinha aquele nome. Assim como Falante, a irmã adorava padrões e ordem, mas em uma esfera totalmente diferente. Falante amava a trama da gramática, e Rastreadora encontrava consolo na marcha dos números. Falante valorizava as nuances, a semântica, as raízes de palavras, os significados duplos; Rastreadora se banqueteava com enigmas de cálculos e a satisfação da solução. Os fins de seus respectivos meios eram os mesmos: encontrar a maneira mais elegante de expressar um desejo. Nesse aspecto, eram dois componentes da mesma ferramenta. Todos os gêmeos akarak eram duas metades de uma alma, mas o vínculo de Falante e Rastreadora era o que se chamava de *trieto*. A tradução literal era "corte reto", mas, em ihreet, a palavra era pesada, reverente, uma maneira de descrever um par que se torna inteiro por meio do complemento que um é do outro.

E agora Falante não podia contatar com a irmã.

A tela ficou branca e, como uma tola, Falante veio correndo mais uma vez. *Erro*, dizia a tela de comunicação. *O sinal de comunicação não pode ser estabelecido com o destinatário solicitado. Suspeita de distúrbios atmosféricos.*

"Estrelas!", bradou. "Droga!" Ela bateu na tela com a palma da mão e gritou em uma frustração sem palavras — um comportamento nem um pouco típico. Rastreadora era quem ficava com raiva, quem se eriçava — em contraste com Falante, que recuava para dentro. Rastreadora fazia barulho; Falante a acalmava. Esse era o equilíbrio das duas, o fluxo de sua maré emocional. Mas aí estava o problema de Falante: sua outra parte estava no céu. Não que nunca tivesse saído do lado da irmã. Isso era frequente em paradas como essas, dada a relutância da irmã em deixar a *Harmonia*. Mas era sempre uma questão de horas. Uma tarde, talvez. O espaço entre acordar e dormir. Nunca passara uma só noite sem Rastreadora. Nunca.

Pensou nas vezes em que acordou com um som específico — ou melhor, uma ausência de som. O som de Rastreadora não respirando. De tempos em tempos, seus pulmões fracos simplesmente se esqueciam do que deveriam estar fazendo, e, embora os imunobôs da irmã devessem soar o alarme no scrib se o oxigênio no sangue caísse demais enquanto ela dormia, eles raramente reagiam tão rápido quanto Falante, ali ao lado. Houve dezenas de noites interrompidas com Falante sacudindo a irmã para que acordasse, ajudando-a a se sentar, a respirar fundo, a tomar o remédio. Rastreadora sempre caía de volta no sono depressa, acostumada como estava. Falante, por outro lado, nunca conseguia. Com frequência, ficava acordada escutando a irmã dormir até as horas da manhã chegarem e Rastreadora se levantar para começar o dia. Só então Falante se sentia segura para adormecer.

Será que Rastreadora acordaria, pensou Falante, *sem ela lá?*

Ela se balançou até as redes de dormir e sentou-se em uma. Fechou os olhos. Relaxou o bico. Aquele frenesi não ajudaria. Era o pânico falando e, embora o pânico fosse uma resposta normal quando o mundo estava desmoronando, o lugar para o qual sua mente saltava era inútil e improvável.

Rastreadora não era criança, não era estúpida, e a mera presença de Falante não era o que determinava se seus pulmões se comportavam bem ou não. Rastreadora era engenhosa, resiliente. Falante repetiu a si mesma que não precisava se preocupar tanto.

Mas se preocupou mesmo assim.

Falante esfregou as palmas das mãos. Não, isso não podia continuar. Não podia passar um dia inteiro ou o tempo que fosse assim — e duvidava que o *aproximadamente um dia padrão da* CG fosse uma estimativa precisa de quanto tempo aquilo levaria. *Aproximadamente um dia padrão da* CG era bem o tipo de resposta padrão quando a autoridade em questão queria que as pessoas se preparassem para uma longa espera, assim como *por favor, chegue vinte minutos mais cedo* poderia significar qualquer coisa, desde atendimento instantâneo a um hora de espera. *Um dia padrão da* CG era uma frase vazia, um valor que oferecia o conforto da absorção rápida dos conceitos fundamentais de *um* e *dia* para então anular qualquer significado com a aplicação burocrática da palavra *aproximadamente*. Falante já estivera em filas suficientes e preenchera formulários o bastante para saber que não podia confiar em frases como essa.

Então... Se a comunicação era uma causa perdida, e o ônibus espacial já a estava deixando louca, o que mais poderia fazer? Qual era o melhor uso de *aproximadamente um dia padrão da* CG?

Voltou para os postes e foi procurar seu scrib.

• • • • • • •

pei

O *eelim* se moldou ao redor de Pei enquanto ela se sentava, sentindo o polímero maleável se flexionando e se curvando em volta do seu corpo. As portas também se derretiam à medida que ela ia de um cômodo ao outro depois de se levantar. A nave, como todos os espaços aeluonianos, tinha formas e acessórios internos que se mudavam para atender às necessidades do usuário. O móvel no qual estava instalada agora era uma peça grande e prática, que poderia servir de banco comunitário ou de beliche para três pessoas (ou mais, se você não se incomodasse com a proximidade). Mas Pei estava sozinha nesta viagem, e isso significava que poderia desfrutar do luxo de se espalhar sem ficar tropeçando na tripulação. Em geral não se incomodava de ter muita gente em volta — o conforto, em geral, era uma preocupação secundária em seus locais de trabalho —, mas, sem outra opção, precisava admitir que era muito bom ter a nave toda para si.

Era estranho estar desfrutando dessas coisas com o céu em chamas.

Pei já tinha visto outras atmosferas em chamas, como mostrou seu reflexo inicial de correr, mover-se, atirar, reagir, proteger. Mas Gora não era uma zona de guerra. Suas armas estavam trancadas em um armário, sua verdadeira nave estava em outro lugar, e a fronteira de Rosk no céu de Goran não passava de uma estrela entre milhões. O problema atual — o problema do *céu em chamas* — estava ocorrendo em órbita baixa, e não havia nada que alguém *aqui embaixo* pudesse fazer para ajudar quem estivesse lidando com a confusão *lá em cima*. Nada além de ficar sentada no ônibus espacial e esperar, segundo as instruções.

Esperar era outra atividade com a qual Pei estava acostumada, mas quase sempre andava de mãos dadas com *fazer preparativos*. A lista de coisas que precisava ter em mente enquanto *esperava* por algo era interminável e sempre crescente. Tinha que considerar emboscadas, fogo cruzado, roubo, discussões, inspeções de equipamentos, trajetórias de entrada, planos de fuga, níveis de combustível, integridade das anteparas, formulários apropriados, fiscais alfandegários sem o menor senso de humor, intermediários sem um pingo de ética, traduções e carimbos digitais e se os escudos aguentariam. Tinha uma tripulação à qual podia delegar essas questões — e era uma tripulação excelente —, mas, como capitã, a responsabilidade era dela, e não havia problema que não exigisse sua opinião, fosse *o piloto perdeu um olho* ou *o mek acabou de novo*.

Então, na hora que se passou desde que a mensagem de emergência chegara e todos se retiraram para suas respectivas naves como boas crianças na creche, a primeira coisa que Pei sentiu sobre aquela situação, na qual não havia nada para ela fazer a não ser seguir as instruções de outra pessoa e esperar que fizessem o trabalho, foi... alívio.

E se sentiu culpada por isso. A coisa toda seria uma provação para as pessoas responsáveis, sem dúvida, e os efeitos em cascata com certeza seriam uma desgraça para o planejamento de um planeta inteiro cheio de pessoas com viagens marcadas. Ia perder um dia de licença em solo por causa do ocorrido, e isso definitivamente azedou seu humor, mas tinha certeza de que as coisas estavam muito piores para outras pessoas com horários rígidos e assuntos urgentes. Ninguém tinha morrido, até onde sabia. Ninguém em suas imediações estava ferido. Ainda assim, porém, dano era dano, e Pei se viu dividida entre duas verdades até perceber que uma não diminuía a outra:

Aquela não era a pior coisa que poderia acontecer.

E mesmo assim era uma coisa ruim.

Mas todas essas considerações eram irrelevantes. Não tinha controle nem responsabilidade sobre nada, e tudo que podia fazer era sentar e esperar. Quase não recebia esse tipo de permissão.

Certo ou não, o alívio venceu a culpa.

Soltou os ombros e afundou a cabeça. De onde estava sentada, a ideia de algo estar errado parecia absurda. Tudo estava silencioso. Estava segura. Pela janela, dava para ver o jardim no qual estivera andando mais cedo, e, por causa do ângulo das colinas além da cúpula, não se via o céu. Voltou a olhar para o jardim, que era mesmo lindo, ainda que humilde. Lembrava a atmosfera do jardim da creche onde ela cresceu, um jardim do qual seu pai, Le, cuidava todos os dias. Lembrava com carinho os canteiros triangulares de plantas especiais que as crianças podiam cutucar e roer. Nada de ruim poderia acontecer naquele lugar, e, por um momento, ela sentira o mesmo no jardim de Ouloo. Sabia que os sentimentos não eram verdadeiros, que coisas ruins podiam acontecer e aconteciam em qualquer lugar, mas era uma boa ilusão na qual acreditar por um tempo. Pei se permitiu continuar entregue a essa fantasia, mesmo sabendo que a vista acima contava uma história diferente.

Enquanto sua mente se acalmava, os pensamentos passaram a vagar livres, e Pei começou a segui-los, sentindo as bochechas mudarem de cor. Era importante, em seu ramo, examinar minuciosamente as coisas que aconteciam dentro de si, e ela fazia esse tipo de regulação em qualquer momento livre que tinha. A situação imediata foi uma que se desvendou com facilidade e não teve necessidade de examinar o assunto mais a fundo. Porém havia um rosnado mais íntimo, que a afligia há decanas. Fizera pouco progresso, e quanto mais se debruçava sobre a questão, mais seus fios confusos tentavam se embaraçar, como raízes plantadas próximas demais umas das outras. Queria a tesoura de jardinagem de Le para poder cortar tudo pela raiz.

Exalou, passando a palma da mão no topo da cabeça. Estava tão cansada daqueles nós, tão cansada de imediatamente se embaraçar neles sempre que a mente vagava para onde queria. *Este* não é o momento para isso, disse a si mesma. *Havia* um problema lá fora, embora estivesse desconectada dele. Disseram-lhe para se abrigar e ficar calma. A primeira parte era fácil; a segunda era um deleite. Não via necessidade de estragar aquele tempo que lhe fora dado com coisas que não a deixariam em paz.

Pei se empurrou com firmeza contra o *eelim*, levando-o a reclinar por completo. Então, se acomodou no ninho de apoio, cruzando as mãos por cima do peito, permitindo-se o conforto de ser embalada. Ao longe, do outro lado da claraboia acima, os restos de um rastreador meteorológico caíram, flamejando como mechas ao atingir o ar rarefeito. Ela fechou os olhos antes que os pedaços parassem de queimar. Em poucos minutos, estava dormindo.

Mensagem recebida
Criptografia: 0
De: Autoridades de Trânsito da CG — Sistema
   de Gora (caminho: 487-45411-479-4)
Para: Ooli Oht Ouloo (caminho: 5787-598-66)
Assunto: ATUALIZAÇÃO URGENTE

Esta é uma mensagem urgente da Equipe de Emergências a bordo do orbital da Gerência Regional das Autoridades de Trânsito da CG (Sistema de Gora). Como os canais de ansible padrão e a Rede seguem momentaneamente indisponíveis, nos comunicaremos por meio da rede beacon de emergência. Pedimos que deixem seus scribs travados neste canal até que os meios de comunicação sejam restaurados.

Esta não é uma liberação completa. Os indivíduos na superfície do planeta podem se mover livremente dentro das cúpulas de hábitat, mas viagens entre cúpulas na superfície não são recomendadas. Todas as naves espaciais devem permanecer em solo até segunda ordem. Nenhum lançamento ou pouso está permitido neste momento.

Continuamos a trabalhar com a Cooperativa de Satélites de Gora para avaliar a situação. O que sabemos até agora é o seguinte:

Hoje cedo, uma falha de hardware interrompeu um procedimento rotineiro de ajuste de curso de um satélite. Esse evento criou uma colisão em cascata que, até o momento, danificou ou afetou de forma negativa cerca de setenta e oito por cento da frota de satélites de Gora. É esperado que essa porcentagem aumente com o tempo, pois ainda há hardware danificado em queda. Como provavelmente já notaram, isso interrompeu os canais de comunicação em todo o planeta.

As circunstâncias em torno dessa falha de hardware ainda precisam ser investigadas a fundo, mas os dados iniciais sugerem que o incidente foi de natureza acidental e mecânica. Estamos cientes de rumores sobre um asteroide não rastreado ou sobre o disparo de armas orbitais. Tais rumores são completamente falsos.

Como sempre, sua segurança é nossa maior prioridade, tanto dentro quanto fora do planeta. Permanecemos com o objetivo de restaurar lançamentos e pousos em cerca de um dia padrão da CG, e estamos trabalhando para encontrar soluções o mais rápido possível.

Agradecemos a paciência. Estamos todos juntos nisso.

roveg

Liberado ou não, Roveg não estava com pressa para deixar a nave, não com a chance de que coisas caíssem do céu a qualquer momento. Ele preparou mais mek e colocou uma música, sentindo-se bastante confortável entre as próprias paredes e decoração. O desejo de sair e ver algo novo que sentira ao pousar tinha desaparecido. Conforto e familiaridade eram o que seus nervos precisavam, e, mesmo confiando que tudo estava sob controle, não via necessidade de ir lá fora.

A vox de parede soou: "Desculpe incomodar", disse Amigo. "Uma visita na escotilha deseja falar com você."

"Quem é?", perguntou Roveg. Presumia que fosse Ouloo querendo verificar como ele estava.

Amigo fez uma pausa enquanto repetia a pergunta do outro lado do nave. "O nome dela é Falante", informou a IA.

Roveg baixou a xícara de mek. Não conversara com a akarak, mas ouvira Ouloo usar o nome dela. Curioso. Pensou um pouco. "Permita que ela embarque", mandou. Nunca conversara com um akarak e achou que seria melhor vivenciar o momento cara a cara. Esvaziou o copo, se levantou e foi para a câmara de ar.

O barulho do traje mecânico da akarak andando pela escotilha era mais alto do que as maquinações da escotilha em si. Estrelas, que traje pesado — e feio. Ele se perguntou, enquanto a encarava, como Falante se movia quando não estava dentro daquela coisa. Na verdade, tinha dificuldade de imaginar um akarak *sem* traje, pois nunca vira um. O negócio todo era desconcertante, pois não podia sequer cheirá-la. Roveg absorvia mais do mundo pelo cheiro que pela visão, e, escondida atrás de metal e acrílico, a akarak parecia fantasmagórica, artificial, mais como uma robô que uma pessoa.

A akarak, no entanto, logo desfez essa impressão. Dentro de sua cabine, ela inclinou o torso para a frente. Seu corpo não poderia ser mais diferente do de Roveg, mas, mesmo assim ele entendeu o gesto. Roveg também se curvou, como era seu costume. Foi uma surpresa agradável fazer o gesto com alguém como ela.

"Obrigada por me convidar para entrar", disse Falante. "Espero não estar incomodando. Eu não teria problemas em conversar lá fora."

Mais uma vez, Roveg sentiu um quê de surpresa. Ouvira falar que akaraks eram enlouquecedoramente difíceis de conversar. Pelo que ficara sabendo, deveria esperar uma barreira linguística do tamanho de uma pequena lua. Mas o klip de Falante era impecável, pronunciado com as vogais afáveis e neutras que você ouviria cantaroladas nas cidades respeitáveis do espaço Central. Ela soava como se trabalhasse no escritório de um diplomata ou em um estúdio de gravação. O que a marcava como usuária não nativa de klip não era um sotaque específico, e sim a ausência de qualquer sotaque.

Roveg ficou intrigado.

"Não é nenhum incômodo", respondeu. "Você se chama Falante, sim?"

"Sim. E você se chama..."

"Roveg", foi sua resposta, com outra pequena reverência. Um pensamento lhe ocorreu, e ele se endireitou rápido. "Você está bem? Aquela coisa que caiu atingiu sua nave?" Ele não tinha planejado receber uma hóspede e não estava particularmente animado para ter uma, mas tinha espaço para tanto, caso necessário.

"Não, estou bem", respondeu Falante. "E você?"

"Sim, nem um arranhão. Estou seguro e confortável, fico feliz em dizer. Então, como posso ajudar?"

Dentro de sua cabine, Falante pegou um dispositivo — Roveg demorou um instante para perceber que era um scrib do tamanho próprio para um akarak. Nunca vira um tão pequeno, mas o dispositivo não parecia ser fabricado em massa. Era um objeto feito à mão, como evidenciado pela cola grossa nas bordas e os parafusos descombinados. Falante gesticulou para a tela, o que fez Roveg sentir uma dissonância peculiar. Sabia que a pessoa dentro da cabine e o traje mecânico em si não eram uma entidade, mas era estranho ver uma figura bípede do tamanho de um aandriskano — um tipo de corpo que estava acostumado a encontrar — de pé imóvel, com as mãos caídas na lateral do corpo, enquanto a pessoinha lá dentro da cabeça de metal se ocupava com outras coisas.

"Bem, na verdade, isso é o que eu vim descobrir", explicou Falante. Ela ergueu os olhos, mas, quando ia fitá-lo, seu olhar foi atraído pelo tapete de projeção que cobria o teto acima. A renderização ativa mostrava o céu de um dia típico de primavera nas regiões equatoriais de Sohep Frie: verde-mar com fiapos preguiçosos de nuvens. Falante puxou uma alavanca, inclinando o torso do traje para trás, para poder observar o céu de um ângulo melhor. "Isso é... lindo", comentou.

"Obrigado", respondeu Roveg. Olhou para cima também, admirando a visão cotidiana com orgulho. "Eu gosto bastante." Falante inclinou a cabeça para ele, e Roveg explicou: "Sou designer de simuladores. Eu que fiz esse".

"Ah, que legal", comentou ela, ainda olhando para o teto. "Todas as naves quelin têm projeções como essa? Nunca estive em uma."

"Não, não. É só mais uma das minhas invencionices. Qual é a graça de fazer coisas só para a diversão dos outros?"

A akarak observou as nuvens digitais flutuarem e mudarem. "Deve consumir bastante energia."

"Consome", concordou Roveg. "Mas vale a pena, se você passa bastante tempo no espaço. Ajuda a manter a cabeça limpa. Só aguento a vida espacial em pequenas doses."

"Entendo", respondeu Falante, ainda observando as nuvens. Seu tom escondia algo, mas Roveg não conseguiu identificar o quê.

"Desculpe, mas você... Bem, não entendi muito bem aonde você queria chegar antes de minhas nuvens nos interromperem. Você comentou que estava se perguntando... o que eu posso fazer?"

"Isso", confirmou Falante. Ela endireitou o traje mecânico e segurou o scrib. Roveg tentou não olhar para suas mãos — para início de conversa, mãos já eram uma característica bem estranha, mas ele estava acostumado aos dedos delgados dos aeluonianos e às garras ousadas aandriskanas, não aos ganchos para trás que brotavam de cada um dos pulsos como espinhos retorcidos. Algo neles fez suas antenas se eriçarem de nervoso, mas Roveg deixou o sentimento de lado. Falante o encarou, focando os olhos úmidos de vertebrado. "Estou dando uma volta e descobrindo quais habilidades temos entre todos aqui no Cinco Paradas."

"Por quê?" Roveg não entendia o objetivo desse esforço.

Era óbvio que sentimento era mútuo, porque Falante o encarou com um olhar que parecia dizer: *por que não?* "É uma emergência. Precisamos saber quem pode contribuir com o quê."

Roveg olhou pela janela da antepara ao seu lado. Tudo lá fora parecia da mesma forma que estava horas antes. "Aconteceu mais alguma coisa?", perguntou, com uma pontada de preocupação. Será que perdera algum acontecimento importante enquanto estava sentado de barriga para baixo e bebendo mek?

Falante o encarou. "*Mais* alguma coisa, além de a rede de satélites do planeta estar em colapso?"

"Bem, quer dizer, claro, isso é *muito sério*, é uma emergência para aqueles que precisam resolver a situação, mas está tudo bem para nós em solo, não? A não ser por mais detritos caindo?

"Por enquanto", respondeu Falante. "Mas não temos ideia de quanto tempo isso vai durar, e a comunicação está severamente limitada. Se algo acontecer, seria bom se soubéssemos como podemos lidar com isso."

Parecia uma cautela excessiva para Roveg, um pouco bobo até. "As Autoridades de Trânsito disseram que levaria um dia", retrucou ele.

Falante o encarou sem dizer nada, e ficou claro que ela não estava convencida.

"Bem", continuou Roveg, sentindo como se tivesse perdido uma discussão, ser ter a menor noção de qual. "Sou bom com tecnologia."

Falante fez uma anotação em seu scrib. "Tecnologia mecânica ou de computação?"

"As duas, mas de maneira bastante superficial. Consigo consertar uma linha de combustível ou um painel bugado, mas não conseguiria, digamos, construir um motor ou recodificar uma IA."

"Isso não é superficial, é ótimo", respondeu Falante, gesticulando o registro das informações com velocidade eficiente. "Você está dizendo que sabe consertar coisas do dia a dia, mas nada muito especializado."

"Isso mesmo. Ou, bem… depende do tipo de item que estamos discutindo."

"Entendi. O que mais? Não pense só em coisas relacionadas à sua profissão. Pense em todas as coisas práticas que você sabe fazer, mesmo que pareçam triviais."

Roveg não estava preparado para anunciar seu currículo assim, do nada, e nunca fizera tamanha análise de si mesmo nesses termos. "Eu consigo… Hmm. Eu sei pilotar naves. Sei como funciona o sistema de suporte de vida médio. Escrevo bem."

"Em que línguas?"

"Klip e tellerain, no nível em que falo agora. Entendo um pouco de hanto e reskitkish, se falarem devagar, mas não falo." Ele deu uma risada curta e bem-humorada. "E pode confiar: você não quer me ver tentando."

"Você pode ler cores aeluonianas?"

"Tão bem quanto qualquer um que não estudou. Tenho uma noção geral do que estão sentindo, não do que estão dizendo."

Falante registrou cada palavra. "E primeiros socorros?"

Roveg não imaginava uma situação em que isso seria necessário, mas deu corda: "Para minha própria espécie, sim, em um sentido muito, muito básico. Poderia enfaixar uma concha por tempo suficiente para que a pessoa ferida recebesse atendimento médico. Para qualquer outro sapiente, não."

"E as suas necessidades? Algo que o restante de nós deva saber?"

"Em relação a...?"

"Alergias, problemas de saúde, esse tipo de coisa."

Roveg ficou nervoso com a pergunta, assim como ficara com a sobre primeiros socorros. O que a akarak achava que ia acontecer? Estavam presos em um domo habitacional cheio de bolos e cercas vivas, não tinham caído em um asteroide ou perdido oxigênio para o espaço. Mas Falante estava muito séria enquanto fazia suas perguntas, e ele não queria insultá-la, não importava o quão alarmista considerasse essa linha de questionamento.

"Não tenho alergias. Quer dizer... nada além do normal para a minha espécie. Não reagiria bem ao contato físico com harmagianos ou a refeições com raiz suddet, mas não corremos o risco de nenhuma dessas situações, dada a nossa companhia atual. E estou em perfeita saúde, pelo menos, é o que dizem meu imunobôs. Sem quaisquer condições, mentais ou físicas."

"Bom", respondeu Falante. "Isso é ótimo."

"Ah, também sei ler gráficos de galáxias anotados", completou. "Não é uma questão de saúde, mas é algo que sei fazer."

Falante acrescentou uma anotação a respeito. "Você e a Capitã Tem."

"Essa é a aeluoniana?"

"Sim. Já falei com ela e com nossos dois anfitriões."

"Deixou a melhor entrevista para o final, hein?", comentou Roveg, simpático.

Falante hesitou e não retribuiu a brincadeirinha. "Para ser sincera, eu... não tinha certeza se você falaria comigo." Ela hesitou de novo, como se ainda estivesse processando a ideia. "Com certeza não achei que me convidaria para entrar."

"Ah", respondeu Roveg. Não precisava de uma explicação sobre por que Falante pensara isso. "Pode ficar tranquila: embora eu compartilhe a aversão da minha espécie à raiz suddet, *não* me incomodo de socializar com outros sapientes. Pelo contrário, valorizo muito qualquer oportunidade de fazê-lo." Ele baixou o torso com uma lentidão graciosa. "Na verdade, ficaria muito feliz em conversar mais com você, Falante, sobre assuntos menos terríveis. Parece que temos tempo!"

A akarak pareceu relaxar um pouco. "Aprecio a oferta", respondeu. Seu tom era sincero. "Na verdade, isso me leva à outra coisa que vim aqui para lhe dizer: Ouloo está convidando todos para se dirigirem ao jardim e apreciarem 'comida e bate-papo', segundo ela disse."

"Ah", respondeu Roveg. "Bem, é muito gentil da parte dela."

"Acho que ela está tentando nos manter felizes enquanto estamos presos aqui. Ouloo está muito chateada com tudo que aconteceu."

"Não é culpa dela."

"Sim, mas é a casa dela", retrucou Falante. "Eu entendo."

A relutância de Roveg em deixar sua nave sumira de vez. A promessa de um lanche não atrapalhava, mas o principal motivo era a curiosidade recém-descoberta pela companhia com quem acabara preso — em especial, a pequena pessoa com quem falava agora. "Bem, se você terminou com as suas... perguntas", disse ele, "vamos juntos?".

Foi a vez da akarak ficar surpresa. Roveg não sentia seu cheiro, é claro, mas a linguagem corporal bípede básica era muito fácil de entender. Se aprender uma, aprendeu todas. "Ah. Hmm, claro", respondeu Falante. "Eu... não vejo por que não."

Dia 236, Padrão 307 da CG

POR FAVOR, MANTENHAM A CALMA

• • • • • • • • •

todos

Estrelas, a laruana estava se esforçando.

Era o mesmo jardim onde Pei estivera horas antes, mas Ouloo reorganizara o círculo de gramado no centro. As mesas estavam cheias do que pareciam ser todas as xícaras e tigelas da cozinha da anfitriã, todas elas repletas de petiscos doces e salgados. Pei espiou em um dos copos, onde viu nós de salinos. Os outros recipientes traziam lanches semelhantes: folhados de algas, tortas de fruta-crocante, canudos de geleia — os petiscos do dia a dia que você encontra em qualquer mercado misto. Os lanches eram *quase* chiques, no sentido de que não eram os folhados de algas mais baratos do mercado — talvez até levassem ervas ou frutas de verdade, ou algum outro ingrediente cultivado em solo real antes de serem embalados a vácuo. Parecia que Ouloo pegara braçadas do estoque — ou pernadas, no caso da laruana — e feito o possível para deixar tudo minimamente apresentável, organizando os petiscos em arranjos apressados com louças descombinadas.

"Olá, Capitã Tem!", saudou Ouloo, da borda do círculo, enquanto tentava improvisar um dossel com cobertores de casa e postes que pareciam sobras de alguma construção. "Por favor, sirva-se!"

Pei ficou intrigada com o dossel. Qual era o sentido de montar uma coisa daquelas em uma cúpula de hábitat, onde não havia intempéries? Sem chuva, sem neve, nada que pudesse cair do...

Ah. Ouloo estava tentando bloquear a visão do céu para os hóspedes. "Posso ajudar?", perguntou Pei. A laruana parecia estar com dificuldades para montar a estrutura.

"Não, tudo bem, eu..." Tanto o cobertor quanto os postes caíram no chão com uma lentidão tragicômica. "Ah, merda."

"Mãe", repreendeu Tupo, rindo, escondido em algum lugar. "Olha a boca!"

Pei se agachou e se inclinou a cabeça na direção do zumbido de seu implante. A criança estava encolhida embaixo de uma mesa, devorando folhados de algas direto da embalagem. Pei não tinha como saber, mas suspeitava que aqueles petiscos eram para hóspedes. "Ei, Tupo", cumprimentou Pei. "Você está bem?"

"Estou", respondeu a criança, baixinho. O tom sugeria o contrário. Elu enfiou, sem jeito, um punhado de folhados dentro da boca. "Você tem que experimentar os folhados de algas", comentou, mostrando a imagem impressa na embalagem para Pei. "São bons."

Pei conhecia bem os folhados de algas e não estava com fome, mas, entre os esforços frenéticos de Ouloo e a aparente confusão de Tupo, que achava que ela precisava de explicações sobre todas as comidas, não podia recusar. Pegou um prato e começou a examinar o buffet improvisado. Mas, antes que pudesse fazer suas escolhas, o implante voltou a zumbir na direção de Ouloo. A laruana estava murmurando em seu idioma cheio de arrulhos, e, embora Pei não entendesse as palavras, a frustração era clara como o dia.

Sem dizer nada, Pei largou o prato e foi até Ouloo. "Opa", exclamou, segurando um dos postes precários. Olhou para os materiais que Ouloo estava usando: cobertor, vara, barbante. "Sem querer me intrometer, mas acho que eu posso..."

Ouloo bufou, exaltada. "Se tem uma ideia melhor do que a minha, fique à vontade."

Pei pensou por um momento, então mergulhou no trabalho, arrumando os postes e amarrando nós resistentes. Uma estrutura começou a surgir.

"Ah, você definitivamente tinha uma ideia melhor do que a minha." Ouloo riu. "Muito bem." Ela esticou o pescoço comprido em direção à obra de Pei. "Espero que não se incomode que eu assista. É muito divertido ver seus pés... desculpe, *suas mãos*... em ação."

Pei corou, rindo verde. Não se incomodava nem um pouco. "Só estou dando nós", explicou, enquanto fazia justamente isso. "Nada de especial."

"Sim, mas você isso faz *tão rápido*", explicou Ouloo. Ela ergueu uma pata atarracada, balançando as pontas dos pés largos. "Eu não consigo fazer isso."

"E eu não consigo olhar diretamente por cima do ombro", retrucou Pei. "Sempre achei que deve ser muito legal poder fazer isso."

Ouloo continuou a observar Pei, um tanto hipnotizada. "Onde você aprendeu essas coisas?"

"Na escola militar. Montar um abrigo rápido é uma das coisas que você precisa saber fazer de olhos fechados."

Tupo espiou, estendeu o pescoço para fora da mesa. "Você disse que não era soldado."

"Eu não sou", retrucou Pei. Ela enrolou o barbante por cima, por baixo e pelo meio. "Mas já pensei em ser. Em Sohep Frie, temos umas escolas... não tenho ideia de como chamar em klip. São uma alternativa à escola padrão que você começa a frequentar no início da adolescência. Se está pensando em uma carreira nas forças armadas, pode visitar para ver se é uma boa opção."

"Imagino que não tenha sido, para você", disse Ouloo.

"Não." Pei deu um último nó. "Admiro a causa, mas gosto de trabalhar para mim mesma." Ela deu um passo para trás, de modo a admirar a obra. O dossel estava firme.

Vindo pelo caminho, do lado oposto das sebes, os outros convidados se aproximaram.

"Você deve ser a Capitã Tem", cumprimentou Roveg, curvando o tórax em saudação. "É um prazer conhecê-la direito."

"Igualmente", respondeu a aeluoniana. Roveg estava aliviado de tê-la ali com o grupo, por mais estranha que ela fosse. As perguntas de Falante tinham despertado a preocupação incômoda de que talvez a situação *não* estivesse tão sob controle quanto ele gostaria, mas ali estava uma capitã em forma e confiante, parecendo pronta para qualquer coisa. Seu cheiro transmitia que ela estava à vontade, e isso combinava com a prata azulada das bochechas, um sinal fácil para identificar a calma de um aeluoniano. Se ela não estava preocupada, então Roveg via poucos motivos para se inquietar. "Ouloo, isso parece delicioso", disse, pegando um prato. "Muito obrigado pela hospitalidade."

"Ah, não é nada", retrucou Ouloo. "Sinto muito por tudo que aconteceu. Se pudermos fazer qualquer coisa para tornar a situação um pouco menos estressante para vocês, por favor, por favor, avisem." Então ela se voltou para Falante, lançando um olhar significativo, antes de completar: "Estamos aqui para vocês."

Algo estava acontecendo entre Falante e Ouloo, e, embora Roveg não tivesse certeza do que, arriscou que um pedido de desculpas estava sendo feito. Falante respondeu com toda a educação, como sempre parecia fazer: "Obrigada, é bom ouvir isso". Desculpas aceitas, ao que parecia.

Uma lufada de ar quente atingiu várias articulações de Roveg, fazendo com que ele se sobressaltasse, surpreso. Ao olhar para baixo, percebeu que não era apenas ar, mas respiração. A criança laruana estava embaixo da mesa, tentando dar uma boa olhada em suas pernas. "Ora, olá!", cumprimentou Roveg, rindo.

"Tupo, o que nós conversamos sobre se esconder quando há hóspedes por perto?" Ouloo suspirou. "Pode sair daí, por favor?"

Tupo não saiu.

"Sinto muito", disse a laruana a Roveg, baixando a voz para um tom que a criança, sem sombra de dúvidas, ainda conseguia ouvir. "Não recebemos muitos quelin. Acho que elu está um pouco tímide."

"*Não estou*", reclamou Tupo. Mas continuou sob a mesa.

"Não é problema algum", respondeu Roveg, olhando para Ouloo, mas dirigindo suas palavras aos ouvidos menores. "Eu já era completamente adulto quando conheci meus primeiros amigos de outras espécies, e também fiquei com vontade de me esconder debaixo da mesa." Ele se abaixou para ficar na altura da criança. Tupo retribuiu o olhar, cheirando a empolgação e preocupação. "Mas espero que você saia logo daí", continuou Roveg. "Eu bem que gostaria de um pouco de apoio caso essas bípedes comecem a implicar comigo."

A piada passou batida pela criança e atingiu algum lugar nas cercas vivas. "Por que elas...?"

"Ele está brincando, Tupo", explicou Ouloo, exasperada. "Estrelas". Ela sacudiu o pelo e voltou a atenção para os adultos. "Bem, não precisamos ser *todos* tímidos também. Por favor, sintam-se em casa!"

Falante tinha passado a vida adulta inteira aprendendo interagir com outras espécies. Seu povo vivia isolado, e, mesmo quando ia morar em assentamentos mistos, tinha o costume de tentar se manter segregado (por razões que nenhum akarak precisava ser lembrado). Falante aperfeiçoara seus talentos naturais de facilidade com idiomas, o que Rastreadora chamava de "esponja social", para conseguir mergulhar na confusão multicultural e obter acesso a lugares que pessoas de sua espécie, em geral, não tinham. Essas suas habilidades eram maleáveis por necessidade, já que não havia como saber com que tipo de sapiente ela precisaria conversar. Falante se orgulhava de sua flexibilidade. Com exceção de uma pequena coleção de mercados e contatos confiáveis, raramente visitava o mesmo lugar duas vezes, e parte do que tornava ela e a irmã boas no que faziam era sua capacidade de se adaptar a qualquer cenário.

Mas ali, na beira do jardim, com as comidas, as flores e a conversa fiada, um pensamento lhe ocorreu. Por mais variados que fossem os lugares que visitava, todos compartilhavam um mesmo elemento: a praticidade. Falante frequentava depósitos de combustível, oficinas de tecnologia, fornecedores hidropônicos, clínicas médicas, bibliotecas, mercados movimentados, estações de água, agências governamentais, docas e outros locais com finalidade prática. Sabia negociar, perguntar, pechinchar e conquistar, e tinha feito tudo isso com espécies alienígenas de todas as formas e tamanhos.

Nenhuma jamais a convidara para passarem um tempo juntos.

Aquela situação deveria ser moleza para Falante, mas ainda assim ela se via diante de um tremendo desafio. Precisava manter o ar de confiança, tão crucial para apaziguar as outras espécies, enquanto navegava pelos entremeios sociais daquela nova situação, que a deixava inesperadamente nervosa. Isso tudo *enquanto* mantinha oculta sua ânsia para conversar com Rastreadora.

Ela respirou fundo e marchou com o traje mecânico para a frente.

Por sorte, não teria que iniciar a conversa. Roveg falava animadamente com a Capitã Tem enquanto enchia o prato de lanches, as membranas ao redor de seu tórax se flexionando de empolgação. "Tenho que dizer, capitã, que bela nave que você tem", comentava, em seu sotaque tempestuoso. "Chamou minha atenção quando aterrissei."

"Ah, obrigada", respondeu a Capitã Tem, mordiscando algo do próprio prato (mais modesto). Falante ainda não entendia as cores das bochechas dela tão bem quanto queria, mas a aeluoniana pareceu satisfeita e não comentou mais sobre o assunto. A Capitã Tem não se gabava nem se pavoneava, mas também não era modesta. Ela reconhecia que seu ônibus espacial era bom e ponto. Falante reparou nisso.

Roveg se inclinou de leve para a Capitã Tem. "Considerando a... hã, *robustez* de sua nave, suponho que você tenha vindo de territórios perigosos", comentou. Sua voz adotou um tipo de empatia bem-intencionada, porém sem noção, de alguém que não sabia nada sobre a violência real além do fato de que era *uma coisa ruim* e que era preciso delicadeza para falar sobre o assunto. Não que Falante tivesse alguma vivência real. Embora trabalhasse, com frequência, ao lado de pessoas que tinham um relacionamento íntimo com a mortalidade e os meios pelos quais isso poderia ser explorado, ela e Rastreadora tinham decidido, há muito tempo, que jamais teriam armas ocupando espaço em seu lar ou sangue sujando suas mãos. Os cantos mais escuros da galáxia eram algo que ela não conhecia diretamente, só por histórias. Ainda assim, o que sabia era suficiente para garantir que jamais tocaria no assunto, ao contrário do que Roveg estava fazendo. O interesse dele era evidente, apesar de sufocado por uma camada imposta de tato.

Mas quaisquer que fossem os pensamentos da Capitã Tem, ela os guardou para si. "Isso mesmo", respondeu, tão casual quanto ao reagir à menção de seu ônibus espacial. Uma resposta curta, Falante observou, seguida de uma hábil mudança de assunto: "Acabei de entregar uma carga e entrei de licença. Estou indo visitar um amigo por algumas decanas".

"O amigo dela é um humano", contou a criança debaixo da mesa, enfim juntando-se à conversa.

"Ah, eu adoro humanos", comentou Roveg, jovial. "Todos os que conheci são fascinantes. E que história eles têm! Ouvi dizer que Marte é um lugarzinho encantador."

Capitã Tem continuou desviando das perguntas. "Meu amigo é exodoniano, então não sei dizer."

"Ah, é mesmo?" interveio Ouloo. Foi a vez dela de ficar curiosa. Falante perguntou a si mesma se a anfitriã e Roveg juntos em um mesmo ambiente não seria um pouco demais. "É uma área tão... poxa, não sei. Barra pesada, não é?"

A aeluoniana não riu alto, mas Falante teve a sensação de que ela estava rindo. "Vou dizer isso a ele", respondeu de forma seca. Suas pálpebras internas se moveram para o lado, e ela desviou o olhar, envolvendo Falante na conversa. "E você?", perguntou. "Aonde está indo?"

Falante engoliu o nervosismo e moveu o traje em direção ao círculo.

Pei não tinha ideia de como ler as expressões faciais de uma akarak e achava essa lacuna de conhecimento desconfortável. O rosto de Roveg não se movia, mas já fazia um bom tempo que ela aceitara a impossibilidade de ler um quelin. Falante, por outro lado... bem, e quem é que sabia muito sobre akaraks? Pei sabia que eram uma espécie nômade e dispersa, cujo mundo natal fora pilhado pelos harmagianos, que o deixaram completamente depenado nos anos-padrões anteriores aos Acordos de Hashkath, que puseram fim a esse tipo de coisa. Sabia que a espécie vivia no espaço da CG propriamente dito, não às margens, mas tinha certeza de que não tinham um representante no Parlamento (o que parecia estranho, agora que pensava na questão). Sabia que os únicos com quem já tinha ficado cara a cara estavam tentando roubar suas coisas, e que essas eram as únicas histórias que se contava sobre a espécie. Não sabia de mais nada além disso. Nunca tivera motivos para pensar sobre esse reino de ignorância, mas, agora que ele estava bem diante de seus olhos, ficou incomodada. Quem era aquela pessoa?

Pei virou-se para Falante, adotando uma postura aberta. A única maneira de responder a essa dúvida era com perguntas.

"Estou a caminho de Kaathet", contou Falante.

"E o que a leva até lá?", perguntou Pei.

"Temos um encontro com outra nave. Minha irmã e eu ajudamos outras naves akarak a adquirirem suprimentos."

As pálpebras de Pei se contraíram com suspeita reflexiva. Não sabia dizer se *adquirir suprimentos* era um eufemismo. "Que tipo de suprimentos?"

"Equipamento hidropônico, principalmente. E algumas quinquilharias variadas." Ela encarou Pei. "Nós compramos tudo que a outra nave precisava em Porto Coriol e agora estamos a caminho da entrega."

Tudo no tom e no ritmo da voz de Falante era muito agradável, mas Pei conhecia um olhar de *não me insulte, porra* quando o via. Não sabia o quão bem Falante conseguia lê-la, mas ainda assim obrigou as bochechas a ficarem de um azul descontraído. "Então você também é uma transportadora de carga", comentou, em tom simpático.

Falante fez uma pausa mínima. "Suponho que é possível dizer isso", respondeu. "Mas eu não me vejo dessa maneira. E não acho que nossos trabalhos sejam nem um pouco parecidos."

Roveg não conseguia descobrir a origem da tensão que surgira na conversa, mas não gostou nem um pouco. Além disso, pelo rumo que as perguntas estavam tomando, a próxima seria sobre seu destino, que ele não queria compartilhar. Então interveio, buscando um assunto mais leve: "Por falar em humanos, tem uma coisa que eu queria saber há muito tempo". Ele parou, pensativo. "Queijo. Isso existe mesmo?"

Pei irrompeu em gargalhadas. "Argh! Estrelas. Sim, queijo existe, infelizmente."

Roveg ficou encantado e horrorizado. "É sério?", perguntou.

A mudança de assunto foi o que finalmente tirara Tupo de onde estava, embaixo da mesa. "O que é queijo?"

Falante inclinou a cabeça. "Também gostaria de saber."

"Ai, por favor, não me façam explicar", Pei gemeu.

A akarak se recostou na cabine, dizendo: "Bem, agora você precisa explicar".

"Mãe, o que é queijo?", sussurrou Tupo, bem alto.

"Eu não sei", respondeu Ouloo. "Se você prestar atenção, vai descobrir."

Pei largou o prato e suspirou com pesar. "Queijo", começou, de maneira clínica, "é um alimento feito de leite".

Ouloo piscou. "Você está falando de..." Ela gesticulou para o próprio ventre, onde era possível imaginar que suas glândulas mamárias estivessem ocultas sob a pelagem espessa.

"Isso", explicou Pei. "Exatamente isso."

"Então é uma comida para crianças", supôs Falante, em um tom que sugeria que aquilo não lhe parecia mais estranho do que o próprio conceito de leite.

Roveg deu risada. "Continue", disse ele a Pei, em tom de provocação. E continuou seu lanche, apreciando o espetáculo.

Pei estremeceu. "Não. Não é para crianças. Quer dizer, as crianças também comem, mas... em geral é para os adultos."

Todos os presentes — com exceção de Pei — soltaram um ruído automático. Ouloo e Tupo rosnaram baixinho, Falante soltou um trinado. Roveg, por sua vez, soltou um silvo triplo. Uma breve cacofonia de espécies variadas, todas comunicando exatamente a mesma coisa: nojo completo e absoluto.

"*Não*", exclamou Ouloo.

Tupo balbuciou alguma coisa, horrorizade.

"Espere, então, como..." Falante parecia hesitante. "Vou me arrepender de perguntar. Como é... preparado?"

Pei fez careta. "Eles pegam o leite, adicionam uns ingredientes — não me pergunte quais, não faço ideia — e depois despejam o troço em uma... uma coisa. Não sei. Um pote. E então..." Ela fechou os olhos. "Deixam tudo fora da estase até as bactérias colonizarem a mistura a ponto de deixa-la sólida."

A cacofonia voltou.

"Eu sabia que ia me arrepender", disse Falante.

Roveg ria e ria. "Fico tão feliz por ter perguntado."

"Mãe, podemos encomendar um pouco?", pediu Tupo.

"De jeito nenhum", respondeu Ouloo.

"Nem todos comem isso, não é?", perguntou Falante.

"Não sei", respondeu Pei. "Eu sei que não produzem na Frota, e muita gente lá não consegue comer sem passar mal."

"Compreensível."

"Não é por isso. Os humanos precisam de um... ai, como se chama... é algo no estômago. Uma enzima, eu acho. Para digerir o leite. Só alguns humanos produzem essa enzima de forma natural. Mas acreditem: eles são tão doidos por queijo que ingerem essas enzimas só para poderem comer."

"Isso parece um pouco extremo", comentou Roveg.

"Você já provou?", perguntou Tupo.

"Nem se minha vida dependesse disso", retrucou Pei.

"Como é que o próprio leite os deixa doentes?", perguntou Falante. "Deve ser um problema. Eles não conseguem alimentar os filhotes?"

"Ah, não, eu... estrelas, eu esqueci a pior parte." Pei esfregou o pescoço com a palma da mão. "Eles não preparam o queijo usando o próprio leite. Eles pegam de outros animais."

Nisso, o caos irrompeu.

"Eu não sabia dessa parte", comentou Roveg, com as patas dianteiras tremendo. "Isso é... ah, é horrível." E era mesmo, mas o fato em nada diminuiu sua alegria.

Tupo encarnara o espírito do fervor científico. "Como eles tiram leite dos outros animais?"

"Tupo, por favor", suplicou a mãe, parecendo exausta.

A akarak parecia pasma. "Mas... mas por quê?"

"Não faço ideia", respondeu Pei. "Não faço a mínima ideia."

"Eu sabia que eles comiam outros mamíferos, mas... ugh", disse Roveg.

"Eles comem mamíferos?" indagou Tupo, a voz quase um grito.

Falante inclinou a cabeça.

"Isso é pior?", perguntou. "Matá-los e comê-los, em vez de colher algo deles enquanto ainda estão vivos?"

"Você não acha?", perguntou Roveg.

"Nós só comemos plantas", respondeu ela, "então isso está fora da minha alçada".

"Que tipo de plantas você come?", perguntou Ouloo, aproveitando a oportunidade para mudar de assunto.

"Ah." Falante piscou, parecendo surpresa por alguém ter interessado pelo assunto. "Nós comemos... Hã..." Houve uma longa pausa. "Não sei os nomes de nenhum dos nossos alimentos em klip." Aquilo claramente a incomodava. "Acho que nunca falei sobre eles com..." Ela gesticulou para o grupo. "Pessoas como vocês."

"Pode dar uma noção?", sugeriu Roveg. "Frutas, folhas, nozes...?"

"Todas as opções acima", respondeu Falante. "Especialmente frutas e flores. Precisamos de muito açúcar."

"Ah, agora sim", exclamou Ouloo. "Isso sim parece uma comida boa. Talvez você possa fazer uma lista de seus favoritos antes de ir? Eu, sem dúvidas, posso procurar uma tradução para os nomes."

"Por quê?", perguntou Falante.

"Bem, para que eu possa lhe oferecer algumas delas! Assim, se você voltar — ou se nos indicar para os seus amigos —, posso oferecer algo que agrade mais a sua espécie." A laruana piscou os grandes olhos, esperançosa.

Roveg enfiou uma tortinha de frutas vermelhas na boca enquanto observava a reação de Falante. Aquilo tinha pegado a pequena sapiente completamente de surpresa.

Falante levou um momento para entender o que Ouloo estava dizendo. Olhou para os outros, cada um segurando um prato ou beliscando um dos lanches da mesa — ou, no caso de Tupo, comendo direto da embalagem. Então se viu pelos olhos deles, meio afastada e sem aceitar nenhuma das comidas oferecidas. Mas... não podia ser. Eles não sabiam...?

Os outros a olharam com expectativa.

Não. Claro que não. O principal aspecto determinante — o que determinara *tudo* — para sua espécie nos últimos dois séculos, e eles sequer sabiam.

Um emaranhado de frustração começou a emergir, se embolando cada vez mais a cada padrão — às vezes parecia que a cada decana. Para os outros, tinha certeza de que a pergunta não era nada — o que era até verdade, no grande esquema das coisas, assim como um grão de poeira não era nada. Mas um milhão de partículas de poeira, acumuladas ao longo do tempo, tornavam-se algo significativo, feio e impossível de ignorar, algo que poderia obstruir os filtros de uma nave e arruinar o dia de sua tripulação. Estrelas, estava cansada de precisar ser o arquivo da Rede sobre sua espécie aonde quer que fosse. Ela não aprendera sobre *eles*? Por que ninguém que encontrava jamais fizera o mesmo por ela?

Encontrou sua tensão. Estava nos ombros, nas mãos, nas articulações da mandíbula. Enfim, relaxou, de forma consciente e deliberada.

"Sinto muito", disse a Ouloo, com um sorriso na voz. "Eu não quis insultar ninguém. Tudo parece delicioso." Na verdade, não fazia ideia do que qualquer um dos alimentos ao seu redor era, mas, em uma realidade diferente, adoraria experimentar alguns. "A questão é que..." Decidiu dar a eles o benefício da dúvida, mesmo sabendo qual seria a resposta. "Quanto vocês sabem sobre nossos trajes?"

Um silêncio se abateu sobre o grupo, e havia um peso nele que sugeria mais do que apenas ignorância. *Ah*. Então sabiam *alguma coisa*, pelo menos alguns deles sabiam. A Capitã Tem e Roveg tinham um pressentimento, supôs, pelo modo como as cores da aeluoniana estavam se misturando e o fato de que o quelin parara com a comida na metade do caminho até a boca.

A Capitã Tem foi a única a responder, e o fez com uma pergunta. "Você está falando de como eles funcionam ou de por que vocês os usam?"

"As duas coisas. Qualquer uma das duas."

"Eu sei que, a princípio, eles eram um equipamento de mineração", respondeu a Capitã Tem, com um tom cuidadoso, mas direto. "Os harmagianos obrigaram sua espécie a usá-los, antes dos Acordos."

"Isso mesmo", concordou Falante. Alguns minutos de conversa não eram suficientes para formar uma opinião, mas ela respeitava a franqueza da aeluoniana, mesmo que não gostasse de sua profissão. "Você sabe por que ainda os usamos, fora de nossas naves?"

"Eu... não. Não sei. Presumi que era porque vocês queriam... compensar..." Capitã Tem parou, reformulando sua frase: "vocês são muito menores do que o restante de nós".

"Somos mesmo", concordou Falante, "mas não é uma questão de poder olhar nos olhos na mesma altura". Não queria culpar uma pessoa apenas por não saber de algo — ela mesma esteve muitas vezes nessa mesma posição. Mas, estrelas, era isso o que todos pensavam? Que seu povo só queria ser *maior*? "Em parte, é porque não podemos nos movimentar em espaços públicos como o restante de vocês." Ela ergueu o gancho do pulso esquerdo. "Nós não andamos em nossas casas. Nós escalamos. Nós nos balançamos." De onde estava, ela apontou para uma das mesas. "Sem meu traje, eu teria que engatinhar até ali. Até conseguiria. Mas não é o ideal."

"Então vocês o usam como um dispositivo de mobilidade", concluiu Pei. "Como um carrinho Harmagiano."

Falante detestava essa comparação, mas deixou passar, assim como tinha feito com os nós em seus ombros. "Em parte. Mas eu não poderia rastejar aqui, mesmo que eu quisesse."

"Por quê?"

"Porque eu não consigo respirar seu ar. Não posso sair desse traje se estiver fora da minha nave."

Não era agradável ser o objeto de escrutínio em uma reunião social. Roveg já passara por isso mil vezes — o único quelin em um grupo, respondendo às mesmas perguntas várias vezes, reunindo a paciência necessária para permitir que as pessoas examinassem sua concha, boquiabertas, sendo empurrado para o indesejado papel de analista político de cada decisão ridícula que seu antigo governo tinha tomado no Parlamento. Não queria deixar aquela jovem — ela era jovem mesmo? De repente, percebeu que não fazia ideia — naquela posição nada invejável, e já estava tentando criar uma solução para tirá-la da enrascada... mas, caramba, também estava curioso. Tudo bem. Só mais umas perguntas, então planejaria um resgate. "Você é alérgica a algo comum, é isso?"

"Não", respondeu Falante. "Nós não respiramos oxigênio. É tóxico para nós nas quantidades de que vocês precisam. Respiramos principalmente metano, que, é claro, é tóxico para vocês."

Aquilo pegou Roveg completamente de surpresa. "Mas eu pensei... perdão, faz muito tempo que não tenho uma aula de biologia, e nunca foi minha melhor matéria, mas eu achava que todas as espécies sapientes respiravam oxigênio. Pensei que fosse um dos Cinco Pilares."

"Quais são os Cinco Pilares?", perguntou Falante.

Tupo irrompeu em uma cantoria animada: "Água eu bebo, oxigênio eu respiro...".

"Tupo..." suplicou Ouloo.

A criança continuou cantando a melodia enquanto a mãe esfregava o rosto com a pata. "A luz do sol faz a vida crescer! Proteína constrói, carbono liga, é assim para todo o sapiente viver!"

"São os ingredientes básicos de que todas as espécies sapientes necessitam", explicou Pei.

"Pensei que todo mundo soubesse disso", comentou Tupo. "Você não conhece a música?"

Falante ficou um tempo quieta. "Não", disse, por fim. "Porque não se aplica a mim."

Foi a vez de todos se calarem.

Roveg dobrou as pernas torácicas, decidido. Era hora do resgate. "Bem, se não pode apreciar a comida, talvez possamos compartilhar algum outro entretenimento", sugeriu. Ele olhou ao redor do grupo. "Todo mundo aqui gosta de vids? Tenho um projetor portátil na minha nave e ficaria feliz em trazê-lo até aqui."

"Ah!" Ouloo se animou, parecendo aliviada. "Sim! Que ideia ótima!"

Falante pareceu surpresa com o novo rumo da conversa, mas aceitou, tranquila. "Eu... claro", respondeu. "Por que não?"

Roveg se virou para a aeluoniana. "Capitã Tem, você aceita?"

"Claro", respondeu ela, com naturalidade. Piscou de um verde irônico e risonho. "Não é como se eu tivesse outro compromisso."

dia 237, padrão 307.da CG

TENTATIVAS
DE REPARO

pei

Em geral, Pei não tinha dificuldade para dormir. Sempre foi do tipo que conseguia pegar no sono em qualquer lugar, a qualquer hora, fosse um cochilo rápido ou um apagamento completo. À medida que envelhecia, seu corpo tinha ficado menos propenso a se apoiar em caixotes ou inclinar a cabeça para trás e adormecer em uma cadeira, mas, desde que tivesse uma cama — ou, pelo menos, uma plataforma horizontal —, conseguia garantir que continuaria dormindo uma vez que sua consciência fosse desligada. Nem sempre era o caso de seus companheiros de tripulação; alguns tinham dificuldade de aquietar a mente durante a noite depois de um dia difícil, mas quaisquer lembranças desagradáveis que Pei carregasse, não se manifestavam pela insônia. Depois que pegava no sono, Pei dormia bem.

Nos últimos tempos, porém, o ritmo havia mudado. Os cochilos ainda vinham com a mesma facilidade de sempre, mas, quando se tratava de um descanso mais longo, ela se via acordando no meio da noite, como naquele exato momento, em que estava com os olhos arregalados e o cérebro aceso. Suspirou, frustrada, olhando para a antepara lisa acima de si. Não era a mesma vista do teto de seus aposentos a bordo da *Mav Bre*, mas o problema não era a cama pouco familiar. Já dormira muitas vezes no ônibus, em geral, com vários membros da tripulação como companhia. Não, esse problema específico estava se manifestando havia decanas e, embora fosse uma pequena inconveniência, ainda era... bem, inconveniente.

Ela sabia por que estava acordada. Era a maneira de seu corpo comunicar que havia um problema ainda sem solução, e uma parte estúpida dela achava melhor acordar em intervalos aleatórios até que o assunto fosse resolvido. Isso já acontecera antes, quando havia questões em aberto sobre rotas de voo, estratégias de pouso, contratos que tinham ficado complicados.

Não importava que não houvesse novas informações para processar; sua mente simplesmente queria rever os fatos, de novo e de novo. Era um hábito enlouquecedor, ainda mais porque o assunto naquele dia não era de trabalho, e sim Ashby — a pessoa com quem criara um espaço em que *não* precisava pensar em seus problemas.

Não estava com vontade de repassar tudo de novo, e se recusou a fazê-lo em uma hora daquelas, mas, ainda assim, suspirou e jogou os cobertores para o lado. A cama se moveu junto, moldando-se em uma cadeira quando ela se sentou, então se arredondando para o modo de espera neutro quando ela a deixou para trás. Pei gesticulou para o painel de luzes, e um brilho crepuscular a acompanhou enquanto caminhava pelo corredor até a cozinha. A chaleira estava com água pela metade, e Pei também acenou para ela, fazendo com que o mecanismo de aquecimento começasse a trabalhar. Ela pressionou a palma da mão contra a parede da despensa, que derreteu suavemente em resposta, abrindo-se o suficiente para que ela pudesse examinar o conteúdo armazenado. Pegou uma caixa de pó de mek instantâneo e abriu outro compartimento, em busca de uma caneca e um bastão de mistura. Com as ferramentas e o único ingrediente seco em mãos, colocou o pó na caneca — sabia a quantidade exata necessária só pela memória muscular — e esperou a água ferver.

Pei estendeu cada braço em um alongamento leve e, ao fazer isso, sentiu uma pontada persistente no antebraço direito — a sombra cada vez mais discreta de algum estilhaço há muito removido que acabara se enfiando ali em seu último trabalho. Algumas decanas antes, estava na fronteira de Rosk, tentando pousar no ponto de distribuição com a mesma nave em que estava agora. Ah, *aquele* tinha sido um céu em chamas. Naves de ataque a protegeram durante a chegada, lançando rajadas ofuscantes nos cruzadores rosk que descarregavam seus compartimentos de munição em uma tentativa de impedir aterrissagens. Não foi a primeira vez que esteve naquela situação, mas tudo deu errado muito rápido. No fim das contas, o preço de pousar em um planeta por dez minutos para descarregar alguns caixotes tinha sido um monte de coisa quebrada e duas naves de ataque destruídas. Os reparos na nave foram uma dor de cabeça, mas, apesar dos pesares, ficou tudo bem. Os empregadores a elogiaram, a tripulação foi paga e ninguém sob sua responsabilidade tinha morrido. No fim das contas, aquele tinha sido só mais um trabalho.

A luz de aviso da chaleira piscou, anunciando que sua tarefa estava concluída. Pei começou a encher a caneca e, distraída, acabou derramando água. O líquido escaldante respingou na bancada, e de lá, em seu torso nu antes que pudesse desviar. Foi um infortúnio minúsculo, mas Pei reagiu como se fosse um verdadeiro insulto, com as bochechas se tingindo de um roxo tão escuro que parecia quase preto. Essa também era uma nova ruptura de seu ritmo habitual, e uma da qual não gostava. Sua paciência andava curta como uma escama, e ela sempre parecia prestes a explodir, bastando a queda de um scrib, a perda de um sinal ou, como agora, uma bebida derramada. Em geral, a raiva não era uma emoção que ocupava mais espaço nela do que alegria, medo ou qualquer outro sentimento. Pei sempre lhe dava o espaço de que precisava e a extravasava livremente. Não havia nada saudável em abafá-la, e a raiva era bastante útil quando usada com sabedoria. Mas não sabia dizer por que andava vindo à tona tão rápido. Sentia-se uma adolescente, volátil e com os nervos à flor da pele sem motivo aparente. Muitas vezes, tentara analisar o sentimento. Emoções não examinadas poderiam entrar em metástase, e ela se esforçava para jamais ser tão negligente. Porém, não conseguia entender a questão, assim como não conseguia dormir uma noite inteira, nem evitar que a mente pulasse imediatamente para o mesmo tópico cansado quando tinha a mais breve pausa.

Ela encheu a caneca. Desta vez, não derramou.

Misturou pó e água com a vareta, convocando algo mais ou menos parecido com a bebida que de fato queria. A casca de árvore necessária para uma xícara de mek boa não tinha vida útil muito longa, então, por questões de praticidade, sempre comprava a versão instantânea. Mas, estrelas, sentia falta do mek de verdade. Ainda se lembrava da mekeira do pai Po, com os tubos e canos intrincados, uma máquina bela e elaborada, que não tinha qualquer outra função além de preparar a bebida calmante. Em geral, os bebedores de mek não preparavam tudo do zero, preferindo o pó liofilizado, que era bem melhor que o instantâneo e não levava horas do dia para fazer. O pai Po, no entanto, insistia que o mek tinha que ser feito corretamente, senão era melhor nem fazer. Ela se lembrava de espiá-lo, grudada na parede da cozinha, com um ou dois irmãos da creche, observando-o enquanto ele realizava o ritual ornamentado de raspar a casca que colhera do jardim naquela manhã, moendo e remoendo a substância potente à mão, adicionando especiarias, flores secas e o que mais quisesse naquela leva. Era uma trabalheira enorme para as dez xícaras que produziria, mas o pai Po insistia que valia o esforço. Não que Pei tivesse sido capaz de testar essa teoria. As crianças eram jovens demais para a leve narcose do mek, e Pei esquecera de pedir ao pai Po para lhe fazer um lote antes de ir para a escola. Ainda visitava a creche, nas raras ocasiões em que tinha tempo, mas nunca conseguia se obrigar a dar tanto trabalho a ele.

Nunca tinha provado o mek tradicional — fosse feito pelas mãos de seu pai ou de qualquer outra pessoa —, mas, nos últimos tempos, sempre que preparava uma xícara da versão instantânea, sentia um anseio por aquela iguaria intrincada que jamais provara. Também ansiava pela horta da creche, embora não tivesse paciência para a jardinagem e nenhum interesse em cozinhar. Sentia saudades dos dias em que um inseto, uma piada ou o movimento de seu próprio rosto eram suficientes para mantê-la entretida durante toda a tarde. Não ansiava pela infância em si. Pelo contrário, Pei estava bastante feliz por ter deixado aquela fase confusa e desajeitada para trás. Em vez disso, ansiava pelo simples espaço para pensar e explorar algo tão simples quanto *será que consigo chutar meu sapato por cima da árvore? e como as mãos funcionam? e se eu piscar meu rosto para esta flor por tempo suficiente, consigo fazê-la mudar de cor?* Bobagens como essas tinham sido fundamentais em outros tempos, um componente-chave para aprender as regras básicas do universo dentro dela e ao redor. Não precisava mais descobrir essas regras, mas seria bom ter tempo para se familiarizar com elas outra vez.

Pei ergueu a caneca com as duas mãos e abriu a boca para beber. Na parede, um painel de luz piscou antes que ela pudesse tomar o primeiro gole, sinalizando uma mensagem recebida. Isso só acontecia com os canais marcados como importantes, então ela não pensou duas vezes antes de largar o líquido intocado e seguir para a sala de controle.

Ah, mas como queria ainda estar dormindo.

Mensagem recebida
Criptografia: 0
De: Autoridades de Trânsito da cg — Sistema
  de Gora (caminho: 487-45411-479-4)
Para: Gapei Tem Seri (caminho: 3541-332-61)
Assunto: ATUALIZAÇÃO URGENTE

Esta é uma mensagem urgente da Equipe de Emergências a bordo do orbital da Gerência Regional das Autoridades de Trânsito da cg (Sistema de Gora). Como os canais de ansible padrão e a Rede seguem momentaneamente indisponíveis, nos comunicaremos por meio da rede beacon de emergência. Pedimos que deixem seus scribs travados neste canal até que os meios de comunicação sejam restaurados.

Nossa equipe concluiu um levantamento orbital completo da rede de satélites de Gora e da nuvem de detritos. Drones de destroços foram despachados e estão trabalhando duro para remover os resíduos o mais rápido possível.

Devido à natureza sem precedentes da situação, será necessário mais tempo que a estimativa original para que a limpeza que estamos realizando seja suficiente para a retomada do tráfego normal do solo à órbita. **Com base nos dados atuais, esperamos restaurar as condições seguras de voos espaciais em cerca de dois dias padrão da cg.** Esses cálculos são baseados nos dados mais recentes do levantamento. Considerando a natureza da situação e as informações que continuam chegando, o prazo de resolução está sujeito a alterações.

Entendemos e nos solidarizamos com o impacto que esses atrasos estão provocando nos negócios e assuntos pessoais. Agradecemos a compreensão enquanto trabalhamos para resolver a situação o mais rápido que os parâmetros de segurança permitirem.

Estamos cientes de tentativas isoladas de lançamentos de naves, apesar da suspensão do tráfego espacial. **Não tente lançar nenhum veículo espacial, tripulado ou não, neste momento.** Os riscos tanto à vida do sapiente quanto à integridade da nave são extremos. Compartilhamos sua frustração com a situação, mas pedimos que siga as regras de trânsito para sua própria segurança e a segurança de quem viaja com você.

A ATCG e a Cooperativa Orbital de Gora estão trabalhando juntas para reestabelecer a rede de energia solar planetária. A Cooperativa Orbital de Gora vai reembolsar os gastos com o combustível usado para alimentar as reservas de energia até que a rede solar seja restaurada.

Estamos cientes de que alguns detritos da colisão saíram de órbita e aterrissaram no planeta. Pretendemos trabalhar com os indivíduos afetados para avaliar os danos e os reparos necessários assim que os canais de comunicação forem reestabelecidos.

O lugar mais seguro para ficar durante esta situação é dentro da sua nave ou cúpula de hábitat. Não saia em caminhadas com exotraje em ambientes não blindados até que a movimentação esteja liberada.

Qualquer fragmento de satélite que tenha caído na superfície de Gora continua sendo propriedade da Autoridade de Trânsito da CG ou da Cooperativa Orbital de Gora. Os direitos de recuperação da CG não incluem este cenário.

Estamos trabalhando para reestabelecer a comunicação solo-órbita o mais rápido possível. Ainda não temos um prazo para esses reparos.

Agradecemos a paciência. Estamos todos juntos nisso.

falante

Falante se concentrou no horizonte e tentou manter a respiração lenta.
 Queria andar de um lado para o outro. Queria quebrar alguma coisa. Queria exclamar um *foda-se!*, iniciar a sequência de lançamento e navegar pelos destroços sozinha. Mas a primeira opção já não tinha ajudado, a segunda era um desperdício e a terceira era o tipo de ideia que matava. Então ficou sentada, respirando e tentando se acalmar.
 Fora da janela do ônibus espacial, não havia nada além de deserto. Não o tipo bom de deserto, como tinha visto nas paradas para abastecimento em Hashkath, uma paisagem cheia de flores silvestres e estranhos animais apressados em seu hábitat natural. Aquilo ali era o mais puro vazio, um monumento inerte a todas as diferentes configurações que as rochas poderiam adotar. Aquela vasta quantidade de *nada* era assustadora. Gora era o lugar mais subdesenvolvido que já tinha visto, e a antepara entre ela e o exterior a tranquilizava menos que o habitual. Era quase um conforto ver outras cúpulas de hábitat lá fora, com as placas ilegíveis à distância. Mas ficavam tão longe umas das outras que não era preciso muita imaginação para visualizar a paisagem de Gora sem qualquer construção.
 A ideia de um planeta intocado a deixava agoniada, e esse fato a enraivecia.
 Olhou para a rede abaixo de si. Não tinha certeza de quando cravara os dedos nas pontas do tecido, mas precisou fazer um esforço consciente para soltá-las. Quando olhou para cima, notou uma movimentação do lado de fora.
 A nave de Roveg estava estacionada ao lado da sua, e podia vê-lo em sua própria sala de controle, parecendo... bem, não tinha certeza de como ele parecia, além de com ele mesmo. Quelin eram um enigma. Como interpretar um rosto que não se movia? Continuou a observá-lo, mesmo

sabendo que isso era uma intrusão. Roveg gesticulou para os painéis, falou palavras que ela não conseguia ouvir. Quanto mais observava, mais claro ficava que algo não estava certo. Era fácil de identificar o sofrimento, não importava se a pessoa tinha ou não um rosto que mexesse. Falante passou a ponta dos dedos sobre as marcas que deixara no tecido da rede. Refletiu por um momento, então se levantou e subiu na janela.

"Ei!", gritou. Duvidava que Roveg pudesse ouvi-la, uma vez que cada um estava atrás de um painel projetado para manter o vácuo do espaço do lado de fora. Mas parecia estranho acenar com os braços sem gritar alguma coisa, então ela gritou. "Roveg! Ei!"

Mesmo estando meio desconfortável, ela gesticulou enfaticamente, até que Roveg acabou notando. Tudo em sua linguagem corporal demonstrava surpresa — a mudança de luz nos olhos brilhantes, a forma como as antenas e membranas se ergueram. O quelin foi caminhando com as dezenas de pernas até ficar de frente para ela. Falante via sua boca se movendo, mas as palavras não a alcançavam.

"Eu não consigo..." *Eu não consigo ouvir*, começou a dizer, antes de perceber que a frase era especialmente inútil quando também se aplicava ao ouvinte. Se soubesse o caminho de comunicação da nave dele, poderia ter feito uma chamada, mas esquecera de pedir a informação quando fez a ronda, no dia anterior. Que informação mais estúpida e básica de esquecer. Ergueu a mão com propósito, apontando na direção da câmara de ar. Roveg repetiu o gesto com as pernas perto do tórax. A compreensão foi atingida. Falante o viu sair de sua sala de controle enquanto fazia o mesmo.

Ela entrou no traje, deixou a cabine se fechar, saiu pela escotilha dos fundos da nave e entrou na eclusa de ar. A escotilha se fechou atrás dela, e houve outro silvo quando uma máquina invisível bombeou o ar filtrado que entrara da nave de Falante e o substituiu pelo ar com outra filtragem que Ouloo fornecia para sua cúpula de hábitat. Era um procedimento normal para Falante — vedações dentro de vedações dentro de vedações. Um lembrete constante do perigo de um ambiente sem barreiras.

Roveg esperava por ela no túnel de entrada do Cinco Paradas, flexionando as pernas superiores. "Tudo bem com você?", perguntou.

"Eu estava me perguntando o mesmo sobre você", respondeu ela. "Eu o vi pela janela e você parecia chateado. A não ser que eu tenha interpretado errado?"

Por mais inexpressivo que fosse, Roveg pareceu surpreso ao ouvir aquilo, como se não tivesse lhe ocorrido que as janelas funcionavam para os dois lados. "Ah", respondeu. Houve uma longa pausa, um instante além do confortável. "Imagino que você tenha visto o alerta?"

"Vi."

Roveg hesitou mais um pouco. "Tive que recalcular meu curso de novo, dado o aumento no atraso", explicou. "Um pouco complicado, como tenho certeza de que você já sabe, mas os novos ajustes me permitirão chegar a tempo para meu compromisso. Chegar na noite da véspera não é o ideal, mas é a vida." O tom de Roveg foi ficando mais leve. Para Falante, lembrava a maneira como ela obrigara as mãos a soltarem a rede, alguns minutos antes.

"Parece bem estressante", assentiu Falante. "Há algo que eu possa fazer?"

"Não, a menos que você tenha um drone de destroços escondido naquela sua nave", respondeu ele. Seu tom agora era de brincadeira, mas um pouco forçado.

"Infelizmente não", respondeu ela. Por mais estranho que fosse o sapiente diante de si, sua ansiedade era tão palpável quanto o fato de que ele não queria expressá-la. Falante entendia muito bem esse estado, e não queria se intrometer (bisbilhotar pelas janelas já fora ruim o bastante). Os assuntos dele eram dele. Respeitava isso. Mas a proximidade da dor de outra pessoa não era algo que pudesse ignorar, e, se não podia fornecer uma ajuda tangível, a segunda melhor opção era oferecer um eco. "Vou me atrasar para um compromisso também", comentou. "Não é o fim do mundo, mas, como você disse, é complicado."

"Você mencionou sua irmã ontem à noite", lembrou Roveg. "Conseguiu entrar em contato com ela?"

Agora foi a vez de Falante se sentir exposta. A janela funcionava para os dois lados, é claro, mas ele fora direto ao ponto. "Não. Não consegui."

"Observadora, não é?"

"Rastreadora".

"Ah, sim. Erro meu. Você está preocupada com ela?"

Falante respirou fundo. "Estou", respondeu, o eufemismo do padrão. Tentou medir as palavras, mas elas estavam tão fundo em seu coração que tentavam fugir do seu controle. "Ela não estava bem quando saí. Ela está... ela deve estar bem, é que ela tem, hã... ela tem..." Falante se firmou, passando a falar mais devagar. "Ela tem um problema pulmonar e estava em um dia difícil quando deixei a nave. Tenho certeza de que ela está..." Falante fez uma pausa para respirar outra vez e, ao ouvir o ar passar com facilidade pela garganta, pensou em como a respiração de Rastreadora soara na véspera: laboriosa e engasgada, nada fácil. Afastou o pensamento. Estava com vergonha de ter se deixado dominar pelo medo e frustrada por se ver na posição de falar sobre *si mesma* quando sua intenção fora ajudar *outra pessoa*. Com esforço, recobrou o controle e encontrou as palavras: "Só quero ter certeza de que ela está bem".

Os olhos de Roveg se moveram nas órbitas de queratina, refletindo e espalhando a luz do sol. Para Falante, eles lembravam os cristais que Rastreadora cultivava.

"Sabe, não posso prometer nada", começou Roveg, "mas eu... Você sabe que tipo de receptor de comunicação sua nave tem? Sua nave em órbita, não a daqui."

"Ah, hã, é..." Ela fechou os olhos e tentou se lembrar. Aquele era o domínio de sua irmã, não dela. "Não tenho certeza."

"Parece um prato ou é mais pontudo? Como uma torre pequenina?"

"Uma torre, acho."

"Ah, bom. Mais uma vez, não estou prometendo nada, mas tenho uma ideia." As membranas decorativas ao redor da parte de cima do torso de Roveg fizeram uma leve ondulação. Falante não tinha base para saber, mas algo no gesto lhe pareceu amigável. "Venha", disse ele. "Vamos falar com Ouloo."

pei

O implante de Pei zumbiu à direita quando a porta do escritório do Cinco Paradas se abriu. Ela olhou na direção do zumbido e viu um instrumento de percussão robótico tocando uma pequena melodia para anunciar sua chegada. O breve reconhecimento do som fora abafado uma fração de segundo depois pelo tipo de estímulo ao qual seu cérebro estava muito mais receptivo: uma verdadeira avalanche de cores. Pei não era estranha a ambientes que pareciam gritar — caso contrário, não chegaria muito longe em um mercado multiespécies —, mas, considerando a pintura neutra e discreta do exterior do prédio, ela não esperava que o interior fosse tão *barulhento*.

O escritório de licenças e a loja para viajantes do Cinco Paradas em Uma estavam abarrotados de itens à venda, cada um estampado com etiquetas ou logotipos projetados para chamar a atenção de todas as espécies. Pei reparou neles, claro, mas não da maneira que os designers esperavam. Estremeceu de uma maneira involuntária quando todos os tons acertaram seus olhos de uma só vez. Sentia como se estivesse olhando diretamente para o sol, e o sol queria muito que ela comprasse alguma coisa.

"Ah, querida, eu sei, me desculpe", disse Ouloo. Pei não notara a anfitriã de solo sentada atrás de uma mesa na extremidade do aposento. "Tem uma cesta de monocs à sua esquerda."

Pei viu a cesta em questão, pendurada na parede abaixo de um aviso computadorizado, em cores, que dizia *Por favor, pegue um se precisar! Devolva-os na saída!* Conforme prometido, dentro na cesta havia vários pares de óculos monocromáticos, que, quando usados por cima de olhos aeluonianos, deixavam o mundo de um cinza tranquilo. Apesar do desconforto, Pei não pegou um. Monocs eram meio ridículos, o tipo de coisa destinada a crianças, velhos, gente sensível demais ou que nunca tivesse saído da terra natal. Aquele princípio de dor de cabeça passaria em alguns minutos, Pei sabia, e o orgulho acabou vencendo. "Obrigada, mas estou bem", respondeu.

"Certo. Mas continuam disponíveis se você mudar de ideia." Ouloo deu um suspiro de desculpas. "Consigo controlar a aparência da estrutura, mas não os rótulos das embalagens."

"Eu entendo perfeitamente", assentiu Pei. "E, para ser sincera, a tinta cinza é mais do que eu teria esperado em um lugar que recebe gente de todos os lados."

Ouloo sorriu. "Foi uma encomenda especial de um fabricante aeluoniano", explicou. "Todo mundo sabe que seus bastonetes são sensíveis ao extremo e captam cores que o restante de nós não consegue ver, então eu queria garantir que não estava comprando algo... você sabe, desleixado. Sei que o que é cinza para mim é bem diferente do que é um cinza *puro* para você."

Pei sorriu um azul apreciativo, porque nem todo mundo sabia disso, e Ouloo claramente fizera o dever de casa. Esse ponto foi reforçado enquanto Pei examinava as prateleiras barulhentas. Havia cestas de todos os tipos de frutas frescas, sacos de insetos secos apimentados, carne-seca feita com uma ampla gama de plantas e animais, e uma estase de portas acrílicas cheias de potes de ovas e rótulos misteriosos em hanto, que ela só podia imaginar o que eram. Um pouco de tudo para todos.

Nenhuma espécie era uniforme, mas, se tivessem pedido a Pei para descrever os laruanos em traços gerais, ela apenas apontaria o que Ouloo construíra no Cinco Paradas. Os laruanos eram ainda menos avançados tecnologicamente do que os humanos — acredite se quiser — quando a CG fez contato com a espécie, cerca de um século atrás. A espécie peluda não tinha ido muito além dos telescópios espaciais e voos suborbitais curtos quando os embaixadores aandriskanos mandaram um olá amigável. Pei tinha lido que era difícil prever como uma espécie sapiente reagiria ao contato, mas, no caso dos laruanos, a esmagadora reação que tiveram ao saber que estavam longe de se encontrar sozinhos na galáxia foi um entusiasmo alegre. Eles não perderam tempo e se jogaram de coração na vida entre alienígenas, abrindo seu sistema planetário para a mineração, a coleta de gás, e qualquer outra coisa que a CG quisesse, saindo em massa de seu planeta natal para absorver todas as lições que pudessem adquirir com as trocas interestelares. Pei conheceu muitos laruanos, e cada um era uma pessoa diferente, mas o único ponto em comum era que nunca vira um que tivesse nascido em seu mundo natal. Pensando bem, nem sabia o nome de seu mundo de origem. Todos os laruanos que encontrava tinham se mudado de outros lugares. Já conhecera gente de Porto Coriol, de Hagarem, de Kaathet — com um reskitkish tão perfeito que, se tivesse fechado os olhos e tapado o nariz, teria pensado que estava ouvindo um aandriskano. Ouloo parecia ter saído do mesmo molde que os demais: uma campeã da vida multiespécies, alguém que mergulhara de cabeça na mistura e amava cada segundo.

"Foi você quem fez esses?", perguntou Pei, apontando para a mesa de Ouloo. Uma pilha de material de escritório tinha sido empurrada para o lado, abrindo espaço para uma montanha de pãezinhos doces que Ouloo transferia, um a um, para uma caixa de entrega de drones.

"Foi", respondeu ela, parecendo bem infeliz para alguém com tanto açúcar em mãos. "Fiz para nossos vizinhos, que são donos da casa de *tet* em frente. Não posso ligar para ninguém, mas Tupo tem um telescópio, que eu usei para ver o que está acontecendo no entorno, e parece que alguns detritos atingiram a cúpula. Há destroços por toda a parte."

Pei se endireitou. "Eles estão bem? Sabe dizer?"

"Bem, o ônibus estava lá, então ninguém saiu, e vi algumas pessoas se movendo, então acho que devem ter algum tipo de proteção, ou talvez os detritos não tenham batido forte o suficiente para quebrar a vedação, ou... não sei. Não sei, e estou ficando maluca. Mas vou mandar os pães doces junto com um bilhete pedindo para mandarem o drone de volta com uma mensagem caso precisem de ajuda, porque é a única coisa que posso fazer." Os pelos ao redor das orelhas de Ouloo se arrepiaram em agitação. Ela pegou um dos pãezinhos e deu uma mordida enorme e cheia do que parecia ser um propósito terapêutico. "Não consigo acreditar que isso esteja acontecendo", comentou, enquanto mastigava. "Aqui nunca aconteceu nada assim. Nunca. Não posso crer que a Autoridade de Trânsito tenha nos deixado em uma situação dessas."

"Essas coisas acontecem", respondeu Pei, com gentileza. "Só podemos reagir. E fazer o nosso melhor."

"Bem, sim, mas... Ah, estrelas, que desastre!" Ouloo deu outra mordida, e ficou com glacê preso no pelo ao redor da boca. Ela olhou para Pei e engoliu em seco. "Capitã Tem, se houver algo que eu possa fazer para facilitar as coisas, por favor, por favor, me avise. Qualquer hora do dia. O que quer que seja."

"Pode deixar", assentiu Pei, tentando imbuir nas palavras o maior sentido possível de *não é culpa sua, por favor, não precisa se preocupar*. Entendia que aquela devia ser uma das piores coisas que já tinham acontecido com Ouloo e que sua preocupação era proporcional a isso, mas, para Pei, alguns dias inesperados em um ônibus espacial para colocar os vids e livros em dia estava longe de ser um sofrimento. Era inconveniente, não angustiante. Estava tudo bem. Não estavam presos sob uma cúpula na qual estava chovendo destroços. Pelo menos, não ainda.

Pei parou na frente de uma prateleira de lanches, onde algo chamara sua atenção: uma etiqueta em ensk, vermelho berrante (para ela, as palavras pareciam estar com medo). Só entendia um pouco de ensk — o que era ridículo, considerando há quanto tempo estava com Ashby —, mas reconheceu o rótulo, graças a dois dias surreais pelos quais passara mais cedo naquele padrão. (O encontro tinha sido *naquele padrão*? Estrelas, parecia fazer uma eternidade.)

Pegou um saco. *O Camarão de Fogo Original!*, dizia a etiqueta. *Apimentadíssimo!*

Pei pegou um segundo saco e foi até a mesa de Ouloo.

"Ah, lanches humanos, é claro", disse Ouloo. Segurou um pacote com a pata dianteira e o analisou com suspeita. "Não tem queijo neste aqui, certo?"

Pei riu. "Não, acho que não. E não são para mim, são para uma amiga."

"Aquela que você vai visitar?"

"Bem... não, não são para *ele*. São para alguém da tripulação dele, então... sim, acho que vou visitá-la também." Racionalmente, Pei estava ciente de que Ashby não morava sozinho, mas estivera tão concentrada na perspectiva de passar tempo com ele que não tinha pensado muito em como seria passar o tempo com o restante da tripulação. Aquele era um novo território no relacionamento dos dois, sem dúvida. "Desculpe, onde está o..." Procurou o escâner de implantes, que encontrou meio escondido atrás de uma pilha de kits de reparo de scribs. Afastou o protetor de pulso, passando o chip implantado sob o escâner e pagando pelos saquinhos de camarão.

"Alguma coisa para você?", perguntou Ouloo. "Não estou tentando empurrar nada, prometo, só quero ter certeza de que você tem tudo de que precisa."

"Na verdade, eu gostaria sim de algo", explicou Pei. "Mas não sei bem o que estou procurando."

De imediato, Ouloo mudou para uma postura atenciosa. Baixou o pão doce e estendeu o pescoço com atenção aguçada. "Ah, sem dúvida poderemos resolver o que quer que seja."

Pei hesitou. Como explicar um sentimento que ela própria não entendia bem?

"Eu não estou... me sentindo muito bem."

Ouloo arregalou os olhos. "Ah, querida, você está doente?" Ela se levantou. "Vamos lá, eu tenho um escâner de robôs..."

"Não, não estou doente", assegurou Pei. "Eu só me sinto... estranha. Meio dolorida. Queria saber se você tem algum analgésico? Talvez algo para uma massagem muscular?"

"Tenho muitas coisas nessas categorias, mas vamos filtrar mais. Dolorida como se tivesse se machucado?"

"Não." A fisgada em seu braço depois da noite anterior não a estava incomodando agora, e aquele era um tipo de desconforto completamente diferente. "Não é um ponto específico, e é leve. São minhas costas e minha barriga e... Não sei. É quase como se eu tivesse dormido de mau jeito."

"Pode ser... Mas você não está acostumada a dormir em seu ônibus espacial?"

"Estou. Acho que o problema não é o tipo de cama", concordou Pei.

"Ah, verdade!", exclamou Ouloo. "Você tem aquelas camas macias e maravilhosas. Já dormi em uma quando era jovem. Eu devia guardar dinheiro para comprar uma. Talvez quando Tupo parar de comer tanto. Mas... hã, sim, eu entendo o que quer dizer." Seu pescoço se mexeu de leve enquanto ela pensava. "Pode ser só estresse, sabe. Também não tenho dormido bem."

Pei não ia dizer a Ouloo que o desastre atual não a incomodava tanto assim. E era verdade que tinha muita coisa na cabeça: pensamentos teimosos que sempre davam um jeito de se instaurar no corpo. O estresse costumava se instalar em seus ombros, não mais para baixo, mas os corpos eram tudo, menos estáticos.

"Sabe, posso vender um creme para massagem muscular, se você quiser, mas acho que tenho algo ainda melhor." Os olhos de Ouloo brilharam. "Você já foi à casa de banhos?"

"Ah..." Pei tinha uma vaga lembrança de ter visto algo sobre isso nas placas lá na frente. "Não, não fui."

Ouloo saiu de trás da mesa e foi na direção da porta, a decisão já tomada. "Não quero me gabar, mas é um verdadeiro deleite. Tenho certeza de que vai deixar você melhor."

Pei tinha toda a intenção de sair de lá com um tubo e um pote de algo para levar para a nave, mas a sugestão de Ouloo era tentadora. Não conseguia se lembrar da última vez que se banhara por mais que higiene e hábito. Para ser sincera, por mais decepcionada que estivesse por perder alguns dias preciosos com Ashby, se banhos e bolos eram o que teria por não poder sair de Gora, então alguns dias presa lá não eram má ideia. Poderia ser mesmo um deleite.

Pensou nos vizinhos de Ouloo, mas guardou o pensamento para si.

roveg

Tirando o céu cheio de lixo espacial, estava um dia lindo. A atmosfera fina de Gora resultava em uma vista bela e nítida, e o efeito sofria apenas um mínimo de embotamento pela cúpula de hábitat. Sem qualquer vapor d'água para dispersar os raios, a luz do sol penetrava tão limpa quanto metal afiado, impossibilitando qualquer ilusão de que aquilo pudesse ser algo que não uma estrela. Quanto às estrelas, também eram visíveis, mesmo com o sol alto. Destroços dos satélites escondiam a maioria, mas as mais ousadas teimavam em brilhar, salpicando a manhã com um elegante gostinho de noite.

Se o céu *não* estivesse cheio de lixo espacial, Roveg teria presumido que Tupo estava apenas apreciando a vista. A criança se encontrava em um dos gramados cortados pelo caminho, deitada em uma posição impossível para qualquer espécie que não a sua: de barriga para baixo na grama, os membros esparramados em todas as direções ao seu redor — isso incluía o pescoço, dobrado para trás por cima da coluna, de modo que a cabeça estivesse totalmente apoiada na parte inferior das costas, com o rosto voltado para cima. Uma pose horrível, mas Roveg supôs que Tupo a achasse bastante confortável.

"Que confusão lá em cima, hein?", comentou Roveg, aproximando-se da criança com Falante ao lado.

Tupo ergueu os olhos, surprese pela perturbação. "É", concordou. "Mas as explosões pararam."

"Isso deve ser bom sinal", arriscou Roveg.

"Deve." Tupo suspirou.

Não era a reação que o quelin esperava, mas deixou passar. "Estamos procurando por sua mãe."

"Por quê?"

"Gostaríamos de fazer alguns pequenos ajustes em sua torre ansible com a permissão dela." Roveg apontou com a cabeça para Falante, com intenção de explicar a situação. "Estamos tentando fazer uma ligação."

"Ah, sim, tudo bem", falou Tupo, e então se levantou de uma só vez, como uma marionete de pano após o artista retomar o ofício. "Vamos lá."

"Hã..." Roveg hesitou. "Não devíamos perguntar à sua mãe primeiro?"

Falante o encarou com curiosidade de dentro do seu traje.

"Por quê?"

"É, não tem problema", insistiu Tupo, já trotando pelo caminho. "Vamos lá."

Ao contrário de Falante, Roveg não seguiu Tupo de imediato. Os ajustes que pretendia fazer de fato eram tão pequenos quanto anunciara, mas a torre em questão era de Ouloo, não de Tupo, e... e, caramba, os dois já estavam virando a curva mais adiante. Correu atrás, ainda inseguro.

O caminho que levava para a área atrás do escritório era tão bem cuidado quanto os outros, mas menos decorativo. Não havia placas, nem gramados ou flores. Uma pequena habitação estava à vista e, ao contrário dos prédios cinza-claros que compunham o restante do Cinco Paradas, fora pintado de amarelo vibrante e azul praia. "É a sua casa, Tupo?", perguntou Roveg.

"É."

"Deve ser legal ter todo esse espaço só para duas pessoas", comentou Falante.

Tupo a encarou com ceticismo. "É, acho que sim", respondeu. Seu tom não sugeria concordância.

A torre sib ficava bem ao lado da casa laruana — um modelo padrão, nada muito chique. Quando Tupo se aproximou da torre, Roveg abriu a boca, prestes a perguntar se elu tinha certeza de que não deveriam falar com Ouloo primeiro, mas a criança já abrira o painel de acesso e agora perguntava: "Precisa de alguma ferramenta?".

Em resposta, Roveg ergueu a bolsa de ferramentas que carregava. "Acredito que tenho tudo de que preciso." Então se aproximou da torre e começou a trabalhar.

Falante sentou o traje ao seu lado, a uma distância cortês, mas que ainda lhe permitia observá-lo. "O que você está fazendo aí, exatamente?"

Roveg se esticou em direção à torre e puxou um feixe de fios. "Acho que, com alguns ajustes, podemos ampliar o sinal o suficiente para receber pelo menos uma mensagem de texto. Com sorte, podemos até receber áudio, mas vamos ver como nos saímos."

"Eu não entendo por que os sibs não estão funcionando", reclamou ela. "Eles conseguem receber mensagens de um sistema para outro mesmo com toda a poeira e os planetas no meio, por que não consigo me comunicar com minha nave lá em cima?"

Roveg ia responder, mas Tupo foi mais rápido. "Sibs precisam de flutuadores de subcamada para funcionar, e... hã... você ainda precisa de uma rede de satélite para se conectar a eles se estiver fazendo uma ligação do solo. Não é possível ter flutuadores dentro de um planeta. Eles nem funcionariam."

Roveg ficou chocado com a exatidão do resumo técnico de uma criança que parecia estar com o queixo sujo de creme, mas Falante pareceu achar natural. Inclusive, pareceu gostar.

"Eu não sabia que você era da área técnica", comentou, com aprovação.

Tupo riu. "Não sou. Eu só... sei algumas coisas."

"Pois parece que você se daria bem na área", retrucou Falante.

"Ah, não sei...", respondeu ê jovem, remexendo os pés.

Roveg estava se concentrando em não tirar os circuitos do lugar, mas, de canto de olho, via Falante se reposicionando na cabine, com interesse na criança.

"Então, com quantos anos-padrões você vai decidir sua profissão?", perguntou. "Mais ou menos?"

"Eu não sei", respondeu ê garote, mais uma vez. "Quando eu crescer."

"E, para você, quando seria isso?"

"Hã... Eu acho... Bem, posso tirar minha carteira de transporte quando tiver 26 anos." Tupo repassou a informação com autoridade, como se fosse um número do qual estivesse bem ciente e ansiose para alcançar.

"Vinte e seis", repetiu a akarak, pensativa. Havia uma admiração sutil em seu tom.

"E quantos anos você tinha, Falante?" perguntou Roveg. "Quando tirou sua carteira de transporte?"

Os olhos dela se estreitaram. "Muito sutil de sua parte", comentou.

Roveg acenou para ela com um alicate, em reconhecimento. "Obrigado."

"Eu tinha 3,5 anos", respondeu ela.

A cabeça de Tupo foi direto até o visor da cabine de Falante, impulsionada como uma mola pelo seu pescoço. *"Três e meio?!"*

Roveg não enfiou o rosto na cara de Falante, mas compartilhava o sentimento. Ele abaixou o alicate. "Perdoe a ignorância", começou, lançando a sutileza ao vento, "mas quantos anos você tem?".

"Tenho 8 anos", respondeu Falante.

Tupo estava de boca aberta. "Você tem 8 padrões de idade."

"Isso."

Tupo encarou Roveg com um olhar de pura perplexidade, então se voltou de novo para Falante: "Você é uma criança?".

Falante moveu o bico, achando graça. "Não. Cheguei à idade adulta antes do fim do meu primeiro ano-padrão. Para a minha espécie, estou chegando à meia-idade. Vivemos cerca de 20, 25 anos."

"Só?"

Roveg teve que intervir. Sentia a mesma surpresa que Tupo, mas lhe parecia uma grosseria ficar se espantando com a mortalidade relativamente iminente de outra pessoa. "A expectativa de vida varia tanto quanto nossos corpos", explicou. Desviou o olhar do painel para se dirigir a Tupo. "E sua espécie vive muito mais do que o restante de nós, então sua infância é igualmente longa — como você com certeza já sabe. Quanto tempo mesmo um laruano leva para deixar a bolsa da mãe e começar a andar?"

"Hã... quatro anos."

"Estrelas!", exclamou Falante, rindo.

"Uhum", concordou Roveg, voltando ao trabalho. "E quantos anos você tem agora?"

"Tenho *17*", respondeu Tupo, ainda ansiose, então apontou uma pata desgrenhada para Falante. "Tenho mais que o dobro da sua idade." Elu franziu a testa com vontade. "Espera aí, se você pode tirar carteira de transporte, por que eu não posso?"

Falante riu de novo. "Essa é uma boa pergunta, na verdade. As carteiras de transporte são baseadas na idade que cada espécie determina como marco da maturidade cognitiva necessária para pilotar uma nave. Roveg, quando você tirou a sua?"

O quelin amarrou um cabo e pegou a pistola de cola. "Aos 12", respondeu.

"Viu?", disse Falante a Tupo.

Roveg olhou para Falante, a mente ainda mais cheia de dúvidas. Entendia, do ponto de vista conceitual, tudo que acabara de explicar a Tupo sobre a relatividade do envelhecimento, mas as ramificações de uma expectativa de vida de vinte anos começavam a lhe ocorrer. "Passei vinte anos-padrões na escola antes de ser um adulto mais ou menos competente", disse ele. "E aqui está você, totalmente educada e culta aos *8 anos*. Como?"

"Bem, essa é a questão", retrucou Falante. "Não temos a oportunidade de receber uma educação tão *abrangente* quanto o resto de vocês. No primeiro ano-padrão de vida, examinamos as habilidades para as quais cada pessoa tem mais aptidão com muito cuidado, e é isso que ela aprende. Então, se uma criança demonstra habilidade para conectar painéis, será engenheira. Se mostrar interesse em plantas, será treinada para o cultivo de alimentos, e assim por diante. Nosso tempo de vida é suficiente para aprender muito, muito bem sobre um tema. Somos especialistas, não generalistas. É isso que nossos nomes refletem. Não temos nomes abstratos como vocês. Nossa identidade é o que fazemos pela comunidade. Então, por exemplo, minha mãe é Kreiek — *fabricante de água*. Ela cuida dos sistemas de suporte à vida da nave dela. Toda nave grande tem um Kreiek; eu só conheço a minha."

"Então qual é o seu nome?", perguntou Roveg.

"Você sabe meu nome."

"Eu quis dizer na sua própria língua."

"Eu não tenho um nome em ihreet", explicou Falante. "Meu nome é Falante, assim como em klip."

"Porque você fala klip", constatou Roveg. "Essa é a sua especialidade."

"Não é a única língua que falo, mas é a que mais beneficia minha comunidade, de fato."

Várias peças começaram a se encaixar.

"É por isso que tantos da sua espécie não falam klip? Porque não têm tempo para aprender? Levei... ai, vamos ver... cerca de nove anos de aulas de klip antes de me tornar fluente."

"É parte do motivo. A outra parte é que o klip é uma linguagem desafiadora para a maioria de nós. O hanto é aprendido mais fácil, isso porque o ihreet moderno é bastante baseado nele. É basicamente um esqueleto hanto com uma miscelânea dos resquícios das nossas línguas pré-coloniais que conseguimos preservar."

Roveg percebeu a menção de uma história dolorosa — não a dela em si, não algo que ela própria vivera, mas algo que ficara marcado em sua concha (ou na carne, no caso dela — a expressão idiomática quelin não servia muito para vertebrados). Seguiu a deixa e não se aprofundou no assunto. "Mas você consegue pronunciar as palavras em klip", comentou. "Uma pronúncia belíssima."

"Obrigada." Falante pareceu dar o tópico por encerrado, e voltou a atenção para o trabalho dele. "Não tenho ideia do que você está fazendo, mas parece que está fazendo muito bem."

Roveg deu risada. "Veremos. Não é o tipo de coisa que eu faça todos os dias." Na verdade, fazia muito tempo desde que havia se debruçado sob as entranhas de uma máquina como aquela. Ele era designer, não mecânico, e em geral enviava reparabôs quando algo dava errado. Mas habilidades básicas como técnico mecânico faziam parte da escola que mencionara mais cedo, uma base essencial para quem desejasse trabalhar intimamente com software. Ainda se lembrava da praça da universidade, onde ele e os colegas faziam corridas de robôs, pregavam peças como hackers e maravilhavam os espectadores com elaboradas animações de pixels. Era uma memória antiga; uma memória simples, que se tornara dolorosa por causa da forma como a vida se desenrolara. Ele a comprimiu com força e a guardou bem fundo.

"Eu amo simulações", comentou Tupo, de supetão. A profissão de Roveg havia sido declarada na conversa no jardim na noite anterior, e parecia, desde então, que a criança aguardara ansiosamente uma chance de discutir o assunto mais a fundo. "A última que joguei foi *Esquadrão de Fogo 19* e achei muito, muito boa."

"Eu não experimentei essa", contou Roveg, e jamais experimentaria, porque bastava ver os trailers para saber que a série era puro lixo. "Se esse é o seu gosto, talvez minhas simulações não sejam para você. Faço simulações de férias."

"O que é uma simulação de férias?", perguntou Falante.

"Ah, sabe, do tipo em que não há uma história, só um ambiente agradável em branco para aproveitar o quanto quiser."

"Ah", exclamou ela.

"Também não é o seu gosto?"

"Não, é só que... Nunca joguei uma simulação."

Roveg e Tupo se viraram para encará-la.

"Você nunca jogou uma simulação?", indagou Tupo, em um tom idêntico ao que tinha usado para confirmar a idade dela.

"Não", respondeu Falante, com simplicidade. "Nunca."

Roveg continuou a encará-la, depois riu. "Perdão. Sabe quando algo ocupa a sua vida toda e você conhece alguém fora dessa bolha... entende o que eu quero dizer?"

"Sim", assentiu Falante. "Eu entendo."

"Como assim você nunca jogou uma simulação?", indagou Tupo.

Falante fez um gesto indiferente. "Elas não são feitas para os akaraks."

"Por que não?"

Roveg se deu conta da resposta, e não gostou nada dela. "As simulações precisam ser adaptadas ao sistema nervoso de cada jogador", explicou. "Um aandriskano e um harmagiano podem entrar na mesma simulação, que vai transcorrer de forma idêntica em ambas as perspectivas, mas os dois acessarão versões diferentes do software. Um designer de simulações como eu precisa primeiro construir o mundo ou a história base e depois convertê-los para os modelos específicos de cada espécie. Chamamos isso de mapas cerebrais."

Tupo franziu a testa. "Por quê?"

"Bem, se um jogador tem braços e outro tem tentáculos, as...", ele hesitou, pensando em uma palavra adequada para crianças. "... as regras que fazem a simulação funcionar se comportam de maneira diferente para cada um. Caso contrário, os jogadores não vão sentir que estão realmente tocando algo." Ele olhou de volta para Falante. "E parece que ninguém nunca se deu ao trabalho de mapear akaraks. Eu nunca tinha pensado nisso, mas vocês… vocês não são uma opção nas ferramentas de design que eu uso." As palavras saíram baixas, incomodadas.

"Acho que ninguém espera que a gente compre", explicou Falante.

"Sim, bem, vocês não podem comprar o que *não existe*, não é?" Ele soprou o ar pelos espiráculos e sacudiu as peças bucais em desaprovação. Com todo o cuidado, recolocou as entranhas da máquina e fechou o painel. "Tudo bem. Pronto. Vamos tentar." Ele foi até o terminal de controle e começou a gesticular comandos, mas logo encontrou um problema. "Eu… não consigo ler isso", constatou, encarando um alfabeto desconhecido. Laruano, presumivelmente, mas nunca tinha visto a linguagem deles por escrito. "Onde estão as configurações de tradução?"

"Ah, é…" Tupo se aproximou e passou o pescoço por sob as pernas torácicas de Roveg para ver melhor a tela. "Hã… aquele que parece um quadrado. Deixa que eu faço." Elu digitou alguns comandos rápidos, e a tela passou para klip.

"Ah", disse Roveg com alívio. "Obrigado."

"Está funcionando?", questionou Falante.

"Ainda não dá para saber. Precisaremos reiniciar para que essas alterações sejam reconhecidas. Deve levar uns bons minutos."

Falante se agitou no traje. Era evidente que não queria ficar sentada nem mais um minuto, mas aceitou a situação e se recostou na cadeira. "Então agora esperamos?"

Roveg dobrou as pernas afirmativamente. "Agora esperamos."

• • • • • • • • • •

pei

A casa de banho se revelou muito agradável.

Não era enorme como os spas e as saunas das cidades grandes, nem luxuosa como as casas de banho em que levava a tripulação depois de uma longa viagem, cortesia sua. Do lado de fora, a casa de banhos do Cinco Paradas parecia ter espaço para acomodar talvez seis pessoas; por dentro, era silenciosa, convidativa e muito limpa. As paredes eram revestidas com uma imitação de silicato (até que bem parecida com o material verdadeiro) e decoradas com trilhas de musgo macio persuadido a crescer em espirais. O piso estava tão polido que Pei quase podia ver seu reflexo, e ao notar isso, não demorou para tirar as botas, que guardou em um dos grandes cubículos na entrada, junto das roupas.

Do outro lado do corredor, havia duas fileiras de dispensadores automáticos embutidas na parede, cada uma rotulada com uma tela de pixels. Havia todo tipo de sabonetes, esfoliantes e óleos, e Pei sorriu ao imaginar Ouloo tentando se decidir pela fragrância do esfoliante de escamas que mais agradaria os aandriskanos, ou pelo spray tônico que a maioria dos harmagianos julgaria satisfatório. As imagens animadas em cada dispensador pareciam tentadoras, mas Pei decidiu examinar as instalações primeiro.

Como anunciava a placa abarrotada na recepção, a casa de banhos oferecia uma ampla gama de aparelhos específicos de diversas culturas, todos instalados em um único aposento amplo com divisórias posicionadas na altura em que ficava a da cintura. Hastes de cortina circulavam cada um deles, e a intenção era clara: os visitantes poderiam conversar com os demais, se quisessem, mas a privacidade era igualmente possível. *Faça como preferir*, dizia o trabalho de Ouloo.

Pei andou pelo ambiente, apreciando a sensação do azulejo frio nas solas descalças. Parou na frente de um aparelho muito familiar: um molhador aeluoniano. Era sua maneira tradicional de se limpar: um jato constante de névoa quente para matar os germes e soltar a sujeira, seguida por um instante de água fria do tanque acima. Pei costumava usar um desses quase todos os dias, mas ela não estava na casa de banhos porque precisava se limpar. Estava ali para passar o tempo e relaxar, e, se esse era o objetivo, havia uma espécie que era especialista nessas coisas.

Deu as costas para o molhador, voltando a atenção para o banho de vapor estilo aandriskano — um recipiente de pedra oval, com janela, e grande o suficiente para um único ocupante. Um portão tinha sido instalado em volta, para a segurança dos harmagianos. Um harmagiano jamais ousaria entrar naquela engenhoca, mas qualquer vapor que escapasse quando a porta fosse aberta seria desagradável para sua pele viscosa. O corpo da própria Pei não aguentaria as temperaturas preferidas dos aandriskanos, mas ela sabia por experiência própria que um banho de vapor poderia ser um verdadeiro deleite, desde que usasse o botão marcado com as palavras em reskitkish que indicava *para crianças* (durante anos, achou que o botão dizia *baixo calor*; a descoberta a deixou com o orgulho ferido, mas ela logo se recuperou).

Voltou para os dispensadores no corredor e encontrou um com pastilhas de vapor perfumadas. Passou o pulso sobre o escâner, fazendo sair uma cápsula redonda contendo dois discos em pó salpicados com ervas secas. Decidiu adotar o banho aandriskano completo e comprou também um potinho de esfoliante de escamas — com fragrância de limo-de-sal, um gosto que tinha adquirido em suas viagens. Aandriskanos tinham a pele muito mais grossa e áspera do que a sua, mas escamas eram escamas, e Pei descobrira que um punhadinho de esfoliante aplicado com leveza a deixava mais brilhosa.

Voltou para o banho de vapor, entrou, fechou a porta atrás de si, colocou os tabletes no receptáculo da parede e selecionou as configurações no painel de controle. O implante registrou o chiado instantâneo da água sendo bombeada pelo metal quente e continuou transmitindo que o som estava presente. Pei absorveu a sensação por alguns segundos, então fez algo que quase nunca fazia quando estava longe da *Mav Bre*: estendeu a mão até a testa e desligou o implante.

Pei tinha recebido o implante e a caixa-falante quando era pequena, e fazia tanto tempo que não conhecia a vida sem aqueles aparelhos que desligar o processador era sempre um tanto chocante. Também se sentiu assim quando tentara, dois dias antes, sacar a arma que estava trancada: assustada com a ausência de algo que não era parte dela, mas que sempre a acompanhava.

Depois de alguns segundos, o estranhamento passou, e Pei se permitiu ser embalada pelo silêncio. Não o silêncio do qual falavam as outras espécies. Quando as espécies capazes de ouvir diziam *silêncio*, significava *não ouço nada além do vento e das folhas* ou *ninguém está falando, mas os sons da cidade ainda estão presentes*. Esse não era o silêncio total. Silêncio *de verdade*. O estado natural de sua espécie. Só quando decidia desligar o implante é que Pei percebia como era cansativo para seu cérebro processar constantemente um tipo de estímulo para o qual não fora projetado.

O silêncio não foi o suficiente para reparar o desconforto mental com o qual despertara, mas fez com que ela se importasse menos com ele e, no momento, isso bastava.

No meio do banho de vapor havia uma pedra lisa com formato projetado para alguém com quadris largos e uma longa cauda se deitar de bruços. Pei não tinha nenhuma das duas coisas, mas mesmo assim se deitou de bruços, envolvendo a pedra com os braços e as pernas, acomodando as canelas e os antebraços nas ranhuras esculpidas para esse propósito. Um vapor perfumado começou a sair dos pequenos bicos embutidos nas paredes e no teto. Ela o observou girar, sentiu ele dilatar suas vias aéreas. Quando o corpo relaxou, a mente aproveitou a deixa para vagar, indo direto para o tópico inevitável de Ashby.

O homem em si não era o problema. Ele tornava os problemas suportáveis, suavizando os aspectos mais duros e acalmando seus pensamentos. Os dois se viam raramente — em geral, apenas alguns dias roubados aqui e ali a cada padrão —, mas, quando ficava com ele, tudo fazia sentido. Não havia trabalho, nem perigo, nem complicações. Eram apenas ele e ela, e uma cama embaixo dos dois. Com ele, a conversa era mais profunda do que com qualquer outro indivíduo, havia uma certeza fácil de que tudo que diziam um ao outro era verdade e que nada — não importava o quão confuso ou pouco lisonjeiro — seria julgado. Não que tudo que fizessem juntos fosse conversar. Pensar em como ele se movia quando o tocava fazia a parte mais profunda de seu ser se agitar. Jamais deixara de ficar embriagada com a coreografia que inventaram juntos, uma dança para dois corpos que não tinham evoluído um para o outro. Tudo se encaixava quando Pei se trancava com ele.

Mas, fatalmente, havia o outro lado da porta. Lá, Pei se tornava outra pessoa; e ele, muito leal, fingia não a conhecer, embora ela pudesse ver que isso trazia tristeza aos seus olhos. Lá, caíam em um ritmo diferente, de segredos e negação. Essa realidade estava ficando cada vez mais difícil de suportar para ambos, mas Pei aguentava, como sempre aguentara, porque Ashby era humano. Ashby era humano e Pei não estava pronta para explodir sua vida.

Não tinha ideia de quando exatamente o tabu aeluoniano contra relacionamentos interespécies se enraizara na sociedade mais geral, só que era mais antigo que a CG e tão certo quanto a chuva em um dia de inverno. Sabia que havia comunidades mais abertas nos lugares da galáxia que adotavam costumes mais liberais — mundos neutros e centros de modificadores e afins. Certa vez, viu três aandriskanos e um aeluoniano transando alegremente no meio da tarde em um parque ao ar livre em Porto Coriol, sem se importarem com o fato de que estavam à vista de qualquer pessoa na rua. Sentira inveja ao passar por eles — não pelo espetáculo público, pois não compartilhava a ambivalência aandriskana nesse quesito, mas pelo fato de que a aeluoniana transando com um alienígena não se importava com quem ficasse sabendo. Ela, por outro lado, passara por acrobacias intermináveis para manter Ashby em uma quarentena segura em relação ao resto de sua vida. Os dois tinham protocolos elaborados para se encontrarem em hotéis e pousadas sem que ninguém soubesse que estavam hospedados no mesmo quarto e, para se comunicarem, quando separados, sem que as tripulações notassem a troca de mensagens. Pei chegara ao absurdo de escrever para ele em *papel* e mandar a mensagem por drone — e, embora ele aparentemente visse certo romance nisso, Pei encarava como uma evidência de como as coisas tinham ficado ridículas.

Ashby era uma parte da sua vida da qual sentiria muita saudade caso se fosse. Cada vez que fingia que ele não existia, cada vez que se esquivava das perguntas bem-humoradas dos membros da tripulação sobre por que fazia tanto tempo que não a viam com um amante, sentia que estava jogando lama na cara dele... Essas artimanhas eram um desrespeito a quem ele era e tudo que lhe proporcionava. Ele seguira todas as regras dela à risca, mesmo que ninguém na sua vida se importasse nem um pouco. Ele se escondia, mentia e fazia silêncio, tudo por ela. Pei odiava isso com todas as forças.

... e, ainda assim...

Uma coisa era alguma modificadora, artista ou boêmia moderninha de Coriol lançar a tradição ao vento. Era totalmente diferente para alguém como Pei, que não tinha, nem jamais tivera, visões políticas radicais, e para quem a reputação era a base de tudo na vida. Não tinha certeza do que aconteceria caso seu relacionamento com Ashby fosse a público, mas podia adivinhar. Não perderia a nave por isso — era dela, estava paga —, mas a carreira nos moldes que ela conhecia terminaria assim que a notícia se espalhasse. Os contratos militares sumiriam, e os trabalhos para as empresas de grande porte, os que mais valiam a pena, provavelmente também minguariam. Poderia ir para outro lugar, procurar serviços no espaço de multiespécies, talvez se concentrar em clientes aandriskanos ou harmagianos. Mas não eram as redes com os melhores contatos, e seria ainda mais difícil reconstruir uma lista de pessoas que aceitariam trabalhar com ela enquanto buscava uma nova tripulação. Alguns iriam embora, sem dúvida. Era provável que a maioria. Fizera confidências ao piloto e ao algaísta sobre Ashby, e eles não a abandonaram, mas eram mais próximos dela que o restante da tripulação. Não sabia como os demais reagiriam. Não apostaria em um resultado positivo.

Pei era bastante engenhosa. Se precisasse, poderia começar do zero. Só que... não queria. Mas também não queria continuar nas sombras. Queria manter o emprego. Queria transar em um parque (metaforicamente). Não conseguia vislumbrar uma realidade na qual esses dois desejos pudessem coexistir.

E seus pensamentos deram voltas e voltas.

Não contara a Ashby que isso a estava consumindo por dentro. Pelo contrário, escrevera para ele dizendo que não ligava mais para quem soubesse, que se alguém descobrisse, *paciência*. E era verdade quando escreveu. A última entrega tinha sido perigosa, uma das piores da sua vida. Pei ficara abalada, mas não tanto quanto quando viu as notícias sobre Hedra Ka e soube exatamente contra qual nave civil os toremi haviam disparado. Ashby era a coisa mais distante de um soldado no universo. Ele jamais deveria ter se enfiado em uma situação daquelas. Mas, sozinha em seus aposentos, segurando o scrib com tanta força que chegou a danificar a tela, ela se perguntou quantas vezes o inverso havia ocorrido. Quantas vezes tinha sido ele lendo as notícias, tentando decifrar as entrelinhas para saber se ela estava bem?

Naquele momento, se sentira farta de fingir.

Nos momentos seguintes, os sentimentos contraditórios voltaram.

Pensou no que escrevera para ele na ocasião, rabiscos em um pedaço de árvore morta enviado pelo vazio. *Não direi nada à minha tripulação, nem que sim, nem que não, mas eles podem juntar as peças. Se isso acontecer, eu resolvo. Não ligo mais.* Até certo ponto, era verdade. Era arriscado passar uma licença em solo na *Andarilha*. Sabia que alguns dos membros da tripulação acharam o destino estranho, já que estiveram lá e não viram nada além de uma nave feia de perfurar túneis que lhes ajudou. Parte de Pei queria que a tripulação descobrisse, que juntasse as peças, acionando o detonador por ela. Odiava quando as coisas estavam fora do seu controle, porém, em uma lógica perversa, parecia o melhor resultado possível. Gastara padrões tentando determinar o curso certo, as palavras certas... Ter alguém apagando todas essas decisões lhe parecia um alívio.

Não queria que isso acontecesse.

Mas também queria.

Começou a ofegar baixinho, a maneira inconsciente de seu corpo tentar se resfriar. A dor sem nome na barriga começou a diminuir. Pei virou a cabeça e pressionou o rosto contra a pedra com força, mergulhando no calor vertiginoso, tentando queimar o impossível de resolver.

falante

Falante presumia que Roveg podia lê-la tão pouco quanto lia a ele, mas fez o possível para esconder a tristeza quando a torre sib informou que, de fato, não poderia estabelecer um caminho de transmissão.

"Droga", reclamou Roveg. Ele pegou suas ferramentas e voltou ao painel de acesso. Falante ficou fascinada com dois aspectos dessa ação: as extremidades bifurcadas de suas pernas, que não podiam fazer nada além de pinçar objetos, e as ferramentas projetadas para tais apêndices, tão finas que pareciam muito frágeis, mas Roveg as empunhava com muito mais destreza do que Falante imaginaria que os dedos dos pés dele seriam capazes enquanto se debruçava sob o painel para fazer mais modificações. "Certo, vamos tentar de novo."

"Algum de vocês dois está com fome?", perguntou Tupo. Elu fez uma pausa. "Ah, é, você não pode lanchar."

Falante estalou o bico, gentil. "Eu *posso* lanchar, só não aqui. Mas não, obrigada, não estou com fome."

"Nem eu", disse Roveg.

"Tudo bem", respondeu Tupo. Elu parou de novo. "Bem, eu estou."

Roveg riu. "Pode ir, Tupo, ainda vamos demorar um pouco."

A criança fez uma saída desajeitada, sem dizer mais nada, seguindo o caminho até a casa.

"Elu é engraçade", comentou Roveg, assim que Tupo se afastou.

"Eu não entendo bem crianças", declarou Falante. "As nossas passam tão pouco tempo nesse estado que esse período não é muito marcante. São só algumas dezenas de decanas de caos e já estão encaminhadas."

"Você não tem filhos, eu presumo."

"Não."

"E sua irmã?"

"Também não."

Roveg continuou o trabalho, usando quatro pares de pés ao mesmo tempo e quase o mesmo número de ferramentas. No início, Falante achou que devia ser difícil de acompanhar todas aquelas pernas, mas estava começando a ver as vantagens. O quelin se recostou e vasculhou a bolsa de ferramentas. "Falante e Rastreadora", comentou, pensativo. "Você fala. O que ela rastreia?"

"Outros akaraks. Ou, mais especificamente, suas naves."

"Para qual finalidade?"

"Para que possamos ajudá-los."

"Sim, você mencionou esse trabalho ontem à noite. Pelo que me lembro, disse que vocês adquirem suprimentos, certo?" Ele fez uma pausa. "Perdoe-me, mas ainda não entendi."

Falante pensou na melhor forma de responder. Não se incomodava em compartilhar seu modo de vida, mas tinha tão poucas oportunidades de fazer isso que não sabia bem quais partes incluir e quais deixar de fora. Já tinham passado do ponto de uma conversa genérica, e o interesse de Roveg parecia tão sincero quanto seu fascínio pelos pés dele. Como não podia contribuir com o trabalho que ele fazia — que, aliás, era um favor a ela —, Falante não viu motivos para não dar uma explicação completa.

"Uma vez por padrão, todos os akaraks — ou pelo menos a maioria — se reúnem para um evento que chamamos de *rakree*. O significado literal é *troca*. Ou *compartilhamento*, eu acho. Seria uma tradução melhor. Qualquer um que queira se reunir com outras naves é bem-vindo. Todos vamos para as mesmas coordenadas e conectamos nossas naves a... ah, não sei a palavra. São basicamente câmaras de ar portáteis. Um tubo grande e hermético que liga duas naves."

"E são usados para interligar... todas?"

"Isso. Imagine... imagine se uma decana por padrão todas as casas de uma cidade abrissem as portas e todos estivessem livres para entrar e sair de onde quisessem.

As membranas de Roveg se ondularam.

"Isso me parece meio infernal, para ser sincero. Mas tenho a impressão de que para você é o oposto."

"É maravilhoso", respondeu Falante, com sinceridade. "É minha coisa favorita."

"E qual é o objetivo?" perguntou Roveg. "Comércio, política, festas, sexo?"

"Akaraks não fazem sexo."

As ferramentas de Roveg pararam de se mover.

"O quê?"

"Nós nos *reproduzimos* sexualmente, mas não fazemos sexo social. Estou ciente de como isso funciona nas outras espécies, mas nós... não temos a capacidade física para o que você está se referindo, nem a necessidade. Nós não conseguimos. Não fazemos."

O quelin absorveu a informação.

"Não sei se isso é trágico ou se vocês foram poupados de muitos incômodos. Mas me desculpe, pode continuar."

"Você acertou duas das atividades: comércio, principalmente, mas também festas. Nós não temos política, ou, pelo menos, não da maneira que você mencionou. Não temos um governo, cada nave toma as suas próprias decisões. Mas estou me desviando do assunto: você queria saber sobre meu trabalho, não sobre minha cultura."

"Bem, agora estou interessado em ambos."

Falante franziu os olhos para ele. "O objetivo do *rakree* é se abrir para os outros. Você diz o que precisa e proporciona o que pode fornecer. Talvez seja um padrão em que você teve uma grande safra de alimentos, com sobra para compartilhar. Talvez precise de uma bobina de compressor, e alguém a três naves de distância tenha uma sobressalente. Talvez sua nave precise de um médico ou piloto, e você encontre alguém com essas habilidades à procura de um novo lar. Ou talvez seja algo tão simples quanto precisar dormir em um lugar diferente por algumas noites, ou conversar com pessoas com quem você não convive o dia inteiro, todos os dias. Uma mudança de ritmo. *Rakree* é isso. As necessidades podem ser grandes ou pequenas, mas todas são importantes."

"Então não é um simples comércio. É uma troca aberta de verdade."

"Pode ser comércio, mas, sim, você entendeu. Não há expectativa de receber algo em troca do que você dá, e ninguém sente culpa por pegar o que precisa."

Os olhos de superfície dura de Roveg giraram nas órbitas com uma rapidez quase mecânica.

"Foi *por isso* que você foi à minha nave perguntar sobre minhas habilidades? Porque é o que vocês fazem entre si?"

"Acho que sim", disse ela. "Você achou incomum?"

"Admito que sim. Não de uma forma ruim. Só não é o que eu teria feito."

Falante estalou o bico, contemplativa. "Teria sido estranho não perguntar, ainda mais em uma emergência", explicou.

"Mesmo sendo espécies diferentes?"

Falante pensou um pouco. Ficara apreensiva em abordar um grupo de sapientes desconhecidos um por um, mas, ao refletir agora, entendeu que o medo de sua hostilidade era menor do que o de enfrentar o perigo sozinha.

"Eu me comportei assim com a esperança de que essas coisas não fossem importar, já que o céu estava caindo aos pedaços."

"Tais coisas não deveriam importar, qualquer que seja o estado do céu." Roveg trocou uma ferramenta por outra e continuou o trabalho. "Então é correto supor que, em circunstâncias normais, você e sua irmã oferecem algo ao seu povo para atender a uma necessidade *específica*?"

"Sim. Nós *me* oferecemos."

"Você?" Ele inclinou o torso envolto pela concha para trás e pensou um pouco. "Você fala klip. Entende os costumes dos outros povos. Você... você fala por eles."

Falante se aqueceu com a alegria silenciosa de ser compreendida.

"Exatamente."

"Você pode ter acesso a coisas que os outros não podem. Ir a lojas onde poderiam ser rejeitados ou..."

"Ajudá-los a completar a papelada para tirar uma carteira oficial de piloto. Encomendar um monte de mudas em um produtor que não entendeu o que eles queriam. Encontrar um médico especialista para um problema específico. Configurar um pedido recorrente com um depósito de combustível. Comprar mantimentos para alguém que está nervoso demais para ir a um mercado muito grande."

"Esses são exemplos imaginários ou...?"

"São os meus últimos cinco trabalhos."

"Fascinante. Isso é fascinante." Roveg voltou ao painel, torcendo um fio aqui, soltando um prendedor ali. "Certo, vamos tentar." Ele foi outra vez para o painel de interface e reiniciou o sistema. "Mas você ainda não respondeu minha pergunta."

"Desculpe, qual?"

"O que Rastreadora faz?"

Mais uma vez, Falante reuniu todos os componentes que a resposta exigia e tentou filtrá-los e deixar apenas os mais necessários. "Então: uma nave é uma família, e cada nave é autônoma. Não somos uma espécie muito hierárquica, como grande parte de vocês. Nós nos saímos melhor em grupos, mas cada grupo é uma entidade. Não temos nenhum tipo de governo maior, nem registro de naves, nem nada assim. Não registramos planos de voo, não enviamos rotas de viagem. Vamos aonde precisamos ir, da maneira que queremos. Essa liberdade é muito importante para nós, mas também significa..."

"Que vocês são difíceis de encontrar."

"Certo. Mas isso também é propositalquote." Ela hesitou. "Se eu explicar a questão, você precisa entender que não é um insulto."

"Agora estou morrendo de vontade de saber o que é." Roveg mantinha o rosto inexpressivo, mas sua voz era gentil. "Não se preocupe. Não vou levar para o lado pessoal."

Ela continuou, ainda hesitante: "A maioria das naves akarak se esforça muito para não aparecer no radar de ninguém. Tanto no sentido navegacional quanto no sentido tecnológico. Nós mascaramos os sinais das naves. Traçamos planos de voo que parecem absurdos para quem está de fora. Em geral, evitamos contato com as outras espécies o máximo possível, mas o efeito colateral é que também é difícil encontrarmos *uns aos outros*. E é *isso* que Rastreadora faz. Quando recebemos uma tarefa, sabemos mais ou menos para onde a pessoa está indo e temos a chave de rastreio, mas muitas vezes não temos um plano de encontro exato e rígido. Essas coisas mudam. As circunstâncias são imprevisíveis. E se uma nave que quer mesmo ficar fora do mapa, pode nem se sentir confortável em compartilhar o plano de voo conosco, no máximo, diz o sistema em que estará. É aí que entra a Rastreadora. Sua especialidade é rastrear naves não rastreáveis".

"Como?"

"Você teria que perguntar a ela. Eu não entendo nada do assunto." Rastreadora tentara lhe explicar diversas vezes, é claro, mas Falante se saíra tão bem buscando entender os monitores cheios de gráficos de navegação de Rastreadora quanto a irmã com suas nuances da sintaxe.

"Bem, tomara que a gente consiga fazer isto funcionar, assim poderei dizer olá, pelo menos." Roveg olhou para o monitor, observando o progresso da reinicialização. "Deve ser muito difícil caçar seus pares pela galáxia."

"Depende de quem são e quão a sério levam a privacidade. Algumas naves não se importam muito. A aversão a outras espécies não é uma regra universal; não somos todos iguais, obviamente. Mas a maioria prefere viajar incógnito. E é porque..." Ela hesitou. "Mais uma vez, por favor, não se ofenda."

"Vocês não confiam no restante de nós", completou Roveg, com simplicidade. "Eu entendo, e não me ofendo." Ele gesticulou para si mesmo. "A reputação da minha espécie dificilmente me torna alguém que possa julgar."

"É que... não é bem a mesma coisa."

"Não é? Claro, estamos falando de xenofobia em escalas muito diferentes, mas o medo de estranhos é o medo de estranhos."

Falante não gostou da categorização, porém, seguindo seu próprio pedido, não levou para o lado pessoal.

"Não tenho certeza se eu chamaria de xenofobia no nosso caso. É só... experiência."

"Hmm." Roveg pensou um pouco. "Sim, talvez eu não esteja vendo a questão no contexto adequado. Meus colegas argumentariam que sua situação e a nossa se resumem ao mesmo princípio, mas estão errados sobre a maioria das coisas."

Foi a vez de Falante ficar curiosa sobre assuntos delicados. Ela hesitou, sem saber como Roveg reagiria à pergunta, mas a conversa fácil a deixou ousada. "Posso perguntar por que o Protetorado de Quelin... por que ele é do jeito que é?"

Todos os orifícios ao longo do abdômen de Roveg pulsaram ar ao mesmo tempo. "Poderíamos passar dias discutindo isso. Você sabe alguma coisa sobre a nossa história? O que aconteceu depois do contato?"

"Sei que houve uma guerra, mas não os detalhes."

"Certo." Ele esfregou um dos olhos com um dedo do pé de forma preguiçosa enquanto pensava. "Quando entramos em contato com outros sapientes, houve uma explosão cultural inevitável, como sempre. Tecnologia, filosofia, arte, tudo isso evoluiu. Você sabe como é. E, como infelizmente é comum durante períodos de mudanças rápidas, algumas questões da minha espécie que estavam cozinhando havia muito tempo começaram a ferver. Houve uma guerra. Você pode ler a respeito, se precisar, mas tudo que precisa saber é que foi horrível. Basta dizer que usaram soldados clonados como arma, e foi terrível. Pessoas morreram, tratados foram assinados e assim por diante, e, quando chegou a hora de apontar os culpados, o fato de podermos responsabilizar pessoas que nem eram do nosso planeta foi deliciosamente conveniente. Foi a influência *deles* que causou as cisões entre nós, entende, não séculos de nossa própria inanidade. Foi a tecnologia *deles* que alimentou as guerras genéticas, as ideias *deles* que corromperam a santidade da verdadeira civilização Quelin."

"E qual é a *verdadeira civilização Quelin*?"

Roveg riu com pesar. "Ah, *essa* resposta levaria decanas. Há tomos e tomos sobre o assunto, e todos são igualmente estúpidos. De qualquer maneira, em pouco tempo virou moda ostentar pureza cultural, e essa moda virou dogma, e o dogma virou lei... e pronto! Aqui estamos."

Falante refletiu um pouco. "Mas vocês fazem parte da CG. Vocês fazem negócios. Estão no Parlamento. Suas fronteiras não estão fechadas."

"Ah, claro que não", concordou Roveg. Suas membranas se eriçaram. "Imagine só, parar o comércio. É uma relação gananciosa e de conveniência, todos sabem. Fico enojado só de pensar que tanto a CG quanto o Protetorado estão dispostos a ignorar seus princípios só para manter o comércio de minérios e ambi." Ele não tinha músculos para tensionar, mas seu corpo ficou rígido mesmo assim. Falante se perguntou como devia ser a sensação de não ter consciência da própria suavidade. Roveg balançou da cabeça aos pés, como se estivesse sacudindo poeira. "Eu não posso dizer como é um alívio constante, mesmo décadas depois de partir, estar em lugares onde posso falar o que penso com liberdade."

Falante tinha uma palavra para definir como se sentia naquele momento: *eerekere*. Um momento de compreensão vulnerável entre estranhos. Não tinha tradução em klip, mas era um sentimento que ela conhecia bem das reuniões entre seu povo. Não havia uma necessidade sendo expressa, nenhuma troca ou barganha ou problemas que exigiam a ajuda de uma Falante, mas ela ainda assim sentia *eerekere*. Nunca sentira aquilo com um alienígena. Abraçou a nova experiência. Se Roveg fosse akarak, se ligasse os ganchos de pulso aos dela e se abrisse da maneira radical necessária quando você realmente queria a ajuda de alguém, ela não esconderia nada, não fingiria. Por isso, disse exatamente o que queria dizer: "Posso perguntar o que levou ao seu exílio?".

Roveg ficou um bom tempo em silêncio. Falante teve medo de que tivesse ido longe demais, mas, depois de um tempo, os olhos imóveis dele brilharam. "Eu contei as histórias erradas", comentou o quelin.

"Você disse que fazia simulações de férias."

"Hoje em dia, sim. Mas, na minha juventude, projetei simulações narrativas e... bem. Minhas mensagens políticas não eram tão sutis quanto pensei."

Parecia uma razão insensível para expulsar alguém de uma região inteira da galáxia, mas o extremismo parecia alinhado com o que ela ouvira sobre os quelin, e era por isso que ela e Rastreadora nunca voavam pelo espaço deles. "Por que você parou de contar histórias?"

"Gosto de fornecer os modelos para as pessoas criarem suas próprias histórias. Contar as minhas requer uma mentalidade à qual apenas não posso retornar." Roveg ficou quieto por vários segundos. "Só porque eu estava certo não significa que não doa." Ele olhou para longe, para além do jardim, da cúpula, para o horizonte. "Mas você tem razão. Nossas espécies... não, perdão, nossas *culturas* não são iguais. Os quelin temem os forasteiros porque os usamos como bodes expiatórios para as coisas que tememos em nós mesmos. Nós barramos o intercâmbio cultural porque a mudança nos assusta. Enquanto o seu povo..." Ele a encarou. "Vocês têm medo de estranhos porque eles não lhe deram escolha nas mudanças pelas quais forçaram vocês a passar."

"É mais do que isso", comentou Falante. "Mas isso é parte do motivo, sim."

O monitor de progresso soou um apito de conclusão. Roveg se inclinou para a frente; Falante fez o mesmo com seu traje.

Erro
Conexão perdida

Causa: desconhecida

"Argh", Roveg gemeu. "Estrelas, não sei o que está errado, isso deveria ter..."

"Não tem problema", disse Falante. Estava desapontada, é claro, mas a ansiedade de estalar o bico que sentira no ônibus espacial havia diminuído. A sensação continuava como um zumbido de fundo, ainda imaginando os mesmos horrores, ainda desesperada por uma solução. Mas ela domou o sentimento, pelo menos por ora. Ela e o estranho que havia tentado ajudar. "Já basta que você tenha tentado", falou. "De verdade."

As membranas de Roveg ficaram cabisbaixas com a derrota, mas ele virou o rosto inescrutável para ela mais uma vez. "Lamento que não tenha funcionado. Mas obrigado pelo *rekree*, Falante. Estou pronunciando certo?"

"*Rakree*", corrigiu ela.

"*Rakree*", repetiu ele.

"Isso mesmo. E sim. Obrigada também."

Dia 237, Padrão 307.da CG
....

AGRADECEMOS A PACIÊNCIA

• • • • • • • • • •

roveg

O edifício tinha o mesmo formato das outras bolhas pré-fabricadas que compunham o Cinco Paradas, mas a semelhança terminava aí. A parte externa havia sido pintada — uma pintura amadora em tons monocromáticos monótonos — com imagens de vulcões em erupção, meteoritos caindo, pedras brilhantes e... e... algumas formas. As formas tinham significado, Roveg tinha certeza, mas qualquer que fosse a intenção do artista, ela se perdera na execução. Ele ficou olhando uma mancha torta que devia ser um penhasco. Talvez uma pedra. Também podia ser um tanque de água, se você virasse a cabeça para o lado. Não havia como ter certeza.

Uma placa estava pendurada acima da entrada do prédio. Era um estilo bem diferente da de suas primas prodigiosas: tinha sido gravada, não impressa, e coberta com laca grossa e apliques de metal falso. Uma encomenda personalizada, feita por alguém que queria uma placa que parecesse elegante, mas que não tinha os meios para custear todo o preço.

A placa dizia:

MUSEU DE HISTÓRIA NATURAL DE GORA
FUNDADO NO PADRÃO 304 DA CG
CURADORE PRINCIPAL: OOLI OHT TUPO

Uma cortina de contas pendia abaixo da placa. Roveg passou por ela, tirando um momento para desembaraçar algumas das cordas que ficaram presas nas ranhuras de sua concha. Ele olhou em volta, e seu coração derreteu.

"Ah, estrelas!", murmurou para si mesmo com uma risadinha.

O Museu de História Natural de Gora consistia em um único cômodo abarrotado de mesas, e em cima delas havia... bem, pedras, basicamente. Pedras grandes e pequenas, pedras em caixas, pedras em pilhas, pedras em cima de pedestais afundados, lascas de pedras, seixos e frascos de terra. As supostas mostras haviam sido nomeadas com placas feitas com a mesma impressora que fizera a sinalização do Cinco Paradas, que proclamavam títulos como "Formação Planetária", "Primeiras Eras" e "Relíquias Antropológicas". Essa última placa estava presa em cima da única mesa do Museu de História Natural de Gora que não continha pedras, mas sim miudezas do dia a dia que pareciam ter caído dos bolsos de dezenas de viajantes. Todos os aparelhos baratos e as bugigangas esquecidas estavam sendo exibidos e rotulados como um tesouro precioso. Roveg pensou que, talvez, para ê curadore, fossem exatamente isso.

Lá fora, alguém veio correndo — quatro patas, pisando forte. O som foi ficando cada vez mais perto, até que Tupo enfim irrompeu pela cortina com um estrondo alto, quase prendendo os pés nas contas enquanto derrapava até parar.

"Bem-vindo ao meu museu!", exclamou, ofegante. Havia alegria em sua voz, um tom inexistente quando Tupo cumprimentou Roveg na eclusa de ar, lhe ofereceu bolos no jardim ou disse qualquer coisa que tivesse sido ideia de sua mãe. Mas a alegria foi um pouco abafada pela falta de fôlego. (Os pulmões eram um pouco limitados, Roveg descobrira; estava grato pelas múltiplas vias aéreas abdominais, muito mais sensatas.) Tupo apoiou a cabeça na nuca e tentou recuperar o fôlego. "Eu estava na cozinha quando vi você entrar."

"Desculpe, eu deveria ter chamado você antes de entrar?", perguntou Roveg. Não tinha visto qualquer sinalização sobre comprar um ingresso ou coisa do tipo. E, se podia afirmar algo sobre o Cinco Paradas, era que havia uma placa para *tudo*.

"É, não, está sempre... está sempre aberto." A respiração de Tupo estava começando a se estabilizar. "É só que... não é muita gente que vem aqui, então fiquei animado." Elu ergueu a cabeça até um ângulo respeitável e encarou Roveg com olhos enormes e ansiosos. "Posso fazer o tour?"

Sua intenção inicial ao entrar no prédio tinha sido apenas dar uma olhada, e a primeira impressão, depois de entrar pela porta, não o deixou com vontade de se demorar muito. Mas a situação agora era outra. Agora, Roveg tinha apenas um objetivo: dar toda a sua atenção ae curadore-chefe. Só um monstro não faria isso.

"Ah, Tupo, eu adoraria".

A criança quase começou a brilhar.

"Legal! E você já esteve em um museu de história natural?"

"Já estive."

"É muito difícil administrar um museu de história natural em Gora."

"Porque os visitantes são tão imprevisíveis?"

"Não, porque não há vida aqui."

"Ah", disse Roveg. "Sim, dá para entender como isso poderia afetar o estudo da história natural."

Ê pequene laruane olhou suas mostras e bufou. "Todo mundo tem expectativas tão altas", reclamou, dando essa opinião com a seriedade de alguém muito mais maduro. "Acham que os museus de história natural precisam ter fósseis, plantas, insetos e outras coisas, e estou aqui para dizer que *não, não precisam*." Elu gesticulou com orgulho para suas mostras. "As rochas são naturais, têm história e são incríveis."

"Concordo. Mas... eu tenho uma pergunta."

"Certo."

"E você terá que me perdoar, pois não sou cientista." Roveg falava com toda a cortesia que utilizaria em um ambiente profissional. "Se seus estudos são principalmente as rochas, seu campo não seria... a geologia?"

Tupo balançou o pescoço em reconhecimento.

"Minha mãe também disse isso no início, mas ouça. Já joguei muitas simulações de museus de história natural, e todas têm a mesma história." Tupo se levantou e andou com as patas traseiras para poder gesticular com ambas as dianteiras. "Você começa com a formação planetária. Como o planeta chegou até aqui." Elu apontou para a primeira mesa, que continha uma maquete do sistema de Tren — coisa fácil de fazer quando se tinha apenas dois corpos orbitais —, além de um scrib antigo que reproduzia em loop uma projeção de pixels de um disco planetário em formação. Tupo acenou para o scrib, desculpando-se. "Não consegui encontrar um vídeo de Tren, então esse é de Hagarem. Mas todos os planetas se formam da mesma maneira."

"Sim, entendo", concordou Roveg. "E não há problema em usar um vídeo de outro. Já passa a mensagem. Eu diria que foi um bom instinto educacional."

Tupo sorriu e continuou. "Certo, então, as rochas."

Estrelas, sim, as rochas, todas marcadas e datadas diligentemente. Ardósia, 158/306, encontrada por Tupo. Gnaisse, 6/305, encontrada por Tupo. Calcita, 184/307, presente da família de penas Aashikset.

"Quem é a família Aashikset?", perguntou Roveg.

"São donos da casa de *tet* ao norte daqui", disse Tupo. "Somos vizinhos, acho. Minha mãe lhes dá desconto no combustível, e em troca eles dão desconto em... hmm... Não sei. Ainda não tenho permissão para ir lá."

"Imagino que não."

"Porque fazem sexo lá."

"Sim, eu sei o que é uma casa de *tet*, obrigado."

"Em geral, é Hirikk quem vem comprar combustível, e ele sempre traz rochas legais que eles encontram quando saem de sua cúpula. Ele é legal. De qualquer forma, a gente pode aprender muito com as rochas." Tupo parou de novo enquanto olhava para a coleção enorme, parecendo sobrecarregado pelas escolhas. "Você sabe o que é uma rocha ígnea?"

"Sei."

"E uma rocha sedimentar?"

"Sim, também conheço essas."

"ok." Tupo parou de novo, perdido. "Bem, você pode ler as placas, então."

"Pode deixar", disse Roveg. Com isso, ele quis dizer que passaria os olhos, mas guardou a tradução para si mesmo.

"Ah, e também..." Tupo correu para uma mesa mais ao lado que exibia um servidor de dados portátil antiquado e um monitor de acesso, ambos com um aspecto bem usado. "Você pode acessar os arquivos de referência da cg aqui, se quiser procurar algo que ainda não sabe."

"Ah, você tem um nó de armazenamento!", comentou Roveg, com aprovação. "Excelente. Tenho vários amigos voluntários nos arquivos de referência, e eles estão sempre atrás de mais pessoas dispostas a manter os nós. Isso deixa a rede mais robusta como um todo, como tenho certeza de que você sabe."

"Sim. Quer dizer, eu sei que eu poderia ir ao meu scrib e acessar os arquivos através da Rede, mas acho que assim é mais legal."

"É mais legal mesmo. E, já que você não pode entrar na Rede agora, pelo menos tem isso, hmm?" Ele olhou de volta para as outras mesas. "Então. Explique como as rochas se encaixam nessa história total que você vê em todos os museus."

"Ah, certo, bem, então... você tem um planeta. Ele está cheio de rochas, e as rochas contam histórias sobre como as coisas costumavam ser no planeta. Em sumo, não havia nada em Gora, nunca houve. Bem, já existiram vulcões uma época, mas não mais. Estão mortos. E não havia água, então não temos tantos tipos de rochas quanto em outros lugares. Mas temos algumas bonitas de onde os vulcões costumavam estar. Olha, esta é a minha favorita." Tupo pegou uma pedra preciosa não polida para Roveg ver. Era azul-escura e salpicada de preto.

"É uma boa pedra", elogiou Roveg. "Já pensou em polir?"

"Nenhuma das minhas rochas é polida", afirmou Tupo, com firmeza. "Isso remove a rocha de seu contexto, e as pessoas não vão saber como ela é de verdade." Elu fez uma pausa. "Além disso, não tenho o material para polimento."

"Faz sentido."

"Então, em outros museus, depois das rochas, você tem exposições sobre a vida. E o fato é que *há* vida em Gora. Só não surgiu aqui." Tupo apontou para a mesa de *relíquias antropológicas*. Roveg notou um piercing harmagiano quebrado, uma garrafa vazia de Duna Branca, uma pena aandriskana imaculada, que provavelmente fora dada à criança. "*É* história natural", afirmou Tupo. "A vida surgiu em Gora, mas não... não da maneira que se convencionou dizer quando se fala sobre isso."

Roveg começou a entender o que Tupo estava tentando dizer. "Você está argumentando que chamar sua coleção de história natural, em vez de geologia, é válido porque a vida, de fato, se estabeleceu aqui e, portanto, é uma parte fundamental da história do planeta."

"Sim. Exatamente."

"Tupo, devo dizer que nunca ouvi esse ponto de vista, mas gostei. Um dia, você deveria escrever uma tese."

Tupo fez careta. "Eu odeio escrever."

"Bem, então continue com a sua curadoria, porque é um museu muito bom."

A criança arrastou as patas.

"É legalzinho", murmurou, com alegria.

O olhar de Roveg se desviou da pena quando um item surpreendentemente familiar chamou sua atenção. "Ah!", disse, estendendo o braço. Ele pegou o objeto de cerâmica tridimensional da mesa. "Você tem uma pedra poema! Que maravilha!"

Tupo piscou em confusão. "O quê?"

Roveg olhou para a etiqueta que a criança tinha fixado abaixo: Escultura desconhecida, 248/306, encontrada por Tupo.

"Onde você conseguiu isso?", perguntou Roveg.

"Ah", disse Tupo. Elu olhou ao redor. "Alguns outros quelin se hospedaram aqui há um tempo e esqueceram no jardim."

Roveg tentou fazer contato visual com Tupo. "E você adicionou à sua coleção antes ou depois de eles irem embora?"

A criança pareceu muito interessada em um seixo perto da sua pata dianteira. "Hã... Bem..."

"Eu não sou sua mãe, Tupo", afirmou Roveg. "Você sempre pode tentar devolver por drone. Mas o roubo é uma longa e orgulhosa tradição de muitos museus, então a decisão é sua." Ele virou a pedra poema entre os dedos dos pés. Era charmosa — o tipo de coisa que era vendida em uma armadilha para turistas, mas cativante mesmo assim. Esperava que o antigo dono não tivesse ficado muito triste com a perda. "Então você não sabe o que é?"

Tupo mostrou a língua rapidamente, a linguagem corporal laruana para *não*.

"Você sabe como a escrita quelin funciona?"

Outra vez a língua.

Roveg deixou a pedra poema de lado e olhou em volta em busca de algo que pudesse usar. Um frasco de terra — isso serviria. Caminhou até a mesa das Primeiras Eras e apontou. "Tudo bem se eu esvaziar um desses?", perguntou. "Vou limpar, é claro."

"Hã... tudo bem..."

"Obrigado." Roveg esvaziou o frasco sobre a mesa. "Você poderia me ajudar, por favor? Preciso que fique o mais plano possível, e acredito que suas patas são melhores para a tarefa."

Tupo obedeceu, parecendo confuse, mas intrigade. Alguns segundos depois, elu proporcionou a Roveg uma camada uniforme de terra.

Roveg flexionou as membranas. Sim, serviria. Ele estendeu a perna dianteira direita e, com a ponta, desenhou uma linha vertical na terra, dividindo a tela improvisada em duas. Então, com toda a deliberação, usando as pernas dianteiras esquerda e direita, pôs-se a fazer marcas, começando perto da linha divisória e seguindo horizontalmente em direções opostas. Completou um par de linhas, depois outro par acima, depois mais outro. Alguns momentos depois, inclinou o tronco para cima e olhou para Tupo.

"O que você vê?", perguntou, gesticulando para os padrões.

"Pontos", respondeu Tupo.

Roveg expandiu o abdômen alegremente.

"Para você, sim. Para mim, são frases. É assim que nós, quelin, escrevemos." Ele apontou para que Tupo chegasse mais perto. "Olhe com cuidado. O que você vê?"

A criança estreitou os olhos, esfregando os lábios com fervor enquanto estendia a cabeça por cima da terra. "Os dois lados são iguais. Ou... espera." Elu franziu a testa de forma mais intensa. "São um pouco diferentes."

"Ah, muito esperte, Tupo. Sim, é exatamente isso." Roveg gesticulou para as frases. "Tudo que escrevi do lado esquerdo tem o mesmo significado literal do que escrevi do lado direito. São as mesmas palavras. Mas cada lado representa um meio diferente de falar. Agora, estou falando com você usando o órgão vocal na minha garganta." Ele bateu no exoesqueleto exatamente onde ficava seu esôfago. "É a única coisa que uso quando falo klip. Mas quando falo tellerain..."

"Que é a sua língua", interrompeu Tupo.

"Isso mesmo. Quando falo tellerain, uso tanto minha garganta quanto... Hmm. Não existe uma palavra para isso em klip. São... as estruturas duras no fundo da boca. Fazem um som assim." Ele sacudiu as partes da boca em um ritmo rápido, liberando um acorde de cliques altos sem qualquer sentido.

Tupo ficou encantade.

"Pode fazer de novo?"

Roveg atendeu ao pedido; a criança riu. Roveg continuou a aula improvisada.

"Tellerain é, de certa forma, duas línguas em uma. Pense na palavra para..." Ele olhou em volta do museu. "Rocha. Qual é a palavra para 'rocha' em mululo?"

"Eu não falo mululo."

"Não?" Roveg ficou surpreso. Parecia um pouco extremo Ouloo não ensinar a própria língua oficial ao filho.

"Eu só sei... algumas palavras. Mas falo piloom com minha mãe."

"Ah, entendi. Eu não sabia que sua mãe era de Ulapot." Uma pequena colônia agrícola laruana localizada no território aandriskano. Tinha conhecimento de sua língua regional, mas nunca ouvira ninguém falar o idioma.

Tupo ficou surpreso.

"Ninguém nunca conhece Ulapot."

"Claro que conheço Ulapot. Lá exportam a melhor palha-vermelha da Comunidade. Então, como se diz 'rocha' em piloom?"

"*Oelo*", disse Tupo.

"Interessante. Em tellerain, há apenas uma palavra para 'pedra', mas você a faz de duas maneiras. Pela minha garganta, a palavra é *trihas*. Falada com a minha... outra parte, a palavra é... Ele soltou uma série de cliques nítidos. "Combine os dois sons e você terá..." Ele demonstrou a palavra com as duas camadas.

Tupo tentou imitar os cliques com a língua e falhou miseravelmente.

"Eu não consigo fazer."

"Você não tem as partes bucais necessárias. Ninguém tem, e é por isso que ninguém pode falar tellerain como nós, assim como ninguém pode falar hanto ou a linguagem de cores. Não são muitos os sapientes que tentam, mas os que aprendem, falam tellerain simplificado, usando apenas os sons da boca."

"Mas não é... essa não é a palavra toda", disse Tupo.

"O significado é compreendido. Se você dissesse *trihas*, eu saberia que você quis dizer rocha. Mas..." Como explicar para uma criança? "Falta o sabor. Sabe como algumas palavras soam melhores do que outras?"

"É."

"Bem, eu posso transformar a sensação que uma palavra passa só de mudar os cliques. Ouça bem quando eu digo *trihas*." Roveg falou a palavra inteira, com a garganta e as partes bucais. "É a pronúncia sem graça. É assim que você leria a palavra em um dicionário. Agora, se eu estivesse falando que a rocha em questão é bem bonita, eu pronunciaria assim: *trihas*." O clique desta vez foi feito mais para o fundo da boca, um pouco mais brusco, um pouco mais grave. "Mas se eu estivesse irritado com a rocha, se eu tivesse pisado nela e machucado os dedos dos pés, eu diria *trihas.*" Os cliques eram exatamente os mesmos de antes, só que mais ásperos, menos nítidos. Roveg exagerou o som como um vilão de ópera, para que Tupo pudesse perceber a diferença com facilidade. Ele gesticulou de novo para a escrita na terra. "Então, veja só, o lado esquerdo da escrita registra os sons da garganta, o lado direito registra os sons da boca. À primeira vista, você tem razão, parecem imagens espelhadas, porque cada lado representa as mesmas palavras. Mas essas diferenças que você notou, como esta letra que é mais alta do que a equivalente, são instruções. Comunicam o sentimento que estou tentando transmitir."

"Então, o que diz aí?", perguntou Tupo, impaciente.

Roveg pairou um par de pernas acima das palavras, apontando para cada uma enquanto traduzia. "Meu nome é Roveg. Estou com Tupo..." Ele hesitou, procurando as palavras certas em klip. "Elu é ê estimade curadore do museu e tem uma pedra poema em sua coleção." Ele olhou afetuosamente para a criança. "Esse é o significado literal. Mas se você lesse com o sentimento que adicionei, a mensagem dirá que acho Tupo brilhante e que admiro muito a sua coleção."

Tupo ficou tão feliz que seu pelo começou a se arrepiar.

"Então, sua pedra poema", disse Roveg, seguindo em frente. Ele pegou o objeto de novo. "Está vendo?" Ele a segurou para que Tupo pudesse olhar direto para a ponta frontal do triângulo. "Palavras do lado direito, palavras do lado esquerdo. É um estilo antigo de escrita. Antes de scribs, telas e tudo o mais, escrevíamos usando folhas de barro. A pessoa escrevendo derramava argila molhada em um molde plano e inscrevia a peça antes que a argila secasse. É uma habilidade que requer muita prática, mas ainda é a maneira mais linda de escrever, porque... aqui, veja bem." Ele indicou para que Tupo inclinasse o rosto mais para perto. "Vê como a *profundidade* de cada letra muda?"

"É... Ah. Estou vendo."

"Isso muda as palavras também. São instruções específicas sobre como o poema deve ser interpretado quando lido em voz alta."

"Então *o que diz*?", interpelou Tupo.

Roveg virou a pedra para si e começou a traduzir. "Certo, não vai rimar em klip, e a métrica vai ficar horrível, mas o começo é assim: *Pense em seu lar quando estiver longe...*"

"Não, não", protestou Tupo, balançando o pescoço. "Eu quero ouvir como soa de verdade."

"Você não vai entender."

"Você pode me explicar depois." As patas delu dançaram. "Quero ouvir seus cliques de novo."

Roveg riu. "Tudo bem", respondeu. Ele ergueu a pedra para a luz e começou a ler.

> *Pense em seu lar quando estiver longe*
> *Que seja o seu conforto*
> *Pense em nós quando estiver sozinho*
> *Lembre-se sempre dos dias brilhantes*
> *Lembre-se da música, da alegria*
> *Lembre-se do céu roxo*
> *Lembre-se dos rostos escuros, velhos e amados*
> *Lembre-se das crianças, suas...*

O verso entalou na boca de Roveg e não saiu. Sabia que poema era assim que pôs os olhos nele — a despedida do amante do segundo ato de *O Desalento de Verão*, um dos clássicos mais reverenciados de Vemereng —, mas fazia muito tempo desde que o lera. Havia um motivo para evitar tellerain, assim como literatura clássica e versos sentimentais como aquele em especial. Estivera tão distraído, tentando agradar Tupo, que não havia considerado o território perigoso em que pisava. Agora que estava atolado, não via como se libertar.

"Acabou?", perguntou Tupo. Elu esticou o pescoço por trás da pedra.

"Sim, era isso", mentiu Roveg. Devolveu a pedra para Tupo, colocando-a nas suas patas em concha.

"Achei muito legal", disse Tupo. "Mas... meio assustador, também." Elu fez uma pausa. "Minha mãe diz que eu não deveria falar essas coisas."

Roveg não respondeu, embora não tivesse ficado ofendido. Sua mente estava em outro lugar, e o museu não era mais distração suficiente.

"Tupo, muito obrigado pelo tour. Gostaria de explorar suas exposições mais a fundo em outro momento, mas, agora, acho que devo retornar ao meu ônibus. Estou me sentindo um pouco cansado e seria bom fazer um lanche."

"Eu posso arrumar um lanche para você, se quiser", disse ê filhe da anfitriã em solo.

"Não, obrigado. Eu — acho que um breve repouso na minha nave vai me fazer bem." Ele se dirigiu para a saída, então parou. *Lembre-se das crianças, suas conchas ainda brancas*. Voltou-se para Tupo. "É mesmo um museu excepcional que você construiu. Gora tem sorte de ter você."

E saiu sem proferir outra palavra, deixando a criança com seus tesouros recuperados.

pei

Pei saiu da casa de banho algumas horas depois, apreciando o fresco ar filtrado. Sua pele cheirava a limo-de-sal e as escamas recém-lavadas pareciam lisas como metal. Levantou o braço, admirando o brilho intenso que a luz do sol criava. Não se lembrava de ver a pele tão brilhosa desde o início da vida adulta, a época da vida em que seu corpo estava no auge absoluto, de uma maneira que seu eu mais jovem, sem dúvida, não merecia. Ouloo sabia mesmo onde conseguir bons produtos.

Olhou para cima ao notar movimentos em direção ao jardim — Falante, carregando algum equipamento, e Tupo, que a seguia em duas pernas, alegre, enquanto empurrava um carrinho abarrotado do que parecia ser o conteúdo inteiro de sua casa: almofadas, luminárias, fitas, em resumo, qualquer coisa brilhante e colorida que não estivesse pregada em algum lugar.

"O que é tudo isso?", perguntou Pei, caminhando na direção deles.

Tupo arqueou o pescoço para ela.

"Falante vai fazer um concerto!"

"Um concerto", repetiu Pei. "Que legal."

"Sim", disse Tupo. Ê garote estava animado — as patas inquietas, os pelos eriçados. "Falante trouxe todas essas coisas, e nós vamos compartilhar nossas músicas favoritas. Mamãe está preparando lanches. Quer trazer alguma música?"

"Acho que vou só... ficar na plateia", respondeu Pei. Não poderia contribuir muito para o evento, mas não ia estragar o entusiasmo delu. Além disso, qualquer tipo de distração era bem-vinda.

Foi até Falante, que arrumava sua carga no gramado do jardim. Pei olhou para o equipamento. Já tinha visto tecnologia de som antes — em bares, festas, nas casas de outros sapientes — mas não tinha ideia de como configurar aquilo e nunca prestara muita atenção. Mesmo assim, perguntou: "Posso ajudar?".

Falante olhou dela para o equipamento; ela moveu a cabeça, mas o traje mecânico continuou parado. "Hã, sim, se quiser. Você consegue levantar os alto-falantes?" Ela fez uma expressão engraçada. "Os alto-falantes, substantivo comum, não... a minha pessoa, Falante, para o alto."

Tupo riu muito mais do que o necessário, bufando pelas narinas daquele jeito estranho dos laruanos.

Pei olhou para o equipamento. Os alto-falantes eram basicamente caixas-falantes maiores; essa parte ela sabia. Pei pegou um troço em forma de barril que tinha quase certeza de que era um alto-falante — o substantivo comum —, e, quando Falante — substantivo próprio — não se opôs, soube que tinha acertado.

"É, não é muito pesado", comentou Pei. "Onde quer que eu o coloque?"

Falante ajustou o traje mecânico para olhar ao redor do gramado. Então gesticulou com uma das mãos do traje, dizendo: "É só colocar todos espaçados igualmente. Em um círculo".

Pei arrastou o equipamento conforme as instruções, e, quando o colocou no chão, uma pequena gravura no revestimento externo chamou sua atenção.

"Tem certeza de que não é você?"

"Oi?", questionou Falante.

Pei apontou para a gravura: as linhas de um rosto akarak, esculpido no metal com algo fino e afiado. "Com certeza é você."

Falante aproximou o traje, abaixou-o para olhar e soltou uma risada.

"Deve ter sido Rastreadora", comentou, com uma exasperação carinhosa. "É bem o tipo de piada besta dela." Com isso, Falante ficou quieta.

Tupo largou os fios que estava tentando desvendar e foi até a akarak. "Ela vai ficar bem", a consolou, dando um tapinha no traje de Falante com a pata dianteira.

Falante encontrou o olhar de Tupo.

"Obrigada", respondeu.

Pei não insistiu no assunto. A akarak ainda era um enigma, um espaço em branco ambulante no manual de referência galáctico interno de Pei. Ainda que desacostumada com a espécie, sabia que não deveria tocar no que era um claro ponto sensível, ainda mais com uma estranha. Não era da sua conta, simples assim.

No entanto, o silêncio de Falante pesou um pouco o clima agradável de antes, e Pei entendeu que não era a única que precisava de uma distração.

"Ei, Tupo", chamou. "O que achou daquele vídeo que assistimos ontem à noite?"

Falante lhe lançou um olhar rápido; era difícil dizer, mas parecia haver certa gratidão em sua expressão.

"Hã, muito bom", respondeu Tupo. Elu esfregou o queixo contra a extremidade inferior do pescoço. "Mas algumas partes foram meio chatas. Gosto de vídeos mais emocionantes."

Pei encostou-se em um dos postes de iluminação. "Ah, é? Como o quê?"

Tupo não precisou pensar.

"Você já viu *Creds e Vingança*?", perguntou, com os olhos se arregalando.

Uma risada saiu pela caixa de diálogo de Pei. "*Você* viu *Creds e Vingança*?", indagou. "Aquele é... um vídeo bastante intenso."

"Sim! É tão bom!" Em teoria, ê garote estava de quatro, mas os pés dançavam tanto que apenas três das patas tocavam o chão ao mesmo tempo. Elu virou a cabeça na direção da akarak. "Falante, você assistiu?"

Ela estava concentrada em seus controles de cabine.

"Não", respondeu. "Parece um pouco demais para mim."

Tupo soltou um muxoxo de reprovação.

"Você não sabe o que está perdendo." Elu voltou sua atenção para Pei. "Sabe aquela parte em que o vilão é atingido com um canhão de plasma bem de perto, e ele se transforma em um esqueleto e depois explode?"

"Sei", respondeu Pei, sem saber aonde aquilo estava indo.

"Isso pode acontecer de verdade?"

Ah. Estava indo para *isso*.

"De jeito nenhum."

O pescoço de Tupo desceu um pouco.

"Nenhuma chance?"

"Nenhuma", confirmou Pei. Não se incomodava com a pergunta em si, mas não compartilhava o entusiasmo de Tupo por aquela linha de questionamento. Não poderia lhe dizer que sabia exatamente por que o esqueleto de uma pessoa não estaria nem mesmo visível se você a acertasse com um canhão de plasma, porque então a criança perguntaria o que um canhão de plasma faria de perto, e isso não era um detalhe que alguém tão jovem precisasse saber. Não sabia como dizer a Tupo que a guerra nos vídeos e a guerra de verdade não eram a mesma coisa, que a guerra não era uma série de acrobacias heroicas pontuadas por música empolgante e respostas espirituosas. A guerra era feia, cansativa e, acima de tudo, um tédio — o que era estranho de dizer sobre uma situação em que havia explosões e adrenalina até demais. Porém, apesar de todo o tempo bolando estratégias, de todos os acidentes e perigos evitados por pouco, quando se resumia tudo, a guerra não era mais que uma discussão em que ninguém encontrara uma solução melhor do que matar os outros. O sofrimento, em algum momento, se tornava comum. Pei não se importava de trabalhar em atividades relacionadas ao conflito. Não se importava com as coisas que via ou fazia. Tinha estômago forte, e sua consciência estava limpa. Mas o que costumava inquietá-la era a desconexão entre *aqui* e *lá*. *Aqui* estava uma criança com olhos grandes e patas ansiosas, para quem a guerra era uma história divertida de assistir antes de dormir — uma explosão de energia, uma metáfora. *Lá*, não havia crianças. Havia apenas adultos exaustos, desesperados de uma maneira que ela torcia para que Tupo jamais ficasse, pessoas que só queriam que aquele troço horrível acabasse logo para poderem voltar para casa. Só que nunca acabava, e muitos jamais voltariam a ver suas casas.

"De onde você veio, se não se incomoda com a pergunta?", interveio Falante. As mãos de seu traje estavam ocupadas com aparelhos cujos nomes Pei não conhecia.

"Da fronteira de Rosk." Era a resposta que Pei podia dar, e sabia as possíveis reações que se seguiriam. Ouvira todas. Assim que mencionava Rosk, as pessoas diziam "uau", "poxa", "caramba" ou qualquer coisa nesse sentido. Algumas ficavam impressionadas. Outras, expressavam uma compaixão meio atordoada. A maioria, a menos que fosse do meio militar, simplesmente tropeçava quando a guerra deixava de ser só uma história — divertida ou não — e se via falando com um componente dela.

Mas Falante a surpreendeu, pois não fez nenhuma dessas coisas. "Ah" foi tudo que ela disse. *Ah*, como se Pei tivesse dito que cultivava frutas, que era da Capital ou que comprara um novo par de sapatos na decana passada. *Ah*, como se Pei tivesse confirmado algo que Falante achasse óbvio. O que poderia ser, Pei não tinha ideia, e Falante não ofereceu nenhuma pista para ajudá-la. Continuou o que estava fazendo sem dizer mais nada.

Pei não gostava muito das respostas embasbacadas a que estava acostumada, mas já estava tão acostumada que sua ausência a intrigou. Certo, então a akarak não se importava. Ou talvez não soubesse o que dizer. Provavelmente era só mais uma resposta alienígena que Pei não conseguia decifrar. E daí?

Mesmo assim, a troca ficou presa em seus dentes, um único grão de areia para o qual não dava a mínima, mas que também não conseguia ignorar.

"Ah, merda!", reclamou Tupo. A frase foi pronunciada da mesma forma que Ouloo dissera, na noite anterior, e Pei precisou de todo o seu autocontrole para impedir que a caixa-falante risse. Ê garote ergueu um punhado de fios emaranhados. "Não sei o que fiz."

Pei se aproximou e sentou-se ao lado de Tupo.

"Você fez uma bagunça, isso sim", comentou, em tom agradável. "Vamos lá, vamos resolver isso." Ela pegou um nó e começou a desfazê-lo. Enquanto isso, olhou para Falante. A akarak não olhava em sua direção, mas moveu o bico de leve, como se também tivesse algo entalado nele.

roveg

Havia uma xícara de chá sobre a mesa diante dele. As paredes de projeção estavam escuras. O chá estava intocado. Roveg preparara a bebida como uma fonte de conforto, mas, embora ela estivesse bem ali em sua frente, se esquecera de bebê-la.

Houve um tempo em que a galáxia era simples. Havia quelin e havia alienígenas. Quelin eram pessoas. Alienígenas eram... alienígenas. Eram *quase* como pessoas, mas não exatamente, e nunca seriam. *Nunca* poderiam ser. Você até podia conversar e negociar com um alienígena, mas eles não eram como você. Era preciso ser educado com eles. Respeitar as leis comuns.

Mas você não deveria ser amigo deles.

Roveg aprendera que o que mantinha a coesão de uma sociedade era a narrativa compartilhada. Uma história comum, um alicerce de ética. Era a concha que mantinha o mundo unido e protegia tudo que era macio e frágil. Dar as costas à própria história era abrir-se para o caos. Essa não era uma opinião dos acadêmicos, segundo seus professores. Era um fato observável. Era por isso que um bom quelin fazia peregrinações aos Campos de Guerra Silenciosos para contemplar as ruínas despedaçadas da guerra civil. A terra ainda estava marcada pelo fogo da artilharia cáustica, ainda repleta de detritos. Não deveria ser perturbada, nem os exoesqueletos deveriam ser removidos. Alguns dos rostos dos antigos soldados permaneciam com as entranhas há muito comidas pela podridão e pelo tempo. Um em particular ficara marcado na memória de Roveg — um único olho, parcialmente esmagado, esbranquiçado pelo sol, a única parte visível do corpo sob a rocha caída. Roveg ficou encarando o corpo, o olhar vivo encontrando o morto, com seu professor ao lado, balançando a cabeça com compaixão enquanto Roveg sacudia a boca em sons sofridos.

Os Campos de Guerra Silenciosos eram a consequência de se afastar dos ensinamentos quelin: destruição e decadência. Os quelin não podiam fingir que estavam sozinhos no universo, e era sensato cooperar com seus vizinhos galácticos (ainda mais quando tais vizinhos galácticos eram maiores, mais fortes e tinham mais brinquedos). Mas você não poderia tentar *pensar* como eles. As pessoas que tentavam, se perdiam. Tornavam-se infelizes. Ficavam diaceradas por dentro para sempre, e jamais conheceriam a paz.

Roveg já acreditara nisso em outros tempos, e acreditara de todo o coração. Na infância, estava determinado a viver uma vida boa, com virtude. Ouvia os adultos estalarem de orgulho quando memorizava os Doze Princípios Centrais ou fazia pinturas da fundação da Grande Biblioteca. Alimentava-se dessa aprovação como se fosse o único nutriente de que necessitava. Ele se lembrava de sua Primeira Marca no Salão Vigilante. Estava com medo, é claro. Viu as crianças mais velhas passarem pelo processo, ouviu seus gritos e o silvo do ferro, sentiu o cheiro acre de queratina queimada que permaneceria por dez dias. Não havia como assistir àquilo sem ter medo. Mas algo aconteceu quando o Cura segurou o metal escaldante na concha de Roveg. Ele sentiu dor, sim, e o cheiro assustador do próprio corpo queimando, mas olhou para a multidão alegre e entendeu que ele era só mais um indivíduo em uma cadeia imensurável de pessoas que estiveram exatamente onde ele estava naquele momento, que suportaram receber a mesma marca, que era parte de algo nobre, incrível e belo, que podia não só *olhar* a história, mas *aprofundá-la*. A multidão ao redor gritou em apoio enquanto ele gritava, e, naquele momento, Roveg de fato não sentiu dor. Por um momento, ele a transcendeu. Estava íntegro. Era amado.

Tentara, na vida adulta, recontextualizar aquele momento, entender o que de fato havia acontecido. A adrenalina era o ingrediente principal óbvio, combinada com outros neurotransmissores potentes e a irresistibilidade do pertencimento eussocial. Um coquetel inebriante. Tivera muitos outros momentos de transcendência desde então, ocasiões que fizeram aquele ritual medonho empalidecer em comparação. Tinha visto obras de arte de dezenas de planetas diferentes, peças bonitas o suficiente para fazê-lo sentir como se não houvesse ninguém além dele e do artista, um dando fôlego ao outro. Tinha visto um raro pôr do sol sincronizado de três estrelas diferentes. Tinha visto o gelo brilhante dos anéis de Theth pela janela de um cruzador com fundo acrílico. Fizera amigos que se tornaram sua família e segurara bebês com pelos, garras ou caudas. Sabia xingar em uma dezena de idiomas e cantar músicas que não entendia. Comera as melhores iguarias da galáxia. Fizera sexo que beirava o espiritual. Sua vida tinha sido uma maravilha, e ele não a trocaria por nada.

Mas nunca passara por uma experiência parecida com sua Primeira Marca.

Isso não deveria importar. A vida que Roveg construíra para si mesmo era uma celebração das diferenças, da variedade, uma exultação sem fim dos questionamentos, aprendizados e novos questionamentos. Sabia que jamais haveria um ponto em sua vida no qual saberia tudo que havia para saber, e, embora parte dele se angustiasse com o quebra-cabeça que nunca seria resolvido, o resto de seu ser abraçava essa verdade — que satisfação haveria em não ter novas perguntas? A única coisa absoluta no universo, Roveg tinha (relativa) certeza, era o fato de que não havia absolutos. A vida era fluida, gradiente, sempre em mudança. As pessoas — um grupo composto por *todas* as espécies sapientes, orgânicas ou não — eram um caos, mas o caos era bom. O caos era a única conclusão sensata. Não havia lei que fosse justa em todas as situações, nenhuma regra que pudesse ser aplicada a todos igualmente, nenhuma explicação que desse conta de cada componente. Isso não significava que leis e regras não fossem úteis, ou que explicações não devessem ser buscadas, mas sim que não deveríamos ter medo de mudá-las conforme necessário, pois nada no universo ficava imóvel.

Roveg via um grande consolo nisso. Era sua crença central em tudo que fazia, dizia e produzia. Desistira de tudo por essa crença e não se arrependia. Não havia nada que pudesse obrigá-lo a fazer o contrário, mesmo sabendo quanto sofrimento essa escolha trouxe para outras pessoas. Quanto sofrimento trouxe para si mesmo. No fim, valeu a pena. Valia a pena ver o universo como ele era.

Mas havia uma grande ironia nisso. Se a raiz de todas as coisas eram o caos e a mudança, e se não havia respostas verdadeiras, se ninguém era capaz de desvendar tudo, Roveg poderia encontrar certo conforto nessa ideia. Conforto, no entanto, não era o mesmo que paz. Então, nesse sentido, os Curas estavam certos: afastado dos Princípios, a paz era algo que ele nunca encontraria.

A vox de parede foi ligada.

"Ouloo está na escotilha", anunciou Amigo. "Ela diz que quer convidá-lo para o jardim."

"Obrigado, Amigo. Por favor, avise a ela que já estou saindo."

Roveg se levantou e foi se juntar aos alienígenas. Deixou o chá onde estava. Já tinha esfriado mesmo.

· · · · · · · · · ·

pei

Para uma festa organizada para cinco pessoas, aquela acabou sendo muito boa.

O gramado dava uma boa pista de dança, e as cercas vivas estavam decoradas com fitas e materiais de artesanato que Tupo encontrara em casa (Pei assegurara a todos, várias vezes, que ela estava bem — mesmo — com a decoração colorida). Ouloo preparara sobremesas o suficiente para o dobro do número de convidados e as servia em uma mesa próxima, enquanto os demais dançavam. Pei, por sua vez, estava deitada de lado na grama, apoiada em um braço enquanto apreciava o espetáculo.

Falante, ao que parecia, tinha um enorme repositório de música à sua disposição, e parecia saber tudo sobre o tema. De dentro da sua cabine, ela selecionava as músicas em seu scrib e dançava em seu assento. Ela sacudiu a cabeça com força quando a bateria começou, e fechou os olhos com alegria quando os vocais ficaram mais altos.

"Quem é?", perguntou Roveg, com o corpo em movimento. Ele mexia as pernas em uma simetria bizarra, cada par realizando o mesmo movimento, sem que dois pares se movessem juntos. O resultado era hipnótico — difícil de assistir, mas impossível de desviar o olhar.

"A Estratégia da Banheira", respondeu Falante.

"Só conheço de nome, mas... estrelas, eles são bons. Você precisa me mandar as informações da banda na Rede."

Os olhos do Falante sugeriam um sorriso.

"Se você gostou, então sei exatamente o que tocar depois." Ela gesticulou para o scrib com vigor, passando pelos títulos.

Tupo dançava no espaço entre os dois, membros e pescoço em frenesi. O que elu não tinha em técnica, compensava em entusiasmo, e não havia dúvida de que ê garote estava se divertindo. Tupo encontrou os olhos de Pei por acaso, e foi o suficiente para fazer com que viesse correndo pelo gramado na direção dela.

"Vamos, capitã!", chamou a criança. "Venha dançar!"

Pei sorriu azul, mas não fez qualquer movimento para se levantar.

"Já fico feliz assistindo vocês", explicou. "Eu não sei dançar."

"Você só... se move", disse Tupo. Elu agitou as pernas e o pescoço com movimentos caóticos; Pei imaginou que era para parecer muito descolade. "Do jeito que quiser."

"Bem, essa é a questão", contou Pei, mantendo um tom alegre pela caixa de diálogo. Não queria deixar ê garote desanimade. "A música não me faz sentir nada."

"Ah", exclamou Tupo. Elu pensou. "Você não gosta da música? Podemos botar outra."

"Não, não é essa música específica, é... música. Eu não entendo música. Não como você."

Falante ouviu isso e baixou o volume. "Seu implante não registra música?"

"Ah, registra", explicou Pei. "Estou ciente dos sons. Mas não *significam* nada para mim. Não me fazem sentir nada. Meu cérebro entende a linguagem; não entende música."

Roveg olhou para ela.

"O quê?"

"É só... barulho. Como se eu estivesse andando por um mercado e pudesse ouvir conversas, movimentos e máquinas. Se eu estivesse... Sei lá, em um parque, poderia ouvir insetos, ou uma fonte, ou qualquer outra coisa. Conheço esses sons. Consigo identificá-los. Então, neste momento..." Ela fez uma pausa, inclinando a testa em direção a um dos alto-falantes, as cores mudando enquanto ela se concentrava. "Sei que há tambores. Flautas. Uma pessoa cantando. Dá para entender que é complexo. Eu poderia fazer uma lista de tudo que estou processando enquanto meu cérebro processa a informação. Mas é só isso para mim. Você está sentindo alguma coisa, certo? A música faz você sentir alguma coisa?"

"Estrelas, sim", disse Falante. Ela fechou os olhos. "A música vai até os meus ossos. Faz eu me sentir... triunfante. Poderosa. Quero balançar para a frente e para trás o mais rápido que puder. E também me faz sofrer, de uma maneira que não consigo explicar. Como... como quando você se sente quando está se despedindo de alguém, e está tão animada para ver um novo lugar, mas também não quer ir embora."

"Viu só", disse Pei. "É aí que para de fazer sentido."

"Mas e ritmo?", lembrou Roveg. "Eu sei que você entende ritmo. Já vi aeluonianos dançando em festivais. Aquela dança de pisar que vocês fazem."

"Certo, mas isso é... é diferente."

"Diferente como?"

"Bem..." Ela pensou. Sabia como explicar em cores com exatidão; em palavras era mais difícil. "Eu consigo acompanhar uma batida, e posso fazer uma. Mas, para nós, não é sobre o som. É sobre a visão e o tato. Quando dançamos, podemos sentir as vibrações na sola dos pés, e quanto maior o grupo, mais intensa a sensação. E você pode ver... o vai e vem, eu suponho. Eu me movo para um lado, você se move para outro, nós nos movemos juntos."

"Isso *deve* fazer você sentir alguma coisa."

"Sem dúvida. Eu me sinto..." Ela piscou em um azul compreensivo para Falante. "Triunfante. Poderosa. Já fiquei exausta depois, acordei toda dolorida, e nunca me arrependi."

Falante pareceu mais calorosa depois de ouvir a resposta.

"Isso é bem parecido com música."

"Você pode me mostrar?", pediu Tupo. "Pode dançar?"

Pei hesitou.

"Seria muito estranho fazer sozinha. Tem todo aquele vai e vem. Não dançamos sozinhos".

"Então me ensina!", animou-se Tupo. "Olha, eu posso ser dois aeluonianos." Elu riu ao pisar em ambos os pares de pernas.

"Eu posso ser vinte e dois", disse Roveg, em tom inexpressivo.

Todos riram.

Pei olhou um pouco para a criança suplicante, com as bochechas manchadas de um verde divertido.

"Certo, está bem", aquiesceu. "Por que não?" Ela começou a desamarrar as botas.

"Quer que eu desligue a música?", perguntou Falante.

"Se não for incômodo", respondeu Pei.

Falante tocou no scrib e o barulho parou.

"O que você está fazendo?", perguntou Tupo.

"Tirando os sapatos", explicou Pei. "Dançar descalça é melhor."

Tupo a observava com toda a atenção.

"Sapatos são tão estranhos", comentou. "Não consigo me imaginar usando sapatos o dia todo."

"Nem eu", concordou Roveg.

"Nem eu", acrescentou Falante.

Pei olhou para o grupo.

"São só roupas para os pés."

"Também não consigo me imaginar usando roupas", acrescentou Roveg.

"Nem eu." Tupo deu uma risadinha.

"Certo", disse Pei. Ela soltou o pé e o colocou na grama nua. Não pôde deixar de mexer os dedos. Estrelas, era bom. Fez o mesmo com o outro pé.

"Ouloo, você vai se juntar a nós?"

Ouloo estava atrapalhada com um glacê que tinha ficado torto. "Podem ir sem mim, fico feliz aqui, assistindo."

Pei se levantou, apertando a grama entre os dedos dos pés com prazer. Os outros a encararam, formando uma fila informal.

"Certo, deixem-me pensar um pouco." Sabia que era uma boa dançarina — muito boa, verdade fosse dita, mas jamais se gabaria disso — e tinha dezenas de opções à disposição. Havia danças de festivais, danças fúnebres, danças divertidas, sérias, sensuais, doces. Mas escolher uma para um grupo de iniciantes que possuíam diferentes tipos de membros era uma empreitada que jamais havia arriscado. Tentou pensar em algo fácil, que não os intimidasse. "Certo, esta é uma dança fofinha, que a gente aprende quando criança. Ela se chama..." Ela hesitou. Não havia tradução. Pensou um pouco, então desistiu e apontou para as bochechas enquanto mostrava o nome da dança. "Isso. É esse o nome."

"*Verde, azul, manchas brancas*", brincou Roveg. "Maravilha. Ensine-nos *Verde, azul, manchas brancas*."

Pei riu.

"Certo, para começar, vou deslizar meu pé esquerdo para a frente." Ela demonstrou. Tupo se pôs nas patas traseiras e começou a imitar. "Não... não, não faça o que estou fazendo. Eu sou a líder. O trabalho de vocês é *responder*, não me copiar. Eu deslizo o pé esquerdo, e agora vocês... vocês deslizam o pé direito para trás. Assim." Ela virou as costas para eles, mostrando a resposta correta, então se virou.

Tupo deslizou o pé para trás, cambaleando um pouco. Roveg deu um passo para trás com todas as pernas abdominais do lado direito. Falante pensou, puxou alguns controles e fez o traje deslizar um pé para trás.

"Ótimo", disse Pei. "Agora, eu faço *isto*." Ela ergueu o pé e bateu com toda a sola no chão. "E vocês..." Ela se virou de novo e mostrou a resposta: duas pisadas igualmente duras. "Fazem *isso*."

E assim foram, fazendo *isto* e *isso*, aprendendo os passos, o ritmo, repetindo sequências cada vez mais longas e mais rápidas. Os alunos riam, Ouloo batia as patas dianteiras no ritmo, e Pei florescia em um verde cintilante. As vibrações dos pés alienígenas eram meio estranhas quando viajavam pela terra até as solas de seus pés, mas era uma estranheza encantadora. Pei já dançara *Verde, azul, manchas brancas* em festas, tantas vezes que perdera a conta, mas sempre com sua própria espécie, nunca com outras.

Espere, pensou enquanto conduzia o grupo. *Isso não é verdade*. Tinha ensinado Ashby a dançar, certa vez, durante um de seus encontros em Porto Coriol. Dividiram uma torta de fruta-crocante na cama. Pei rira com as cores mais brilhantes das histórias sobre seus técnicos, e Ashby ouvira com muita delicadeza quando ela lhe contou sobre onde estivera. Ele havia tocado suas cores enquanto elas se moviam. Pei tinha brincado com os cachos na cabeça dele. E, depois de tudo isso e muito mais, ela o ensinara a dançar. Porém não aquela dança. Ela tinha ensinado... bem, tinha ensinado *Azul-escuro Cinza-claro Azul delicado Preto*, uma dança para amantes. Nenhum dos dois precisou tirar os sapatos; já tinham se livrado deles horas antes, assim como das roupas.

"Estou fazendo certo?", perguntou Tupo. Seu pescoço estava dobrado para baixo para que elu pudesse observar os próprios pés enquanto pisava.

Pei voltou de suas lembranças e encorajou ê garote. "Ah, sim! Você conseguiu! E agora, a partir daí, fazemos isto."

Ela voltou ao ritmo, e seus pensamentos mais uma vez retornaram às memórias — não de Ashby, mas de sua creche. De quando aprendeu a dançar. Não que isso tivesse acontecido em um dia. As aulas de dança foram uma constante em sua infância, tanto na escola quanto em casa. A família inteira tinha participado na creche, mas o pai Gilen tinha sido o melhor dançarino, de longe, e Pei se lembrava com carinho de uma vez em que ele a pegou, colocou seus pés em cima dos dele, segurou-a pelos ombros de forma firme, e dançou para que ela pudesse sentir o ritmo feito da maneira correta. Não conseguia ver o rosto dele, mas podia ver seu pai Le olhando para ela do outro lado do círculo, azul de amor e orgulho. *Você vai ser uma grande dançarina, Pei*, dissera ele. *Vai chamar a atenção de todo mundo no Cintilante. Aposto que vai...*

Pei errou o passo quando as palavras de pai Le a atingiram, pesadas como o bater de um pé. Ela congelou no lugar. Os outros ainda estavam dançando, mais ou menos, mas, para ela, pareceram congelar também. Seu implante zumbiu com o barulho da conversa, mas ela não decifrou os sons. Palavras e ruído tornaram-se a mesma coisa.

Não, pensou. *Não pode ser*.

Seu coração martelava o peito, e não tinha nada a ver com a dança.

"Você está bem?" Era Falante, o traje parado, a cabecinha inclinada para o lado.

Roveg e Tupo olharam para Falante, depois para Pei. Pararam também.

"Nós erramos?", perguntou Tupo.

Pei balançou a cabeça.

"Me desculpem", pediu. "Eu, hã..." Suas bochechas estavam quentes, as cores rápidas, e seus pensamentos dispararam junto. "Desculpe, eu não estou... eu não estou me sentindo bem."

Ouloo deu um passo à frente, o pelo eriçado de preocupação. "Você precisa de ajuda?"

"Não, eu estou bem. Eu só, hã... Me desculpem, mas preciso buscar uma coisa." Ela não deixou espaço para perguntas. Não ligava se a achavam estranha. Pei pegou as botas, virou-se, e voltou descalça para a sua nave, tentando não correr.

falante

"Vocês acham que ela está bem?", perguntou Ouloo, sentando-se enquanto observava a Capitã Tem caminhar de volta para sua nave auxiliar.

"Ela me parece saber cuidar de si mesma", respondeu Falante. Passou pelos nomes das bandas em seu scrib como se estivesse examinando um armário cheio de especiarias. Havia Gasosa de Laranja, Cinco por Cinco, Aumento — *Ah*, pensou. *Agora sim*. "Tupo, quero ver esses seus passos legais de novo", disse, colocando a música.

Um ritmo pesado e o gemido crescente de cordas jorraram do alto-falante, acendendo imediatamente um fogo dentro de Falante. Roveg soltou uma série alta de cliques crescentes — a versão sem pulmões de uma comemoração.

"Ah, aí sim!", exclamou ele, flexionando as placas abdominais no ritmo da música. "Ah, Falante, muito bom! Você tem um gosto excelente."

Ela se encheu de orgulho com o comentário.

"Você conhece Aumento?"

"Ah, claro. Eu os vi ao vivo no lançamento de uma simulação, dois padrões atrás."

"Argh!", grunhiu Falante, com inveja. "Eu adoraria ter visto isso."

Roveg começou a mergulhar na música, movendo cada par de pernas ao longo do torso de maneira diferente, mas complementar.

"Bem, se você passar pelas redondezas de Cálice, me avise. Poderíamos reunir umas bandas, convidar umas pessoas interessantes, fazer uma festa de verdade." As pernas ao longo de seu abdômen se juntaram à festa, marchando no mesmo lugar maneira matemática.

Falante não sabia o que responder. Ela se perguntou se era o tipo de extravagância que Roveg dizia para todo mundo. Seria típico de uma pessoa com uma casa grande o suficiente para *festas com bandas ao vivo* sair fazendo convites vazios por aí, por uma questão de educação e aparências. Porém, por mais extravagante que Roveg pudesse ser, Falante não podia deixar de sentir que ele era sincero — e a oferta também. Talvez não fosse pelas aparências. Talvez ele só fosse um homem que sabia que tinha muito e gostava de dividir com os outros.

"Talvez eu apareça", respondeu. A resposta também não foi vazia. Se ele estava sendo sincero, ela também seria.

"Aumenta o volume!", gritou Tupo com uma voz rouca. Elu batia todos os pés em uma batida furiosa, como se tentasse apagar um incêndio.

"Isso aí!", concordou Roveg.

"Mas não muito alto", implorou Ouloo para Falante. O pedido foi feito em tom bem-humorado, mas com o peso de alguém que já passava o dia todo tentando controlar uma criança barulhenta.

Falante deu a Ouloo um olhar compreensivo, e aumentou a música só mais um pouquinho. Ela riu quando tanto patas quanto pernas cobertas por uma carapaça reagiram de acordo, intensificando os movimentos. Os estilos de dança quelin e laruano eram dissonantes, e, ainda assim, a visão dos dois juntos fazia um estranho sentido.

Ouloo não se levantou para dançar, mas começou a balançar a cabeça e o pescoço sentada, observando os movimentos patetas de filhe com uma adoração inconfundível.

"Estrelas, eu amo essa criança." Ela suspirou.

"Vocês dois fazem um par interessante", comentou Falante, "se não se incomoda com o comentário."

"Como assim?", perguntou Ouloo.

"Bem, são só vocês dois, certo?"

"Sim", respondeu Ouloo, em tom alegre. "Somos só nós."

"Posso perguntar por quê?" Falante não tinha passado muito tempo com a espécie de Ouloo, mas tinha visto suas casas em espaçoportos: grandes edifícios comuns que não pertenciam a ninguém e serviam a todos os laruanos da vizinhança (uma organização que Falante achava fácil de entender). E, no entanto, ali estavam Ouloo e Tupo, literalmente dentro de uma bolha que pertencia apenas a eles. De certa forma, lembrava Falante de Rastreadora e de si mesma, mas, sem dúvidas, o contexto não poderia ser mais diferente.

Ouloo pensou um pouco.

"Você não fala nenhum dos *nossos* idiomas, certo?", perguntou.

"Não, infelizmente", disse Falante. "Tudo que sei a respeito é que eles têm muitas vogais."

Ouloo riu com gosto.

"Têm mesmo", concordou. "E não têm muitas semelhanças entre si, mas há algo em comum entre todos: não temos uma palavra para *família*. Temos muitas palavras para grupos — tamanhos de grupos, pessoas que saem juntas com frequência..." Ela parou de falar.

"O que foi?"

"Não sei traduzir esse tipo de... de palavra. Não tenho certeza se *existe* uma tradução em klip."

Falante interessou-se de imediato; essas eram suas palavras favoritas.

"Qual é a essência, mais ou menos?"

"*Moh*. É um tipo específico de substantivo, e significa... hmm..." Ouloo franziu a testa. "*Humor da reunião,* eu acho? Se bem que não é bem humor. *Sentido da reunião*. Ou... hmm!" Ela balançou o pescoço com mais certeza ao estabelecer uma relação. "*Sabor da reunião*. Isso funciona."

"Sabor da reunião", repetiu Falante, experimentando o novo conceito. "Me dê um exemplo."

"Bem, é como... uma multidão enérgica, temos uma *moh* para isso. Como uma multidão em uma festa grande. Ou um pequeno grupo de bons amigos. Um grupo de jovens que fazem coisas tolas. Um grupo que gosta de fazer sexo uns com os outros. Um grupo de pessoas sem interagir dentro de um espaço compartilhado. Todos são tipos de *moh*. Faz sentido?"

"Faz. Adorei."

"Vocês têm algo parecido em ihreet?"

"Não, não temos."

"Foi o que imaginei", disse Ouloo. "Nunca conheci ninguém que tivesse *moh*. Mas veja bem, não há uma *moh* para família, porque nós não... temos esse conceito. Sei que o resto de vocês traça essas linhas de muitas maneiras diferentes, mas nós não. O único conceito laruano de família, entre nós, é *outro laruano*. Nossa *espécie* é uma família. Nesse nível, entendemos o termo, mas qualquer coisa menor que isso não é algo que costumamos fazemos."

"Entendi", assentiu Falante. Ela examinou a ideia. "Isso é... isso parece um conceito grande demais para mim. Não de uma forma ruim."

"Como assim?"

"Para mim, família é o grupo dentro de sua nave, mas tem... tem uma espécie de nível interno. Irmãos são fundamentais. Gêmeos, mais especificamente — a pessoa ao lado de quem você eclodiu. Eles são..." *Sua outra metade*, ela quis dizer, mas as palavras evaporaram quando a preocupação da qual tanto tentara se distrair aproveitou a oportunidade para voltar.

Ouloo estendeu a pata e tocou o traje de Falante. Um gesto de conforto meio desconexo, já que ela não estava tocando Falante de fato, mas a intenção foi apreciada mesmo assim.

"Roveg me contou sobre a torre sib", disse Ouloo, com delicadeza. "Criei um alerta no meu scrib que vai avisar o *segundo* que o sinal for reestabelecido. Você será a primeira a saber. Sei que não é muito, mas..."

"Não, isso ajuda", interveio Falante. E ajudava mesmo. Ouloo parecia o tipo de gente que acordaria os outros no meio da noite por causa de algo assim, o que era justo o que Falante queria.

Ouloo balançou o pescoço em reconhecimento.

"Certo. Irmãos em primeiro lugar para vocês. E então..."

"Então sua mãe. Você sempre, sempre honra e respeita sua mãe, mesmo se não gostar dela."

"Hmm!", murmurou Ouloo. "Gostei. Você deveria dizer isso a Tupo."

Falante riu.

"Depois disso, todos com quem você divide a nave são família no mesmo nível. O que você está descrevendo sobre seu povo — sobre a *sua* noção de família — parece o que sinto em relação aos companheiros de nave com quem cresci, mas em uma escala de milhões. Bilhões. Não sei quantos de vocês existem."

"Não faço ideia de quantos somos. Nós nos espalhamos tanto, não há como saber. Mas, sim, essa é a ideia. Laruanos são família." Ela virou a cabeça para observar ê filhe. "E é por isso que não moro com eles."

"Não entendi", disse Falante.

Ouloo inclinou o rosto para cima, sem olhar para nada em especial enquanto falava.

"O conceito mais próximo que temos de família é este dito: *Laruano é osso, laruano é sangue, e osso e sangue são um só*. Não tem o mesmo impacto em klip, mas acho que você entende. Em *piloom*, passa a sensação de que laruanos são distintos de todas as outras pessoas. Essa ideia fazia sentido quando éramos uma espécie sapiente sozinha em um único planeta. Quer dizer que devemos cuidar uns dos outros, aprender uns com os outros e amar todos que encontramos da mesma forma que qualquer outra pessoa que conhecemos — mesmo que não *gostemos* muito deles, como você disse. Mas... ah, estrelas, como explicar... há uma certa nuance que passa uma impressão... isolada."

"Eu não penso na sua espécie como isolada", comentou Falante. Todos os laruanos que já havia encontrado estavam mergulhados na vida multiespécies. Ela os via como imigrantes entusiasmados, onde quer que fossem.

"Eu entendo o que você está dizendo, mas... ah, já sei." Ela bateu a pata de maneira afirmativa. "Laruanos são osso e sangue e tudo o mais, mas você nunca usaria essa frase com outras espécies. Você... não diria isso. Soaria errado. E não usamos o termo *espécie* para designarmos a nós mesmos. Existem laruanos, que são só... Laruanos. As espécies são... todo o resto de vocês. Vocês em vez de nós."

"Então... Laruanos são família, as outras espécies são amigas?", perguntou Falante.

"Isso! Exatamente. E eu acho isso errado. Completamente errado! Se estamos aqui nos beneficiando de todos vocês, aprendendo tudo que podemos, participando das suas vidas e seguindo seu exemplo, então vocês também deveriam ser sangue e osso. Também deveriam ser família. Eu queria que Tupo entendesse isso, que entendesse *de verdade*. Achei que a melhor maneira de fazer isso seria remover os outros laruanos da equação e lhe proporcionar uma infância apenas com as outras espécies. O que poderia ser uma educação melhor do que essa?"

"É...", comentou Falante, hesitante. Não concordava com a ideia, mas não iria insultar Ouloo por uma mera diferença de princípios. "Mas, por outro lado, elu nunca aprenderá o jeito laruano de fazer as coisas."

Ouloo soltou um muxoxo, abanando a ideia como se fosse um inseto irritante que já tinha visto antes. "Claro que vai. Ou melhor, vai poder fazer isso se quiser. Elu um dia vai crescer, então poderá ir para onde quiser. Se escolher morar em um bairro laruano, pode. Mas, até lá, vai aprender tudo que há para aprender sobre vocês. Quer dizer, olhe só para isso!" Ela gesticulou orgulhosa em direção a Tupo, dançando sem fôlego na companhia de um quelin risonho. "O que elu aprenderia em uma aula chata de relações interespécies que não está aprendendo dez vezes melhor aqui?"

Falante pensou um pouco.

"Devo dizer, Ouloo, que eu não esperava que você fosse tão radical."

A anfitriã sorriu.

"Rá!", exclamou. "Ah, gostei. Vou usar isso." Ela ficou um tempo parada, radiante, então se levantou e foi se juntar aos outros, avançando com uma dança sinuosa. Roveg soltou um clique de alegria, Tupo riu, e os três dançaram ainda mais, um número incontável de membros pisoteando o gramado antes imaculado.

Falante sorriu, aumentou o volume da música e foi se juntar a eles.

• • • • • • • • •

pei

Pei disparou nave adentro assim que a escotilha se abriu, indo direto para a enfermaria. Ligou o escâner de implante, sentou-se no *eelim*, arregaçou a manga, empurrou o protetor de pulso para cima e...

...hesitou.

Não pode ser, pensou. A única cor em suas bochechas era um vermelho ansioso.

Tomando fôlego e dando um golpe rápido, pressionou o escâner contra seu implante de pulso. O escâner piscou, indicando o contato bem-sucedido, então circulou as luzes para a frente e para trás enquanto processava as informações transmitidas pelos imunobôs que patrulhavam sua corrente sanguínea.

A tela do escâner piscou as cores das perguntas:

> Que tipo de avaliação você precisa?
> — Exame básico
> — Diagnóstico de doenças
> — Avaliação de lesões
> — Exame reprodutivo
> — Outro/personalizado (aviso: use esta opção apenas se você for um profissional médico ou tiver formação na área médica)

Pei engoliu em seco, então selecionou *Exame reprodutivo*.

As luzes formaram um círculo. O escâner zumbiu contra sua palma. Ela sentia o coração batendo cada vez mais forte e...

A tela piscou a conclusão.

Pei leu os resultados.

Ela reiniciou o aparelho.
Ela executou o exame novamente.
Ela leu os resultados.
Ela executou um diagnóstico do dispositivo.
O aparelho estava bom.
Ela reiniciou o aparelho.
Ela executou o exame novamente.
Ela leu os resultados.

As línguas faladas tinham palavras para momentos assim, e Pei conhecia muitas delas. Havia *bosh* em klip, *hska* em reskitkish, *fok* em ensk. Mas a língua nativa dos aeluonianos não tinha palavrões, pois o conceito simplesmente não podia ser traduzido. Para ela, a frustração existia na lateral das narinas, discussões desabrochavam cores perto da mandíbula, insultos rugiam de dois pontos diretamente abaixo dos olhos. As palavras pronunciadas eram algo separado do orador, solto no ar. Quando as palavras estavam na carne, quando existiam como um pedaço intrínseco seu, como alguma delas poderia ser considerada profana?

Então, em vez soltar um latido catártico e grosseiro, as bochechas de Pei explodiram em vermelho e amarelo — por reflexo, no início, mas ela manteve os cromatóforos no lugar, desabafando com uma pitada de roxo.

Sua pele não estava bonita por causa de uma merda de um esfoliante. Ela estava brilhando.

Ela se deitou e deixou o *eelim* decidir em que formato precisava ser segurada. Nervosa, levantou a camisa e colocou a palma da mão contra a pele. Correu os dedos sobre as escamas e cicatrizes familiares, e nada parecia diferente. Mas, em algum lugar dentro dela, o escâner dissera que havia, pela primeira vez, um ovo totalmente formado, e esse ovo estava fazendo seu corpo bombear hormônios que estavam mexendo com seus músculos abdominais e o brilho de sua pele. Como isso sequer ocorrera? Tinha aprendido os sintomas do brilho desde criança, e houve uma época, na adolescência, em que cada cãibra aleatória ou luz diferente a fazia pensar *ah, estrelas, será que está acontecendo?* Mas era nova demais para isso na época, e agora era quase velha demais, e tinha compreendido fazia muito tempo, ao longo de décadas sem que nada acontecesse, que era uma das muitas que não passariam pelo processo.

Por que essa merda estava acontecendo agora? Ali? Além de todo o resto? Era realmente o melhor momento que seu corpo conseguiu encontrar?

Sua cabeça estava em turbilhão. Sentia como se a nave estivesse de cabeça para baixo, ou como se a gravidade tivesse sido desligada. *Não é fácil de assimilar*, dissera seu pai Gilen a ela e aos irmãos, em uma lembrança muito antiga. *Seu brilho não se importa com seu trabalho, suas viagens ou quaisquer planos que você tenha. É uma coisa maravilhosa, mas mudar de ritmo é estressante, e é por isso que é tão importante para nós fazermos com que todas as mães que vêm aqui sintam que esta é a casa delas por um tempinho.*

Pei se lembrava delas, as mulheres que tinham visitado a creche. Algumas estavam nervosas. Outras eram tímidas, quietas, ou estavam com pressa. Mas a maioria, ela lembrava, estava muito feliz. Pareciam felizes, pelo menos. Era difícil não ficar feliz quando estava tirando as seis decanas de férias culturalmente obrigatórias, que todos os empregos existentes se desdobravam para acomodar. Seis decanas de sexo e mimos até chegar a hora de botar seu ovo e voltar para sua vida. Seis decanas sabendo que estava fazendo algo vital para a espécie, algo que tinha o privilégio de fazer, algo para o qual os amigos organizariam uma festa quando você voltasse para casa. Ao longo dos anos, Pei tinha organizado muitas festas dessas para membros de sua tripulação.

Pressionou a palma da mão para baixo, mesmo sabendo que não seria capaz de sentir nada. A casca não endurecia até que o ovo fosse fertilizado. Nesse estágio, era só uma bola macia de proteína e instruções, o que era uma coisa bizarra de se imaginar dentro de si. Ela pensou na piscina incubadora da creche, cheia dos maravilhosos ovos brancos com pontos esverdeados do tamanho do punho de um adulto. A piscina era mantida à meia-luz, mas, às vezes, um de seus pais tirava um dos ovos da água com uma delicadeza comovente e o segurava contra a janela, para que as crianças pudessem ver o extraordinário ser lá dentro se mexer e pulsar. Ela e os irmãos tinham sido incentivados a olhar, a ir até a sala da piscina sempre que quisessem (desde que não tocassem em nada). Os pais não queriam segredo sobre o assunto, ainda mais das meninas e *shon* que um dia produziriam os próprios ovos.

Quatro decanas. Pei tinha quatro decanas para encontrar um pai para o ovo. Depois desse ponto, a janela se fecharia, o ovo seria quebrado, reabsorvido e... fim. Oportunidade perdida. Para a maioria das futuras mães, só havia uma chance. Era o caso de Pei, ao que parecia. Ela fechou os olhos e forçou a sair o que parecia ser todo o ar que já havia respirado.

Por que *agora*?

Pei pensou em sua mãe, Seri. Nunca a conheceu, mas carregava seus genes, seu nome e conhecia bem sua história. Ao contrário de seus irmãos, Pei não tinha laços biológicos com nenhum dos pais da creche Tem; tinha sido *criada*, não *feita* por eles. Seri, segundo a história, era uma soldado em serviço quando começou a brilhar. Em geral, soldados que entravam no brilho saíam de combate imediatamente, mas Seri era a comandante, e era uma daquelas situações em que apenas *não podia*. Então, ela recorrera ao que era traduzido como *paternidade selvagem*. Um dos soldados da tropa de Seri, um *shon* chamado Tova, tinha sido a escolha óbvia, dada a amizade que tinham, mas Tova era mulher na época. Sem se deixar impedir, Tova foi ao médico, tomou um coquetel hormonal, passou pela mudança o mais rápido possível e teve algumas rodadas práticas e respeitosas de sexo com a amiga. O ovo, que havia sido nomeado como *azul-claro, azul-vítreo, verde-névoa* — na linguagem de nomenclatura aeluoniana, Gapei — foi então colocado em uma incubadora portátil de emergência e transportado de volta para o espaço não contestado, onde foi colocado nas mãos felizes dos pais da creche Tem.

Pei ouvira a história muitas vezes, tanto de seus pais (que viviam lembrando-a de que ter um pai *shon* trazia boa sorte) quanto da própria Tova, que fora pessoalmente à creche, em um dia de verão, para dar a notícia de que Seri havia morrido em combate. Pei não tinha idade suficiente para entender o real significado dessa notícia, mas não ter uma mãe viva não era uma preocupação. Várias crianças da creche recebiam visitas das mães — regulares e esporádicas —, mas muitas nunca as conheciam. Isso não fazia diferença para uma criança aeluoniana. Uma mãe era uma coisa boa de se ter, assim como uma melhor amiga, um irmão mais próximo ou um pai ao qual se era especialmente apegada. Ninguém tinha a mesma combinação de pessoas em suas vidas. Não havia requisitos para o que constituía uma família.

No entanto... quando Pei era criança, às vezes pensava em como não era feita por nenhum dos seus pais de creche.

Era o menor dos incômodos, mesmo na época, e, de qualquer forma, não deveria ter importância. Todos os três eram seus pais em igual medida, e isso seria verdade mesmo se tivesse compartilhado cromossomos com um deles. Qualquer criança criada por um pai era filha dele, e todas as crianças entendiam isso. Mas, às vezes, quando menina, Pei notava semelhanças que não eram mencionadas — a maneira como seu irmão Kam ria da mesma forma que o pai Le; Dux e Tre tendo os mesmos olhos; o fato de seus irmãos Hib e Malen serem quase idênticos, apesar de terem quatro anos de diferença. Pei não se parecia com ninguém na creche, e, embora isso não a fizesse se sentir menos amada, às vezes se sentia um pouco desancorada. Queria sentir aquele elemento comum, ainda que não fosse algo comentado. Quando aprendeu sobre o brilho e como tudo funcionava, havia tomado a firme decisão de que, quando chegasse a hora, iria a uma creche e daria ao seu ovo um pai apropriado. Às vezes era melhor ter uma história banal.

Mas ali estava ela, presa em um planetinha no meio do nada, sem ideia de onde ficava a creche mais próxima, encarando a forte possibilidade de que precisaria... uma compreensão a atingiu, e ela cobriu o rosto com a mão. Mas que merda, estava viajando sozinha. Sua nave não estava por perto. Se isso tivesse acontecido duas decanas antes, teria pedido ajuda ao piloto, Oxlen, e ele teria aceitado, e os dois dariam boas risadas depois, porque era o que amigos faziam. Mas Oxlen não estava ali, nem qualquer outra pessoa da tripulação. Se não houvesse creches por perto, teria que encontrar... alguém.

Qualquer um.

A ideia fez um amarelo desconfortável escorrer lentamente por suas bochechas. Mas, se era assim, paciência. Gora era um planeta cheio de gente, e Pei tinha visto muitas naves aeluonianas em órbita. Talvez Ouloo conhecesse alguém. Relaxou um pouco ao pensar nisso. Certo, não precisava ser um *completo estranho*, só um estranho que a quase estranha com quem estava hospedada poderia garantir ser *decente*.

Ela cobriu o rosto com os antebraços.

Pei não queria falar com Ouloo sobre aquilo. Oxlen não estava ali, mas mesmo se estivesse, também não queria falar com ele. Não queria seus amigos ou seus pais ou a mãe que nunca conheceu.

Naquele momento, a única pessoa com quem ela queria falar era Ashby.

Dia 238, Padrão 307 da GC

ESSAS INTERRUPÇÕES FORAM UM IMPREVISTO

Identificador de nó: 4443-115-69, Roveg
Fonte do canal: Arquivos de referência da Comunidade
 Galáctica — Acesso local/Versão offline (Público/Klip)
Caminho do nó: 239-23-235-7
Senha de acesso ao nó: Tup0100sacional

Pesquisa de arquivo: história e cultura akarak
Principais resultados:
Akari (planeta)
A Era Colonial Harmagiana
Colonização harmagiana de Akari
Os Acordos de Hashkath
Audiências de Membro da Comunidade Galáctica
 (Akarak, padrão 261 da cg) Ihreet
Anatomia akarak
Diáspora Akarak moderna e subculturas registradas

Arquivo selecionado: Sessão Parlamentar da Comunidade
Galáctica, registro público 3223-3488-5, registro de
55/261 (texto em destaque — representante akarak)
Criptografia: 0
Caminho de tradução: 0
Transcrição: [vídeo:texto]

A partir de agora, a Assembleia Akarak está fechando formalmente os canais de negociação com o Parlamento da cg e retirando o pleito de adesão à cg. Se a notícia for uma surpresa, permita-nos lembrar nossa história com o seu governo.

Após a assinatura dos Acordos de Hashkath, a Lei da Soberania Sapiente entrou em vigor, e todos os planetas colonizados pelos invasores harmagianos foram devolvidos aos seus habitantes originais. A essa altura, Akari não tinha mais recursos naturais relevantes nem ecossistemas sustentáveis, impossibilitando a nossa sobrevivência lá. Solicitamos uma linha de suprimentos da gc, uma maneira de adquirir os recursos necessários para reconstruir e manter a vida em Akari. O pedido foi recusado sob a alegação de que as Guerras Coloniais haviam drenado em muito os estoques de recursos e não havia excedente. Suas

necessidades eram maiores que as nossas, no fim das
contas. Em vez disso, recebemos o status de refugiados no
que vocês designaram como seu espaço. Com o passar do
tempo, nossos repetidos pedidos de cidadania foram ouvidos,
e nos foi prometido um novo sistema para nos instalarmos.

    Esperamos por isso durante quase dois séculos.

    Nossas necessidades ambientais eram um desafio
grande demais, vocês diziam. Procuramos e procuramos,
mas ainda não encontramos um mundo que sirva.

    Então construam um mundo para nós,
pedimos. Terraformem um planeta para
nós, como fizeram para si mesmos.

    Temos uma nova lei, vocês responderam. O Acordo de
Preservação da Biodiversidade. Agora é ilegal terraformar
planetas que tenham até mesmo um micróbio neles, pois
não queremos interromper futuros caminhos evolutivos.

    Nossa espécie já existente sem dúvida é mais
importante do que uma biosfera hipotética, que pode ou
não surgir daqui a um bilhão de anos, nós dissemos.

    É a lei, vocês responderam.

    Deve haver uma solução, dissemos. Nossas crianças
passam fome. As naves harmagianas que reaproveitamos
estão velhas e quebrando. Vocês nos dão rações e
tecnologia, mas precisamos de um mundo. Precisamos de
um lar. Precisamos ser capazes de cuidar de nós mesmos.
Queremos cúpulas de hábitat. Orbitais. Alguma coisa.

    Esses tipos de concessões exigem que vocês
tenham uma estrutura organizacional com a qual
possamos negociar, e não entendemos a sua, vocês
responderam. Vocês não têm um governo formal.

    Tudo bem, dissemos. Nós formaremos um governo para
vocês. Faremos uma organização que vocês reconhecerão.

    Ainda estamos confusos, vocês responderam.
Estávamos negociando com seus representantes, então
tivemos que apresentar moções, aguardar os processos
e debater uns com os outros, porque é a nossa maneira
de fazer as coisas no Parlamento. Voltamos com algumas
opções, mas não sabemos com quem falar agora.

    Isso aconteceu porque vocês levaram cinco padrões, e os
representantes com quem estavam negociando morreram
de velhice. Alguém novo tinha que tomar o lugar deles.

Não podemos negociar assim, vocês disseram. Toda vez que estabelecemos contato, temos que começar de novo. Como podemos negociar sem consistência?

Realmente. Vamos discutir consistência.

A única consistência que tivemos de vocês foi o *não*. A única questão em que a CG se mostrou constante foi em explicar por que as coisas que pedimos são impossíveis. No entanto, em outros lugares, vocês se mostraram bastante capazes de criar possibilidades. Todos nós vimos as notícias sobre como a espécie humana foi aceita como membro da CG. A espécie humana, que destruiu seu próprio mundo e da qual ninguém na CG sabia da existência há 75 padrões. Vocês concederão a eles direitos totais. Vocês lhes darão uma estrela onde parar suas naves. Vocês permitirão que construam colônias. Quando expressamos nossa indignação com isso, fomos informados de que as circunstâncias eram muito diferentes. Os humanos respiram o mesmo ar que vocês. Seus costumes são mais fáceis de assimilar. Eles não morrem no meio de negociações políticas.

Como foi conveniente para vocês finalmente trabalhar com uma espécie cujos corpos são compatíveis com a sua burocracia.

Nosso tempo nesta galáxia é limitado, como vocês sempre fazem questão de lembrar. Não vamos mais desperdiçá-lo esperando que façam o que é certo.

• • • • • • • • • •

falante

O alerta de mensagem recebida tirou Falante de um sono profundo direto para um estado totalmente desperto no intervalo de um ruído digital. Ela pegou o scrib ao seu lado. Leu a mensagem, e a esperança se transformou em confusão na mesma hora.

> Um drone de correio chegou.
> Você aceita a entrega?

Falante olhou para a tela. Tinha que ser um erro, uma falha de algum satélite aleatório morrendo logo acima. Apagou o alerta, pousou o scrib, rolou de lado e fechou os olhos.
Alguns segundos se passaram antes que o scrib apitasse de novo.

> Um drone de correio chegou.
> Você aceita a entrega?

Falante estalou o bico, aborrecida. Não havia como isso ser uma transmissão legítima. Mesmo que isso fosse possível com a rede de comunicação em frangalhos, ela não havia pedido nada. Quem estaria enviando algo para ela *aqui*?
"Mostrar detalhes do remetente", pediu ao scrib. Imaginou que a resposta seria algo sem sentido.
4443-115-69, dizia a tela. *Remetente: Roveg.*
Falante continuou confusa, mas começou a ficar intrigada.
"Aceite a entrega", disse, e saiu da rede.

O drone quadrado que entrou pela câmara de ar era diferente de tudo que já tinha visto antes. Era pequeno, para início de conversa — menor do que a própria Falante, e muito diferente dos enormes caixotes de entrega que ela e Rastreadora geralmente tinham que transportar. Os drones a que estava acostumada sempre voavam e pousavam no chão, mas esse andava. O drone tinha o que parecia ser um módulo de voo na parte traseira, mas, no momento, se locomovia com dez pernas mecânicas dobradas saindo das laterais, marchando com obediência firme. O estilo de movimento era, sem dúvida, quelin, uma impressão que Falante provavelmente teria mesmo que o remetente daquela coisinha fofa fosse desconhecido. E era fofa mesmo, mas de uma forma estranha. Assim que saiu da escotilha, o drone dobrou as pernas e abriu a tampa, como se dissesse: *Olá! Cheguei!*

Falante rastejou até o drone, olhou para dentro e ficou maravilhada. A encomenda continha comida, nenhuma das quais ela reconheceu, mas todas pareciam lindas. Havia coisas amarelas, coisas azuis, coisas brancas e coisas folhosas — frutas e vegetais, ao que parecia — cortadas em crescentes e espirais, algumas cruas, outras cozidas, algumas polvilhadas com açúcar, especiarias ou sal. Cada mistério culinário tinha sido embalado em um pacote translúcido e amarrado com uma fita fina e brilhante. Falante não fazia ideia do que eram, não fazia ideia de como comer aquilo, e não fazia ideia de por que as ganhara. Pelo visto, essa reação havia sido prevista, porque acima do conteúdo atraente do drone havia uma pequena caixa que não era comida. Não tinha tampa, nem costuras visíveis, tratando-se de um pequeno botão e uma mensagem escrita à mão que dizia *Aperte isto*.

Ela apertou.

A caixa se abriu e, quando Falante pulou para trás, uma explosão de pixels semelhantes a confetes pulou para fora, dançou ao seu redor e mergulhou de volta para dentro. O dispositivo estendeu um braço para cima e, com isso, uma mensagem foi projetada em uma moldura retangular no ar acima.

Bom dia, Falante! Eu adoraria se você pudesse se juntar a
mim para um café da manhã a bordo do meu ônibus espacial.
Como sei que você não pode sair do seu traje, pensei
que você talvez pudesse colocar as comidas na cabine, e
compartilharíamos a refeição dessa maneira. Tentei deixar
tudo bem pequeno para caber no seu compartimento (e
espero que minha estimativa tenha sido correta). Também
tomei a liberdade de pesquisar o que é seguro para sua

espécie, então estou bastante confiante de que todos os alimentos serão apropriados (embora, como sem dúvida você conhece melhor suas necessidades, os ingredientes estão impressos nas fitas de cada pacote, só por precaução).

Se a ideia não for de seu agrado, ou se você não estiver com vontade de sair, aproveite esses lanches em seu próprio tempo e em seu próprio espaço. Não vou me ofender.

Seu vizinho temporário,
Roveg

Falante ficou parada, imersa em um silêncio atordoado. Pegou um dos pacotes e segurou-o com ambas as mãos. Dentro do embrulho, algo roxo e terroso havia sido cortado com uma mão firme em belas formas geométricas e salpicado de sementes verdes. Ou com dedos firmes, melhor dizendo. Qualquer que fosse o nome dos apêndices quelin.

Ela guardou o pacote de volta na caixa com cuidado e foi preparar seu traje.

• • • • • • • • • •

pei

Não foi difícil encontrar Ouloo. Pei a viu com um tubo de tinta na pata dianteira, retocando o depósito de combustível nos pontos que agora descascavam graças às desajeitadas idas e vindas dos barris de algas.

"Posso ajudar?", perguntou, ao se aproximar.

Ouloo esticou o pescoço.

"Capitã Tem! Está se sentindo melhor?"

Pei estava com sardas amarelas e vermelhas, um pouco envergonhada pela saída brusca na noite anterior. Fazer cena não era seu estilo.

"Sim, estou bem, obrigada. Um bom sono me ajudou. Foi só o cansaço da diferença de fuso, eu acho."

Era uma completa mentira, porque Pei mal dormira e não estava nem um pouco afetada pelas diferenças de fuso, mas a desculpa pareceu convencer Ouloo.

"Ah, você não seria a primeira. Recebi um humano há duas decanas que estava tão desregulado que dormiu quando era a vez dele na fila do túnel." Ela se ergueu sobre as patas traseiras para poder pintar um ponto alto. O esforço a fez ofegar de leve.

"Posso ajudar?", perguntou Pei de novo.

"Oh, não, não, não", respondeu Ouloo. "Eu cuido disso, jamais botaria meus hóspedes para trabalhar."

"E se eu *gostar* de pintar?", perguntou Pei. "E se pintar for a coisa que mais quero fazer agora? Você disse que se houvesse *qualquer coisa* que eu quisesse era só eu falar."

Ouloo lhe lançou um olhar cético.

"Você está trapaceando."

Pei riu e pegou outro tubo de tinta spray do carrinho mais próximo.

"Há um limite para a quantidade de banhos que posso tomar, Ouloo. E seria bom ter algo para fazer além de ficar sentada."

"Bem..." A laruana bufou. "Tudo bem, se você faz questão."

Pei não se sentia especialmente inclinada a pintar, mas era algo para fazer e, para ser sincera, gostou da oportunidade de ajudar. Sentia pena de Ouloo, tentando tanto ser uma boa anfitriã no meio de tudo aquilo.

"Alguma notícia além das atualizações de emergência?", perguntou. Ela examinou a parede em busca do arranhão mais próximo.

"Não, nada." Ouloo suspirou. "Eu gostaria que nos deixassem sair da cúpula. Fico imaginando como estão meus vizinhos. Quer dizer, sem dúvida estamos todos no mesmo barco, mas é desconfortável não poder ver como eles estão."

"Seus amigos não mandaram resposta?"

"Não. O que é bom, para ser sincera, porque as luzes estão acesas, e eles não terem mandado nada significa que estão ocupados, mas não de uma maneira ruim. Ou da pior maneira possível, suponho. Gostaria de poder dizer que isso me ajuda a não me preocupar."

Pei começou a passar os spray nos pontos necessários — uma tarefa simples, mas até que agradável.

"Você conhece bem todos os seus vizinhos?", perguntou.

"Ah, nossa comunidade é maravilhosamente solidária. É interessante — todo mundo vive na própria bolha, e tudo é projetado para a autossuficiência. As únicas coisas que compartilhamos são... bem, a comunicação e a energia." Ela deu uma risadinha, já que eram as coisas que não tinham mais. "É tudo muito independente aqui, mas nós ajudamos uns aos outros. Alguém pode cuidar das comunicações de outra pessoa enquanto ela estiver ausente ou emprestar alguma peça de tecnologia sobressalente, se necessário. Tupo vai até a casa de jogo do outro lado do caminho a cada duas decanas para praticar hanto."

"Bom para elu", comentou Pei. Hanto era uma carta inteligente para ê garote ter na manga, não importava onde quisesse ir. (Não que laruanos tivessem mangas, mas ainda assim.)

Ouloo lançou um olhar inexpressivo.

"Tupo é péssimo com hanto", confessou, rindo, "mas eu também sou, e elu pelo menos está tentando. Só poderia estar se esforçando mais..." Ela parou de falar e, com isso, disse tudo que precisava sobre a batalha perdida contra a pré-adolescência. "Enfim. A questão é que há pessoas ótimas em Gora. Pelo menos nesta parte. Ando bem nervosa nos últimos dias, sem saber como todo mundo está. É bom saber que *posso* cuidar de quase tudo sozinha" — ela apontou com a cabeça para o gerador solar e o sistema de suporte à vida —, "mas não é assim que eu gosto. Você viu as pessoas piscando as suas luzes ontem à noite?"

"Ah", disse Pei, as pálpebras internas piscando. "Vi algumas luzes no horizonte, mas pensei que era só... a energia tentando voltar. Ou coisa do tipo."

Ouloo mostrou a ponta da língua em negativa.

"Foi de propósito. Não sei quem começou. Vi as luzes de alguém piscando, então vi outra pessoa fazer o mesmo em resposta, então desliguei e liguei as luzes quatro vezes, e então nós só...... fizemos isso por um tempo."

"Foi algum tipo de código? Quatro para tudo bem, três para pedir ajuda, esse tipo de coisa?"

"Não, de jeito nenhum. Mas teria sido inteligente ter um sistema assim, em retrospectiva. Não, não estávamos dizendo nada. Ou, pelo menos, eu não estava. Estávamos só informando uns aos outros de que estávamos lá, acho. Foi como eu interpretei a coisa toda." Ela balançou o pescoço em aprovação. "Me fez sentir um pouco melhor."

Por mais que tivesse compaixão por Ouloo se sentir isolada, a conversa trouxera uma oportunidade para Pei perguntar o que mais queria saber. Não viu razão para não abordar o tópico.

"Há aeluonianos nas proximidades?", perguntou, em tom casual.

"Ah, sim." Ouloo virou-se e apontou. Pei seguiu a direção da pata, que apontava para o deserto além da cúpula. "Tobet trabalha no Hotel Quase Lá. E tem Sila lá no caminho da arte — não dá para ver a cúpula daqui, mas é um pulo. Vamos ver... Conheço vários aeluonianos no orbital das AR. Uma se chama Sen, costuma ser ela quem renova minha licença comercial. E, claro, há muitos lugares aqui voltados para vocês. Tem um campo de cidade do outro lado do planeta. Muitos de vocês passam por aqui."

Pei pensou um pouco. Não era a única aeluoniana presa em Gora, mas entrar em um campo de cidade para abordar pessoas aleatórias e falar sobre sua situação era a última coisa que queria.

"Você conhece algum deles bem?", perguntou. Esforçou-se para manter um tom leve pela caixa-falante.

"Tobet e eu nos damos muito bem. Ela mandou aquele bolo jenjen que eu tinha quando vocês chegaram..."

Pei ignorou tudo que veio depois do pronome feminino, porque não importava o quão bom fosse seu bolo jenjen, Tobet não poderia ajudar.

"Certo", disse, assim que Ouloo terminou. Então hesitou, tentando não mostrar todas as cartas. "E os homens? Ou *shon*?"

Ouloo pensou um pouco. "Bem, tem Kopi, lá no jardim de chá. Eu não sei... — Ela fez uma pausa, tropeçando nas palavras. "*Shon* não usam pronomes neutros, certo? Não sei o que Kopi é agora, então não sei como chamar... não é elu, mas..."

Pei se apressou em socorrê-la.

"*Shon* só usam pronomes neutros quando estão no meio de uma mudança. Qualquer que tenha sido seu gênero da última vez que vocês se viram, é a forma mais educada de se referir a Kopi."

"Ah, obrigada. Vou me lembrar disso. De qualquer forma, não conheço Kopi muito bem, apenas encontro ele no orbital, em festas ou por acaso; mas ele é muito gentil. Um pouco reservado, mas..." Ela fez uma pausa e balançou o pescoço. "Por que a pergunta?"

Pei deu de ombros e continuou a pintar.

"Só curiosidade. Eu..."

Qualquer fingimento que estivera planejando morreu no instante em que sentiu uma pata quente e felpuda empurrar a manga de sua jaqueta para revelar a pele nua por baixo.

Ouloo segurou o braço de Pei, olhando para as escamas.

"Estrelas", sussurrou. Ficou olhando por mais um momento, então encarou Pei com olhos brilhantes. "*Parabéns*."

roveg

Estava muito feliz por Falante ter se juntado a ele. Não sabia bem o que ela pensaria do convite — não porque, em seu ponto de vista, isso tivesse algo que pudesse ser mal-interpretado pela akarak, mas porque Falante ainda era uma estranha. Será que ela gostava de refeições com socialização? Será que era do tipo que visitaria a casa de um mero conhecido para um café da manhã?

Sim, parece que era.

Quando passou pela câmara de ar, Falante parecia bem diferente de dois dias antes, quando entrara confiante, de scrib em mãos, para interrogá-lo sobre o que ele era capaz de fazer em uma emergência. Hoje, não havia scrib, só os pacotinhos de comida que ele preparara, acomodados com cuidado em ambos os lados do assento da cabine do traje de uma maneira cativante. Ela parecia... não nervosa... *tímida*. Era isso. Falante parecia um pouco tímida, e, mesmo com seu conhecimento limitado sobre ela, não era uma característica que Roveg esperara.

"Fico feliz em tê-la aqui", cumprimentou, curvando o torso. "Estava achando que poderíamos comer na sala de projeção, se não for problema para você?"

"Ah, sim, parece ótimo."

Falante o seguiu pelo corredor, o tilintar do traje mecânico criando uma harmonia curiosa com o tamborilar familiar de suas próprias pernas. Roveg estava na expectativa de conversar, já que Falante tinha sido uma companhia agradável nos dias anteriores, mas ela estava quieta. Olhando para trás, ele a viu analisando o corredor, a arquitetura e as obras de arte nas paredes. O que ela acharia daquilo tudo? Pensou no ônibus gasto estacionado ao lado do dele, no que sabia sobre os akaraks antes de conhecê-la e no que aprendera desde então. Com isso, ficou um pouco constrangido. Quase envergonhado. Ponderou se aquilo não seria um insulto para ela, se estava passando a impressão de ser um babaca rico com mais do que merecia. Sabia que *era* um babaca rico e que sem dúvida não tinha mais merecimento sobre a própria fortuna do que qualquer outra pessoa teria. Eram os fatos, mas torcia para que Falante não desgostasse dele por isso. Mexeu as placas abdominais e disse a si mesmo que ela sentiria como se sentiria e ponto. Não podia fazer nada a respeito. O que *poderia* fazer era controlar o próprio constrangimento, algo que considerava antitético. Ensinaram-lhe que, se uma pessoa tinha mais do que a outra, a culpa era a reação menos produtiva. A única maneira adequada de abordar tais desigualdades era descobrir a melhor forma de manejá-las, de modo a trazer os outros para o mesmo patamar que o seu. (Essa lição era um dos fundamentos mais conhecidos dos Princípios Centrais; nem tudo ali era bobagem, e nem tudo eram coisas que ele sentia a necessidade de erradicar da própria vida. A maioria sim, mas não tudo.)

"Bem, aqui estamos", anunciou, levando-a para a sala de projeção. O fundo que escolhera para a ocasião era uma fonte gigante em um terraço, com ondas lânguidas de água caindo em escada pelas laterais cobertas de musgo. Queria algo que servisse de companhia, não de distração. A mesa no meio já estava posta, repleta de pratos com porções maiores das guloseimas que embalara para Falante. A refeição era muito mais carente de proteína do que ele estava acostumado, e não tinha dúvidas de que uma barriga cheia de plantas exigiria um lanche complementar depois que a convidada fosse embora, mas desfrutar de uma refeição com companhia era tanto sobre compartilhar a experiência quanto sobre compartilhar o espaço. "Mal posso esperar para provar essas coisas. São ingredientes que eu tinha a bordo, é claro, mas li um pouco e preparei tudo de uma maneira que espero que sirva. Eu não estava errado sobre serem alimentos seguros para você, correto?"

"Parecem ser", respondeu Falante. "Não estou familiarizada com a maioria, então passei tudo por um escâner antes de vir. Sem ofensa, claro."

"Ah, de maneira alguma. Uma sábia precaução. Certa vez cometi o erro de não fazer isso antes de comer em um pequeno restaurante harmagiano e não consegui sentir o interior da minha boca por dez dias." Ele a examinou de cima a baixo. "Eu a convidaria para se sentar, mas... Você já está sentada."

Falante riu de sua cadeira na cabine.

"Eu posso sentar o traje, assim não fico muito mais alta do que você."

Roveg riu em concordância e baixou o abdômen até o chão, dobrando as pernas com cuidado. Falante mexeu nos controles, sentando o traje com um baque metálico.

"*Vehlech hra hych bet*", disse ele, em tom magnânimo, então traduziu: "Que seja do seu agrado".

Ela inclinou a cabeça com interesse.

"Tellerain é uma língua tão bonita."

"Você acha?", perguntou ele. Roveg pegou um prato de pera-do-brejo em conserva rápida. "Sons e beleza são coisas tão relativas. Sei que aandriskanos não gostam muito do nosso idioma, mas, para mim, o reskitkish soa como se alguém estivesse tentando morrer sufocado o mais rápido possível, então cada um tem seus gostos."

"Eu amo as camadas do tellerain", disse Falante. "É como música."

Roveg soltou um grunhido apreciativo, e quando provou a pera-do-brejo, um segundo, muito mais alto. "Ah! Hmm! Ah, acho que isso ficou muito bom, o que você me diz? E, por favor, saiba que não vou me incomodar se não gostar das comidas. Tenho certeza de que temos paladares muito diferentes."

Falante observou o que ele estava comendo, então vasculhou os pacotes ao redor do assento da cabine para encontrar o alimento correspondente. Com um olhar intrigado, pegou uma pera-do-brejo, estudou-a por um momento, então deu uma mordiscada investigativa com o bico.

"Estrelas, é azedo", declarou.

"Azedo demais?"

"Não, não. Acho que vou acabar gostando. Eu só não tinha ideia do que esperar."

"Acho que vou acabar gostando", repetiu Roveg, com aprovação. "Falou como uma verdadeira aventureira gastronômica."

Ela deu uma mordida mais confiante.

"Eu não me descreveria assim", falou. "Não como muita comida alienígena." Ela engoliu. "Quase nunca, para ser sincera. Eu realmente não tinha pensado nisso até você me mandar essas coisas."

"Faz sentido, se você não pode sair para comer", retrucou ele. Então começou a comer com gosto, agarrando iguarias deliciosas com cada um de seus pés torácicos. "Se você compra mantimentos para um longo período, é melhor ter certeza de que é algo de que gosta." Ele se serviu de uma xícara de mek com a perna que não estava segurando um pedaço de comida. "Quem cozinha melhor, Rastreadora ou você?"

"*Eu*", respondeu Falante, com convicção. "Ela sempre cozinha demais qualquer folha. E gosta de tudo queimado."

Roveg riu.

"Estou sentindo que é uma discussão de longa data."

"E como!"

Ele avançou por esse caminho a passos cuidadosos.

"Você está se sentindo melhor sobre esse assunto do que ontem?"

Falante terminou a pera-do-brejo que tinha na mão, então começou a comer outra.

"Não", respondeu, com sinceridade. "Não estou."

"Eu já suspeitava. Foi por isso que pensei que uma distração poderia lhe fazer bem."

Ela passou um tempo apenas comendo em silêncio.

"É muito gentil da sua parte", comentou, por fim. Falante o analisou, mastigando a fruta que segurava com ambas as mãos. "Eu estaria certa em supor que você também estava precisando de distração?"

"Hmm", grunhiu ele. "Sim, você estaria."

A franqueza continuou.

"Você não está muito ansioso para ir para casa, está?"

Roveg a encarou.

"Ouloo mencionou para onde eu estava indo, eu presumo?"

Falante riu.

"Sim, ela falou."

"Bem, *não* é minha casa. Meu lar é em Cálice. Mas sim, estou indo para o espaço quelin." Ele pegou uma tira de fruta-crocante açucarada. "Faz muito tempo."

"Quanto tempo?"

"Quinze padrões."

Falante pareceu pensar. Era quase uma vida inteira para ela, Roveg percebeu. A sensação para ele também era de uma vida inteira.

"Por que você está voltando para lá agora?", perguntou ela.

Roveg quase contou. Parte dele queria purgar a ansiedade que havia sufocado por dias a fio, mas estava com tanto medo da possibilidade de dar tudo errado que não ousava pronunciar seus medos em voz alta. Isso os tornaria muito reais. Então, em vez disso, comunicou apenas a logística, a parte que não passava de um meio.

"Sou impedido de *morar* no espaço quelin, mas já se passou tempo suficiente desde que fui expulso, então agora posso pleitear... hmm, não sei bem como chamar em klip. É um passe de visitante, basicamente. Muitíssimo temporário, e as atividades que me são permitidas também serão limitadas. Terei uma escolta policial onde quer que eu vá, para garantir de que não faça ou diga nenhuma grande afronta. Tenho certeza de que será uma companhia maravilhosa, quem quer que seja."

A maneira como Falante o encarou sugeria que ela estava bem ciente de que aquela era uma resposta parcial. Mas, para crédito dela e alívio dele, a akarak não tentou extrair detalhes.

"Então esse é o seu compromisso? Conseguir esse passe?"

"Isso. Há um processo tedioso de entrevistas e outras bobagens variadas. É muito rigoroso." Ele hesitou um pouco. "O atraso não seria favorável."

"Ah", assentiu ela, compreendendo. Falante estalou o bico, examinando a mesa. "Daí a distração."

"Isso mesmo."

Falante virou o traje para examinar melhor as paredes de projeção.

"Esse cenário é um dos seus?", perguntou, observando a água digitalmente renderizada cair.

Roveg enrolou as pernas com orgulho.

"É. E não sou modesto o suficiente para dizer que é um favorito. Embora, é claro, esta seja apenas a reprodução visual, não a experiência completa."

"De ouvir falar, sempre achei que simulações pareciam meio excessivas. Não sei se gosto da ideia de conectar algo ao meu cérebro."

"Nada está conectado, é tudo sem fio", explicou Roveg. "O adesivo não dói e não é invasivo. Mas você tem razão: pode levar um tempo até a pessoa se acostumar com a experiência sensorial completa. Um trabalho como o meu é um bom ponto de entrada. Você pode se acostumar com o conceito de sentir e ver algo que não está ali sem que lhe peçam para fazer nada."

Falante absorveu a informação. Ela indicou a parede com a cabeça.

"Este não é um lugar real, certo? Você não se inspirou em algum lugar que existe, não é?"

"Não, este é inventado. Às vezes faço cenários do mundo real, mas depende do meu humor."

"Pode me mostrar um?"

"Claro." Roveg sempre ficava satisfeito quando alguém se interessava por seu trabalho. "Amigo, pode exibir Reskit, versão deserta?"

Amigo atendeu ao pedido. A fonte desapareceu, sendo substituída pela capital aandriskana. Roveg e Falante estavam sentados no famoso Mercado Velho de Reskit, cercados por prédios antigos sem portas que haviam sido adornados com bandeiras e faixas de todas as cores que balançavam alegremente na brisa seca.

"Uau", exclamou Falante. "Uau, é igualzinho."

"Você já visitou?"

"Sim, Reskit é uma parada bastante regular para nós. O mercado lá é... bem, amigável." Ela não deu detalhes sobre o que queria dizer com *amigável*, mas Roveg podia adivinhar. "É meio engraçado, sem as pessoas."

"É possível adicionar pessoas, se quisermos, mas admirar a paisagem sem toda a agitação também é bom."

"É", concordou Falante, e ficou observando em silêncio, imersa em pensamentos. "Você tem alguma de Vemereng?"

A pergunta atingiu Roveg por baixo da casca, mas ele não deixou isso transparecer.

"Não. Nunca fiz uma simulação baseada em lugar algum do meu planeta. Não desde que saí."

Falante pareceu ainda mais pensativa.

"Pode me contar como é?"

"Vemereng, você quer dizer? Bem, depende de qual continente estamos falando, como em qualquer outro lugar. Nasci nas ilhas orientais, que são frias, mas temperadas..."

A akarak o interrompeu.

"Não, não. Quero saber como é *ter um planeta*. Você já visitou muitos, e eu também. Diga-me o que você sente quando diz que esse é o seu planeta."

Roveg olhou para a projeção, os espiráculos ao longo das costas subindo e descendo a cada respiração.

"Meu planeta", repetiu, mas não para ela. Estava falando as palavras para si mesmo, como um experimento, analisando-as por um ângulo que nunca havia pensado em considerar. Olhou para o Velho Mercado, e era uma maravilha, de verdade, mas não era dele, nem um pouco. "Sabe como é a sensação de quando você pula entre mundos? Como você começa com gente ao redor, em um lugar como este..." — ele gesticulou para a tela com as pernas — "e ele está por toda a parte, é tudo. O mundo parece plano e sem fim. Mas então você se afasta com o máximo de empuxo que o motor consegue produzir, e tudo diminui de uma vez e logo começa a se curvar. E, lá em cima, você vê que é apenas uma esfera como todas as outras, uma bola gigante que vai diminuindo até virar um pontinho. Então você se aproxima de *outro* pontinho, que se torna *outra* bola gigante, e, quando você pousa, vira aquela superfície chata interminável mais uma vez. Não há um centro. Não há para cima ou para baixo, há apenas perto e longe. Você conhece essa sensação?"

"Conheço."

"Bem... ter seu próprio planeta significa que, apesar de saber que o universo não tem limites, que tudo é relativo, você sente que há um lugar que é o verdadeiro centro dele. Não me refiro ao verdadeiro centro em um sentido astronômico ou topográfico. Refiro-me ao *verdadeiro centro*. É a âncora, o... o peso que segura tudo. Não é o verdadeiro centro para todos, mas é para *você*. E esse conhecimento muda tudo em relação a esse aproximar e afastar. Você não está mais à deriva. Você está *preso* a algo, em algum lugar. Pode estar longe, mas você sempre pode sentir. E voltar traz a lembrança de que aquilo é seu. Nós, viajantes, passamos por tantos ambientes artificiais, tantas combinações de pressão do ar, umidade, temperatura e gravidade, que esquecemos como é dolorosamente bom entrar no ambiente natural para o qual nosso corpo passou milhões de anos evoluindo. Tudo se acomoda na hora, como se você fosse água, e o mundo fosse uma taça. Quando olha para o horizonte, mesmo que tenha estado acima dele, mesmo que saiba que não é verdade, você acredita plenamente que o mundo é plano, infinito. Você se envolve nessa ilusão e nada é capaz de trazer mais segurança."

A akarak o encarou nos olhos.

"Mesmo que você não possa voltar?"

Outro corte abaixo da concha, mas Roveg acolheu a dor com uma certa perversidade. Nada na pergunta parecia um desafio, apenas um desejo de chegar ao cerne da questão. Isso fez com que se sentisse bastante vulnerável, mas, paradoxalmente, à vontade.

"Mesmo que você não possa voltar", concordou. Inclinou o corpo em direção a ela. Se Falante podia ser franca, ele também podia.

"Você sofre por não ter um lugar para chamar de seu?"

Falante se ajeitou dentro da cabine do traje, respirando o ar que não podia compartilhar com ele.

"Sofro", respondeu, hesitante. "Mas também..." Ela suspirou. "Não sei se consigo explicar."

"Eu ficaria feliz em ouvir você tentar."

Ela estalou o bico três vezes.

"É difícil ficar triste por algo que nunca conheci. O que você descreve parece mágico. Mas nadar também parece, e nunca fiz isso. Ou..." — Ela tentou outro exemplo. "Aandriskanos podem ver em infravermelho. Podem andar quando o mundo está escuro. Isso também me parece mágico, mas é uma experiência que nunca terei. É impossível para mim. Da mesma forma, é impossível ter um mundo só meu. Então, sofro e sou incapaz de sofrer, porque não sei o que estou perdendo. E ninguém da minha espécie é capaz de me dizer. Não sobrou ninguém que se lembre."

"Vocês são como os humanos, talvez", sugeriu Roveg. "Eles também só conhecem as naves."

"Talvez", concordou Falante. "Nunca falei direito com um, então não sei. Mas algo em mim diz que não somos iguais. O mundo deles não está morto, não por completo. Está sendo consertado, pouco a pouco. Eles podem visitar se quiserem. Há alguns que ainda vivem lá. E o planeta não foi tomado por alguém de fora, eles que o mataram por dentro. Mastigaram os próprios corações. Não, eu não acho que somos iguais." Ela se moveu na cadeira, inquieta, deixando de lado uma raiva silenciosa. "Desculpe."

"Por favor, não se desculpe. Você tem todos os motivos para estar com raiva. Podemos conversar sobre outra coisa se você..."

"Não." Ela respirou fundo. Roveg viu as mãos dela se abrirem. "Fale sobre seu lugar favorito em seu planeta."

Roveg não precisou pensar antes de responder. "Wushengat. Significa *Lago das Flores*, um nome nada original."

"Como é lá?"

Uma dor se espalhou enquanto Roveg conjurava o lugar na mente. A memória era doce como calda de verão e dolorida como a lâmina do carrasco. "É perfeitamente tranquilo", contou. "Nunca vi um momento sequer em que as águas não estivessem calmas."

"De que cor é a água?"

"É... não tenho certeza se você e eu percebemos as cores da mesma maneira."

"Eu não me importo."

"O roxo mais delicado e claro. A areia na praia é macia como as nuvens, e as árvores ao redor explodem com flores na primavera." A dor se ampliou e se aprofundou. "É o tipo de lugar onde se pode ficar sentado o dia todo e ter certeza de que, enquanto estiver lá, tudo ficará bem."

Falante ouvia cada palavra com o máximo de atenção.

"Acho que nenhum lugar jamais me fez sentir assim."

"Bem, não é *verdade*, é claro. Mas é a sensação em Wushengat."

"Acho que você deveria fazer uma simulação de lá", sugeriu ela. "Você deveria fazer outras pessoas sentirem isso também."

Roveg voltou a ficar quieto.

"Vou lhe dizer uma coisa", disse, por fim. Serviu-se de outra xícara de mek. "Se eu chegar à entrevista, e se eu conseguir meu passe, talvez eu faça."

pei

Pei ficou imóvel enquanto Ouloo sorria para ela. Suas bochechas ficaram roxas com a intrusão, por ser tocada, ainda que de maneira casual, sem que lhe pedissem permissão. Porém, por mais zangada que estivesse, parte dela também ficara aliviada. Fechou os olhos e se resignou ao fato de que cobrir o braço de novo não mudaria o que a outra mulher tinha visto. Certo. Era um tópico a menos para evitar.

    Olhando para o rosto de Ouloo, soube que as duas não eram nada parecidas. Tinham corpos diferentes, sangue diferente. Suas respectivas ideias sobre o que era uma "mãe" não poderiam ser mais díspares. Para Ouloo, o conceito parecia ser parte central de sua identidade, e por que não seria? Não dera à luz um embrião, mas a um ser inteiro que havia vivido dentro dela, sem nenhuma concha mantendo-os separados. Esse mesmo ser se agarrara a ela por anos, vivendo a maior parte do tempo em uma bolsa em sua barriga, uma comunhão constante entre os corpos. Esse nível de apego era inquietante para Pei, assim como todo o conceito de parir um ser vivo era, em sua opinião, horripilante. Mas as diferenças entre ela e Ouloo não eram apenas físicas. Na cultura aeluoniana tradicional, as mães não educavam ninguém. Apenas homens e *shon* eram pais. Os pais estudavam para isso. Os pais eram as pessoas que de fato *criavam* os filhos, não aqueles que tinham a fácil tarefa de *gerá-los*. As expectativas de gênero na criação dos filhos estavam se dissolvendo, mas, embora já houvesse mulheres trabalhando em creches, ainda havia uma enorme diferença entre a pessoa que produzia um ovo e a pessoa que cuidava do serzinho que saía dele. Ter filhos era uma profissão, e não era a de Pei. Não conseguia se imaginar vivendo como Ouloo, fazendo dois trabalhos distintos ao mesmo tempo, desdobrando-se por décadas até que Tupo chegasse à idade adulta. A ideia era esmagadora.

Mas, com a ausência de todas as outras pessoas com quem desejava poder conversar naquele momento, Pei se viu estranhamente reconfortada pela companhia de Ouloo — alguém que, em essência, já estivera em uma situação como a sua.

"Como você está se sentindo?", perguntou Ouloo. "Está com fome? Precisa de algum exercício? Posso manter todos longe do jardim por um tempo se você precisar correr."

Pei ficou um pouco surpresa por Ouloo conhecer qualquer um dos sintomas ancilares do brilho, mas, com tudo que sabia sobre a anfitriã, essa atenção aos detalhes fazia sentido.

"Não, estou bem", respondeu. Ela hesitou. "Por favor, não... hã..."

"Não vou tocar no assunto com ninguém", prometeu Ouloo. "Sei que sou tagarela, mas esse assunto é pessoal. Eu entendo." Seu pescoço balançou, pensativo. "Ah! Mas... ah, eu posso ajudar! Aqui, venha." Ela largou a tinta spray e correu pelo caminho em direção ao escritório. Pei foi atrás.

Tupo estava no escritório quando as duas entraram, de pé sobre as patas traseiras, colocando pacotes de lanches nas prateleiras, um saco de cada vez, sem um pingo de pressa.

"Tupo, preciso que você saia", pediu Ouloo, entrando apressada.

Tupo girou o pescoço, confuse.

"Você disse para reabastecer..."

"Eu sei o que eu disse, mas você precisa sair."

Tupo olhou para Pei, em choque, e depois se virou de volta para a mãe. "Está... tudo bem?"

"Está *tudo bem*", respondeu Ouloo, "mas precisamos ter uma conversa de adultos aqui. Xô."

Por mais relativas que fossem a maternidade e a infância, o olhar de Tupo de *qual é o problema com a minha mãe?* foi universal. Elu jogou os pacotes de lanches de volta no caixote e resmungou com veemência enquanto saía pisando duro.

"Se estou brincando lá fora, tenho que ir fazer minhas tarefas. Se estou fazendo minhas tarefas, tenho que ir lá para fora. É *ridículo*." As reclamações se sucederam até que ê garote saiu, fechando a porta.

Ouloo ignorou os comentários negativos e, em vez disso, começou a vasculhar um armário atrás da mesa.

"Tinha... hmm, onde está... um aeluoniano que... não, não aqui..." Ela fechou uma gaveta e abriu outra. "Ele se hospedou aqui conosco há dois ou três padrões, voltando para casa depois de umas férias. Ele... não, não é este... espera... ahá!" A pata saiu da gaveta, segurando um chip de informação de maneira triunfal. Ela caminhou até Pei nas duas pernas traseiras e lhe entregou. "Ele era pai de uma creche em Ethiris e me deu isso para o caso de aparecer alguma interessante. São as informações sobre a creche em que ele trabalha. Ou, pelo menos, em que ele trabalhava na época." Ouloo balançou o pescoço, satisfeita. "É por isso que não se deve jogar nada fora."

Pei pegou o chip.

"Onde fica Ethiris?", perguntou.

"Ah, muito perto. O túnel número quatro leva diretamente até lá", respondeu Ouloo. "É só um salto e uma decana de distância."

Pei piscou um azul de aprovação, pois era uma boa resposta. Sua janela de oportunidade ainda seria grande, e poderia pôr fim ao plano indesejável de procurar um dos vizinhos de Ouloo. Poderia passar por aquilo em uma creche adequada, com pais adequados, do jeito que sempre quis.

Mas, embora um salto e uma decana fossem boas notícias para a contagem regressiva biológica para a qual tinha sido empurrada, havia um problema. Fez algumas contas. Um salto e uma decana, seguidos de cinco ou seis decanas na creche, depois uma decana para voltar a Gora e mais uma e meia para voltar à *Mav Bre*. Isso tomaria toda a sua licença e mais um pouco.

Não poderia encontrar Ashby.

Pei se censurou por pensar assim. Estava *brilhando*, porra. Tudo na vida parava para isso. Férias eram canceladas, empregos eram postos em pausa, soldados eram enviadas para um lugar seguro. Era assim que as coisas funcionavam. Ashby sabia disso. Os dois discutiram o assunto muitas vezes. Pei sabia que ele entenderia. Haveria outras chances, outras licenças. Tudo bem ficar decepcionada, mas era assim que deveria ser.

Repetiu essas coisas óbvias para si mesma. Respirou fundo, esperando que a lógica indiscutível afastasse o aperto no peito.

Não funcionou.

Ouloo ergueu a cabeça, tirando Pei de seus devaneios.

"Tenho certeza de que tudo isso deve ser uma surpresa", disse a anfitriã. "Mas não se preocupe. Pelo que ouvi dizer, parece uma experiência maravilhosa."

Pei se forçou a sorrir azul.

"É o que dizem. E obrigada", respondeu, enfiando o chip no bolso. "Isso é... obrigada. Sério."

A laruana sorriu.

"Fico muito feliz em poder ajudar." Ela aproximou o rosto, falando em tom confidencial. "E fico feliz que não precise ser Kopi. Ele é bem chato."

Pei riu disso, as bochechas tomando um quê de verde genuíno. "Bem, então eu também fico feliz." Ela olhou ao redor, para os lanches e artigos diversos. "Hã, mais uma pergunta."

"É claro."

"Você vende alguma coisa para beber?"

"Ah, claro. Temos água, bastante pó de mek, várias gasosas…"

"Não, não", interrompeu Pei. Ela olhou Ouloo nos olhos. "Algo para *beber*."

Dia 238, Padrão 307 da CG

FALHA DE SISTEMA
EM CASCATA

Mensagem recebida
Criptografia: 0
De: Autoridades de Trânsito da CG — Sistema
de Gora (caminho: 487-45411-479-4)
Para: Ooli Oht Ouloo (caminho: 5787-598-66)
Assunto: ATUALIZAÇÃO URGENTE

Esta é uma mensagem urgente da Equipe de Emergências a bordo do orbital da Gerência Regional das Autoridades de Trânsito da CG (Sistema de Gora). Como os canais de ansible padrão e a Rede seguem momentaneamente indisponíveis, nos comunicaremos por meio da rede beacon de emergência. Pedimos que deixem seus scribs travados neste canal até que os meios de comunicação sejam restaurados.

Agora podemos fornecer uma estimativa firme de 240/307 para quando as condições seguras de viagem estarão restauradas. Sabemos que isso vai ocorrer um dia mais tarde que a estimativa anterior e pedimos desculpas pela inconveniência. Como a situação está em constante mudança, não conseguimos fornecer informações com nossos padrões típicos de precisão.

É um prazer informar que enviaremos uma pequena e temporária frota de satélites de comunicação ao longo do dia de hoje, 238/307. Os tempos de restauração do serviço vão variar de acordo com a sua localidade, e não podemos fornecer uma estimativa para cada área específica. Como a rede temporária tem capacidade limitada, não poderá suportar a mesma carga de usuários que a rede padrão de Gora. Para garantir que todos possam usar os meios de comunicação conforme necessário, pedimos que as chamadas e mensagens sejam feitas em caso de emergência ou para cuidar de assuntos que tenham relação direta com seus planos de viagem.

Entraremos em contato com os detalhes atualizados da fila do túnel assim que a comunicação estiver disponível.

Agradecemos a paciência. Estamos todos juntos nisso.

Identificador do nó: 3541-332-61, Gapei Tem Seri
Fonte dos dados: chip de informação externo

Olá, futura mãe! Todos nós da creche Rin damos nossos sinceros parabéns pelo brilho e esperamos que você nos considere para pais de seu ovo.

Localização

Ethiris é um planeta lindo, e temos orgulho de chamá-lo de lar. Os assentamentos sapientes estão localizados na costa norte do continente equatorial, o que nos proporciona invernos amenos, verões lindos e transições agradáveis entre as estações.

Nossa cidade se chama Kestrith, uma comunidade multiespécies que sobrevive da agricultura de fibras e da fabricação de têxteis. Temos fácil acesso a belas praias, e caminhadas nas encostas ensolaradas ficam a apenas uma curta viagem de ônibus. Embora Ethiris fique dentro do território aandriskano, há uma grande população aeluoniana, e sue filhe se sentirá em casa. Há painéis coloridos em todas as placas públicas e nossos vizinhos sapientes estão muito familiarizados com nossos costumes. O Cintilante é sem dúvida o feriado público mais celebrado do local, ainda mais do que Kish Kesh Kep. Se quiser que sue filhe cresça com uma forte ligação com a tradição aeluoniana e os benefícios de um caldeirão cultural, Kestrith oferece o melhor de ambos os mundos.

O lar das nossas crianças

Acima de tudo, queremos que nossas crianças se sintam seguras e confortáveis. A creche inclui:

— Dormitórios aconchegantes (incluindo cápsulas com temperatura controlada para os pequenos que ainda não deixaram de hibernar);
— Áreas de lazer internas e externas;
— Piscina quente de água salgada (com escorrega, claro!);
— Sala de simulação para as crianças mais velhas ;
— Jardim de flores silvestres onde as crianças podem observar de perto a vida selvagem nativa (nosso assentamento não possui grandes predadores ou qualquer tipo de criaturas venenosas);

— Uma cozinha ENORME e estufa aquapônica (nossos
  filhos ajudam a cultivar e cozinhar tudo);
— Sala de estudos em casa para nossos alunos
  mais aplicados e pensadores curiosos;
— Dois quartos tranquilos para as crianças que
  precisam de um tempo sozinhas;
— O melhor banho de vapor do sistema (ou
  pelo menos é o que pensamos).

Seu Retiro Especial

Com 26 filhos (e teremos mais!), sabemos que o período do brilho pode ser tão estressante quanto especial. Ter que largar tudo não é fácil, e, por mais animada que você esteja, não há problema se sentir sobrecarregada. Todos os pais da creche Rin entendem isso e querem fazer de tudo para tornar o momento o mais agradável e tranquilo possível para você. Valorizamos o contentamento de nossas mães tanto quanto o bem-estar de nossas crianças.

Você também deve ter dúvidas sobre a cópula conosco — aprender sobre o processo na escola não é o mesmo que passar pela experiência pela primeira vez! Será um prazer discutir tudo com o máximo de detalhes que você precisar para se sentir confortável na intimidade conosco. Conversaremos sobre todas as suas preferências sexuais de antemão e, se estiver vindo de fora do planeta, poderá escrever ou ligar quantas vezes quiser em sua jornada até aqui, a qualquer hora do dia.

Para a sua estadia, oferecemos o seguinte:

— Sua escolha entre um quarto de dormir privativo ou
  quartos compartilhados com qualquer um dos pais;
— Instalações para exames médicos de primeira linha;
— Sua própria banheira de imersão privativa (além de ser
  relaxante, um banho quente ajuda a aliviar o leve desconforto
  que pode surgir quando a casca do ovo começa a endurecer);
— Todas as massagens, sonecas e sobremesas que desejar;
— Um convite para passar o tempo que desejar interagindo
  com nossas crianças. (algumas mães gostam de
  poder imaginar como será a vida de sue filho; outras
  querem distância disso. Estamos acostumados com
  ambos os casos, e vamos acomodar sua escolha);
— Uma piscina de incubação de alta qualidade, onde seu
  ovo será monitorado dia e noite até a eclosão;

Conheça os pais

Femlen
— Treinamento especial: medicina, atividades físicas, cuidados com ovos, primeiros socorros e aulas particulares (matemática e ciências).
— Atividades favoritas: nadar e jogar simulações de mistério.
— Coisa favorita sobre ser pai: ver os filhos fazendo algo que ensinei melhor do que eu.

Tus
— Treinamento especial: culinária, jardinagem, artes visuais, cuidados com ovos, primeiros socorros e aulas particulares (controle de cores e arte).
— Atividades favoritas: fazer arranjos florais, preparar sobremesas e comer sobremesas.
— Coisa favorita sobre ser pai: ver uma criança falar com cores completas pela primeira vez.

Drae
— Treinamento especial: aconselhamento em saúde mental, artes cênicas, dança, contação de histórias, cuidados com ovos, primeiros socorros e aulas particulares (uso de caixa-falante e klip).
— Atividades favoritas: ir à ópera de cores, ler livros no campo da cidade próxima e jogar simulações de ação.
— Coisa favorita sobre ser pai: aquela idade em que, de repente, as crianças têm opiniões sobre tudo.

Mudi
— Treinamento especial: limpeza, reparos domésticos, cuidados com ovos, primeiros socorros e aulas particulares (habilidades domésticas, reparos técnicos e reskitkish).
— Atividades favoritas: aventuras na cidade, desmontar coisas e jogar tikkit.
— Coisa favorita sobre ser pai: melhorar um dia ruim.

roveg

No jardim, atrás do gramado principal, havia um lugar perfeito para alguém precisando de um momento a sós. Roveg já reparara no recanto semicircular cercado por uma espessa parede de sebes, voltado para fora, em direção à cúpula, e com uma vista ininterrupta das colinas secas adiante. Em geral, sua nave parecia um santuário, mas naquele momento era um peso morto que não podia voar. Roveg passara uma hora — ou mais? — após a última atualização pulando de um cômodo para outro, buscando consolo nos confortos habituais de comida, arte e música. Mas, quanto mais tentava se acalmar, mais insatisfeito ficava, e mais profundo se tornava o frenesi em sua mente. Então, sem uma ideia melhor, buscou o recanto do jardim, na esperança de que um tempo sozinho em um ambiente diferente o acalmasse.

Seguiu o caminho pelas sebes podadas. Ao fazer uma curva, descobriu que a Capitã Tem tinha sido mais rápida.

A aeluoniana estava sentada na grama, em cima da jaqueta dobrada, as pernas cruzadas abaixo do torso vertical em uma pose bípede bizarra. No chão diante dela havia uma garrafa e, em uma das mãos, um copo. Sua postura estava firme como sempre, mas havia algo novo nela. Uma tensão, sim, mas também alguma mudança em sua aparência que Roveg não tinha capacidade mental de identificar no momento. Ela parecia diferente, de alguma forma. O cheiro também estava diferente. Mas quanto dessa diferença era por ela mesma e quanto era devido ao líquido pungente que ela estava bebendo, Roveg não sabia dizer.

"Ah! Olá, capitã", cumprimentou. "Não esperava encontrar alguém aqui."

"Não se preocupe", respondeu ela. As palavras saíram da caixa-falante com um leve atraso. Roveg sabia, pelos vários aeluonianos em sua vida social, que operar uma caixa-falante sob o efeito de bebidas se tornava um desafio cada vez maior a cada gole.

"Eu só estava procurando um lugar para botar os pensamentos em ordem", explicou Roveg.

"Sim", concordou a Capitã Tem. "Eu também." Ela pensou um pouco, então levantou a garrafa. "Se quiser ficar sozinho com companhia, pode me ajudar a beber tudo isso."

Não era o que Roveg tinha em mente, e parte dele queria apenas arranjar uma saída educada. Porém, considerando o quanto seus esforços para se acalmar falharam, talvez uma companhia resolvesse o problema. Companhia e um bom gole de coice.

"Por que não?", respondeu. "Desde que eu não precise falar sobre meus pensamentos." Sentou-se ao lado dela, dobrando as pernas sob o abdômen.

"Eu também não quero falar sobre os meus, então... combinado." Ela virou o copo, tornou a enchê-lo e ofereceu a ele.

Roveg analisou o recipiente curvo para bebidas, com boca larga e alça estranha.

"Acho que a garrafa pode funcionar melhor para mim", disse. "Esse não é o formato certo para a minha boca."

A capitã retraiu um braço e estendeu o outro, entregando a garrafa. Com isso, a luz do sol iluminou suas escamas. Agora não eram mais só prata, mas levemente iridescentes, como uma bolha de sabão.

"Ah, capitã", exclamou Roveg, em tom caloroso. Então era isso que estava diferente nela. "Meus parabé..."

"Não." A palavra saiu da caixa-falante da Capitã Tem sem qualquer atraso. Ela fechou os olhos e respirou fundo; com isso, sua voz artificial suavizou. "Por favor, não me parabenize."

A reação o surpreendeu, mas ele aceitou com calma.

"É disso que não estamos falando?"

"Isso."

"Pode deixar." Ele examinou a garrafa entre os dedos. O vidro era fosco, então não havia uma boa maneira de ver o que o esperava lá dentro, e Roveg nunca tinha visto o rótulo. Pelo menos reconheceu o alfabeto. Os padrões vertiginosos de anéis concêntricos eram inconfundivelmente laruanos.

"O que é isso?", perguntou.

A Capitã Tem bebeu de seu copo, e Roveg notou um leve estremecimento ao redor de seus olhos macios quando a bebida atingiu sua língua. "Não faço ideia."

O quelin envolveu o bico da garrafa com a boca e tomou um gole hesitante. O coice laruano desceu pelo esôfago como uma nave em chamas, com gosto de cinzas e ervas amargas.

"Uau!", comentou, com uma risada rouca. "Ah, estrelas, isso aí deve dissolver tinta. Caramba!" Roveg virou a garrafa de um lado para o outro, como se fosse um espécime científico. "É do estoque particular de Ouloo, eu presumo?"

"Isso."

"Devo admitir que eu a imaginava mais como uma fã de tapa-doce. Ou um coquetel com um grande espeto de frutas enfiado dentro."

"Todos nós temos os nossos dias", respondeu a Capitã Tem. Suas bochechas ficaram manchadas de amarelo e laranja; Roveg reconheceu o sinal de vergonha. "Esta não é a maneira como eu costumo lidar com os meus."

"E não era mesmo a impressão que tive", respondeu ele. Inclinou a cabeça para ela com compaixão. "Mas, como você disse: todos nós temos os nossos dias."

A capitã tomou outro gole da bebida. Ela não estremeceu desta vez.

"Que tipo de impressão você tem de mim?"

As pernas dianteiras de Roveg se flexionaram enquanto ele pensava.

"Sinceramente?"

"Sinceramente."

Roveg tomou um segundo gole da substância cáustica, deixando-a soltar seus pensamentos. "Você me parece uma pessoa prática. Inteligente. Alguém que, em geral, sabe administrar o medo dentro do contexto do que suponho ser um trabalho muito estressante. Você sabe bem como manter a cabeça fria, dadas as circunstâncias."

"Que circunstâncias são essas?"

"As circunstâncias de uma transportadora de carga cujo ônibus espacial tem um emblema de autorização militar estampado na fuselagem. Imagino que você já tenha perdido amigos, sido ferida..." Ele fez uma pausa. "É provável que já tenha matado pessoas."

A capitã o encarou.

"Isso o incomoda?"

"Não", respondeu Roveg. "Embora isso não signifique que eu aprove."

"Faz sentido", retrucou ela, passando o polegar sobre a borda do copo. "Ê garote fica me fazendo perguntas a respeito."

"Tupo?"

"É."

"Isso não me surpreende. Elu é uma *criança*, afinal. Não entende o que está perguntando. Ou está *tentando* entender, e é por isso que não deixa o assunto de lado."

Capitã Tem refletiu um pouco.

"Vocês criam seus próprios filhos? Como Ouloo?"

"Minha espécie? Não é da mesma maneira que Ouloo, mas nossos filhos ficam com os pais até a adolescência, sim."

"Eu não consigo nem imaginar", disse a Capitã Tem. "Você tem filhos?"

Roveg bebeu um longo gole da garrafa, deixando o coice tomar o lugar das palavras. E não respondeu.

De canto do olho, via que a Capitã Tem olhava para ele, com as bochechas ganhando um laranja de compaixão.

"É disso que não vamos falar?"

Roveg olhou outra vez para o rótulo da garrafa. O gosto daquele troço beirava a violação de um tratado, mas, contra a sua vontade, estava começando a gostar.

"Eu tenho outra pergunta sobre humanos para você, se não for problema."

As pálpebras internas da Capitã Tem se moveram para os lados, e o laranja em suas bochechas diminuiu. Ela pareceu entender.

"Pode falar."

Roveg a encarou com uma seriedade encenada.

"Aquabol. Você entende as regras?"

A aeluoniana riu, o rosto se inundando de verde.

"Para falar a verdade, eu entendo."

"Ótimo, porque já assisti a um jogo, e me pareceu um tanque de gravidade zero cheio de sapientes com botas propulsoras tentando arrastar um globo de água com varetas."

"Bom... é basicamente isso, e mais um monte de besteira complicada."

"Não é muito fã, então?"

"Eu diria que tenho um... respeito distante pelo esporte." Ela suspirou, então flexionou a mão em direção a Roveg, indicando que queria a garrafa de volta. O quelin encheu o copo dela. "Certo. Tem duas equipes de seis pessoas, mas apenas três jogam de cada vez."

"E eles não podem tocar a água com as mãos, correto?"

"Bem... calma, você está indo rápido demais. Podem, mas só em circunstâncias especiais."

"Já está confuso."

"Eu sei. Tente acompanhar. O objetivo do jogo é colocar a bola de água dentro do gol, que é chamado de balde. Na verdade, não é um balde, é um recipiente que mede o volume da água para ver o quanto foi perdido ao cruzar o tanque. Os jogadores iniciais são escolhidos por..."

pei

Pei ainda não sabia o nome do coice de Ouloo, do que era feito ou há quanto tempo estavam bebendo, mas devia ser bom, dado o quanto haviam tomado. Roveg já estava bêbado — alegre —, e Pei estava quase lá. Não sabia bem como tinham começado com aquabol e terminado na ópera de cores, mas, qualquer que fosse o caminho, estava gostando do passeio. Aquele quelin era muito divertido. Ela quase se esquecera do porquê tinha ido para o jardim afogar seus sentimentos na bebida.

Quase.

Seu implante zumbiu à esquerda, e ela registrou o som metálico do traje da akarak vindo em sua direção. Falante surgiu momentos depois, virando a esquina e parecendo... surpresa, talvez? Quem sabia?

"Ah", disse a akarak. "Desculpe, eu estava procurando por Roveg. Não queria incomodar."

"Não está incomodando", falou Pei, em tom leve.

"Ah, Falante, por favor, junte-se a nós!", chamou Roveg. "Você vai ter que me perdoar, eu estou um pouco... frívolo."

Qualquer que fosse a intenção original da akarak, ela pareceu descartá-la.

"Acho que vou deixar vocês aproveitarem", respondeu Falante, "já que não posso participar".

"Ah, vamos lá", disse Roveg. "Não estamos tão bêbados assim, estamos? Talvez eu não possa lhe servir uma bebida, mas prometo que ainda posso proporcionar uma conversa *brilhante*."

"Sem dúvida." Falante riu. "Mas realmente não quero interromper. Eu encontro vocês mais tarde."

As bochechas de Pei ficaram pontilhadas de amarelo. Já estava farta de Falante a evitando, das respostas polidas e das coisas que não eram ditas.

"Eu fiz alguma coisa?", perguntou Pei.

A akarak ficou tensa.

"Perdão, o quê?"

"Eu fiz alguma coisa que lhe incomodou?", perguntou Pei. Não estava com raiva. Não ligava para o que Falante pensava dela, fosse bom ou ruim, e não estava querendo comprar briga. Só estava perguntando. "Tudo bem se você não gosta de mim, eu só não consigo entender o porquê."

Falante inclinou a cabeça.

"Eu não a conheço bem o suficiente para desgostar de você", respondeu.

"Certo", disse Pei. Era uma resposta que ela poderia respeitar, mas não satisfez a pergunta. "Então o que foi que eu fiz?"

"Você não fez nada."

"Então você só não gosta da minha espécie? Ou o quê?"

"Capitã...", interveio Roveg.

"Não fico chateada com isso", explicou Pei. "Só quero saber."

Falante colocou as mãos no colo e as juntou. Então perguntou: "Você quer mesmo que eu responda?".

"Sim", respondeu Pei. Ela queria mesmo.

Para Pei, os sons não tinham a mesma carga de sentido que tinham para as outras espécies, mas ainda assim era inconfundível que cada sílaba atingindo seu implante estava sendo emitida com a precisão silenciosa de alguém escolhendo as palavras com cuidado.

"Eu não conheço você", declarou Falante. "E gosto tanto dos aeluonianos quanto de qualquer outra espécie." Ela hesitou, se recompondo. "Não gosto é do seu trabalho. E se isso influenciou minhas interações com você, peço desculpas..."

"O que tem o meu trabalho?", perguntou Pei. O amarelo ficou mais escuro.

"As... esferas nas quais você opera. Eu...", Falante estalou o bico e respirou. "Acredito que nós duas temos opiniões divergentes sobre a guerra em Rosk. Só isso."

Roveg riu ao ouvir isso. "Você deveria ter sido diplomata", disse. "Ou parlamentar."

Falante não riu. "Estou bem onde estou", retrucou, com calma glacial.

Os olhos de Pei se estreitaram. Não se importara com o que Falante pensava dela antes, mas agora sim. "Desculpe, mas você... está brincando, certo? Você tem alguma ideia do que está acontecendo lá?"

"Não tão bem quanto você, sem dúvida", respondeu a akarak.

"Estão bombardeando civis", disse Pei. "Assentamentos inteiros da órbita. Que opinião se poderia ter sobre isso?"

Falante ergueu as palmas das mãos em uma aproximação crua do que um aeluoniano faria se estivesse tentando recuar. "Capitã, eu..."

"Não, é sério, eu quero saber." Pei não ia recuar e não estava disposta a deixar Falante escapar. Falante não tinha visto o que Pei vira. Não tinha visto os membros decepados, o solo queimado, as crateras onde antes ficavam as cidades. *Opiniões divergentes.* Pei carregara o cadáver ensanguentado de seu companheiro de tripulação — *seu amigo* — para fora de um beco onde deveria ser um mundo seguro por causa de *opiniões divergentes.* Passara dois dias limpando a nave cheia de minas — *seu lar* — por causa de *opiniões divergentes.* Não, não aceitaria aquilo. Suas bochechas ficaram roxas de raiva, e não tinha nada a ver com o coice ou os hormônios. Aquilo tudo começou porque Pei se perguntou se havia insultado Falante, mas agora era o oposto. Mesmo em seus melhores dias, não deixaria aquilo passar.

"Eu não concordo com o que os rosks estão fazendo com os civis aeluonianos", afirmou Falante. Suas palavras permaneceram detestavelmente plácidas. "É horrível. Não estou discutindo isso. Mas também acho que vale a pena perguntar por que eles estão fazendo isso."

Os membros decepados. O solo queimado. As crateras.

"Não importa."

"Importa. Ninguém bombardeia civis da órbita sem motivo. Meu entendimento da situação é que os rosks acreditam que a colonização planetária é uma abominação e farão qualquer coisa para impedir que isso aconteça em seu território."

O roxo ficou tão intenso que beirava o preto.

"Nós não estamos na merda do território deles. Eles podem fazer ou *deixar de fazer* o que quiserem do lado deles do mapa."

"Sim", respondeu Falante. "Mas quem desenhou o mapa?"

Roveg suspirou baixinho, sentado entre elas. "Ah, estrelas", disse, para si mesmo, e tomou um longo gole.

falante

Se a aeluoniana queria deixá-la com raiva, estava fazendo um trabalho excelente. Falante estava tentando manter a cabeça fria, de verdade. Não queria uma briga e não estava nem um pouco confortável em discutir com uma espécie que não era a sua, mas, porra, a Capitã Tem tinha perguntado. Para que pedir uma resposta sincera se não queria ouvi-la?

A Capitã Tem bateu o copo na grama, derramando um pouco do coice pelas bordas. "As colônias que meu governo está protegendo estão na fronteira", insistiu. "Não do lado deles da fronteira. Estão na divisa. Se os rosks não querem colônias fora do seu planeta natal, tudo bem. Mas eles não podem ditar o que acontece nos sistemas vizinhos. E, mesmo que pudessem fazer isso, assassinar pessoas não seria a resposta."

"Eu não estou dizendo que é", explicou Falante. *Calma, calma*, repetiu a si mesma. *Seja a voz da razão*. "Mas vocês... o seu governo está dizimando os rosks em resposta, e sinto muito, mas não posso aceitar um mal menor por ser *menor*."

Capitã Tem olhou feio para ela. "Seu povo também mata pessoas. Você não pode negar que isso acontece por causa de interesses próprios."

"E eu não negaria. Também não concordo com eles. Mas entendo o porquê. Entendo o raciocínio, mesmo que eu discorde da atitude. E é assim que posso, ao mesmo tempo, ter compaixão pelos colonos aeluonianos e pelos rosks que não os querem lá. Não consigo ter compaixão é por... bem, pelas pessoas responsáveis pela matança. De ambos os lados."

"Talvez possamos..." começou Roveg.

"O que mais poderíamos fazer?" perguntou a Capitã Tem, interrompendo o quelin. "Eles não aceitam negociar. Não tentam chegar a um acordo. Não escutam."

"Vocês já pensaram em ir embora?", perguntou Falante. "Vocês precisam tanto assim de outro planeta?"

"É a *casa* deles", afirmou a Capitã Tem.

"Não", disse Falante. "Sohep Frie é a casa deles."

"Sohep Frie quase nos eliminou. Você sabe disso, certo? Parece saber muitas coisas."

Falante se irritou, mas deixou passar. "Vocês tiveram um colapso populacional em sua era pré-voo espacial. Mas, realmente, não sei os detalhes."

"Os detalhes se resumem a um monte de vulcões que explodiram de uma vez e mataram quase todo mundo. É a maior sorte do universo não estarmos extintos. É por isso que construímos nossas primeiras naves e partimos em busca de outros planetas, para não ficarmos presos ao destino de apenas um."

"Estrelas, que sorte", disse Falante, categórica. "Seria um fim terrível."

O som da caixa-falante da Capitã Tem saiu distorcido, um indício de que a operadora estava tentando traduzir seus pensamentos o mais rápido possível. "Nós não somos como os harmagianos eram", respondeu, depressa. "*Nunca* fomos como os harmagianos. A fronteira de Rosk... não havia ninguém nesses planetas quando foram colonizados. Não havia qualquer sapiente lá. Nós nunca, *jamais,* tiramos um mundo de alguém." A capita olhou para Falante como se a akarak tivesse enlouquecido. "Você sabe que *paramos* os harmagianos, certo? No passado? Você sabe que o único motivo pelo qual *vocês* estão livres deles somos *nós*, certo?"

Pronto. O último fio sustentando a calma de Falante se rompeu, e não havia mais como prendê-lo de volta.

"Como você ousa?", começou.

"Falante..." interrompeu Roveg.

"Não", retrucou Falante. Sua voz tremia, e ela não conseguiu encontrar uma maneira de fazê-la parar. "Não. Como você ousa? Você acha que estou falando da história. Acha que estou falando de algo que *acabou*. Acha que, porque vocês têm seus acordos e seus tratados e suas malditas licenças, podem continuar fazendo as mesmas merdas de sempre com a consciência limpa. Ah, sim, é tudo tão *civilizado*." Ela ouviu as palavras saindo da boca e teve medo; medo do que aquela alienígena raivosa poderia fazer, medo de se meter em uma enrascada, medo de todas as situações desagradáveis que passou a vida inteira se ensinando a evitar. Mas, estrelas, como era bom apenas dizer o que pensava. E agora não tinha a menor intenção de colocar a tampa de volta na caixa. "Só porque não tem ninguém vivendo em um planeta não significa que seja seu. Você não vê como essa mentalidade é perigosa? Não acha que tratar a galáxia como algo a ser usado infinitamente vai sempre, *sempre* terminar em tragédia?

Vocês acham que quebraram o ciclo, mas não. Vocês estão em um *período menos violento* do *mesmo ciclo* e não enxergam. E a linha demarcando o que vocês acham que é uma causa justificável vai continuar avançando e avançando até estarmos todos de volta à estaca zero. Vocês não resolveram nada. Vocês colocaram um carimbo, uma licença e passaram três mãos de tinta em uma ideia que é falida em sua essência desde que surgiu. Vocês se envolveram em um roubo sangrento e chamaram de *progresso*, e não importa o quanto achem que melhoraram as coisas, não importa quão boas sejam suas intenções, isso *sempre* será a raiz da CG. Vocês não podem separar nada do que fazem disso. Jamais."

"Mas e agora?", disse a Capitã Tem. "Você acha que todos deveríamos fazer as malas e voltar para nossos mundos natais? *Essa* ideia é doentia. Nada mais de mistura, de aprender uns com os outros? Cada espécie fica na sua."

"Não é isso que estou dizendo."

"Então o que você está dizendo?"

"Estou dizendo para deixarem de expandir, pararem de ir a lugares onde não foram convidados e pararem de tratar a galáxia como um mata-mata. Vocês já foram longe o suficiente. Não estão mais em um gargalo. Não há razão para continuarem fazendo o que fazem. Isso está fadado a acabar mal."

A aeluoniana piscou as pálpebras laterais. "Você está falando sobre coisas que não entende."

"Se eu estou, você também está. E o fato de não ver isso em si mesma é o motivo pelo qual decidi que *não* gosto de você, Capitã Tem." Falante respirou fundo, endireitou os ombros e relaxou os punhos. Olhou para Roveg, que esperava que ainda fosse seu amigo. "Sinto muito por ter estragado sua tarde", acrescentou. Então apertou os controles e virou seu traje, pronta para sair.

Em vez disso, se deparou com Ouloo e Tupo, cada um segurando uma bandeja de bolos.

roveg

Roveg nunca ficou tão feliz por ver um par de laruanos oferecendo sobremesa.

Estava bêbado demais para aquilo. Qualquer que fosse a bebida que Ouloo dera a Pei, derretera seu cérebro, e ele não tinha cabeça nem coração para uma conversa de tal natureza. Não queria que a galáxia fosse cheia de problemas, mas também não queria falar sobre o assunto. Tinha problemas suficientes sem precisar discutir sobre aqueles que não podia resolver. A única solução que queria era uma para o próprio problema, e, se não podia ter isso, queria esquecê-lo por um tempo. E, já que isso, pelo visto, também estava fora de questão, queria pelo menos um pedaço daquele bolo.

Não sabia há quanto tempo Ouloo e Tupo estavam ouvindo a conversa, mas aproveitou a oportunidade para pôr um fim no assunto. "E você, Ouloo?", perguntou em voz alta, brincando. "Qual é a sua opinião sobre os dilemas sociopolíticos da Comunidade Galáctica?"

Ouloo estava parada no caminho, segurando uma bandeja com pudins elaborados como se não soubesse o que mais podia fazer. "Quero que todo mundo se dê bem e quero poder fazer sobremesas para todos", respondeu, baixinho.

Roveg começou a rir. "Uma admirável..."

Ouloo virou a cabeça para ele. "Não", interveio, um fio de ferro começando a tomar sua voz. "Não estou sendo engraçada." Ela pousou a bandeja na grama e ficou de quatro, sem olhar para ninguém e parecendo pouco segura de si. "Eu não sei muito sobre política ou... ou fronteiras ou o que quer que seja o motivo da briga. E eu, provavelmente, *deveria* saber essas coisas, porque tenho certeza de que é irresponsável da minha parte não saber como tudo funciona, mas... mas é demais. Não conheço suas histórias, não a fundo. Não entendo todas as... todas as pecinhas e engrenagens que mantêm tudo em movimento. Mas não preciso saber dessas coisas para ver que *algo não está funcionando*. Que algo está errado." Ela olhou para cima, encarando Falante. "O que aconteceu com seu povo, o que *ainda* está acontecendo com vocês, é errado. Muito errado, e sinto muito por nunca ter pensado no assunto." Ela olhou para Pei. "O que está acontecendo com seu povo na fronteira é errado. Há algo muito errado aí, e ninguém deveria ter que viver assim. E, Roveg, o que aconteceu com *você* é errado. Então como consertamos isso? Como consertamos qualquer uma dessas coisas?" Ela voltou os olhos para o chão de novo. "Eu não tenho ideia. Nenhuma. Se um político chegasse aqui e dissesse: 'Este é o meu plano para consertar as coisas, e estes são os motivos pelos quais meu plano é o melhor', eu provavelmente acreditaria. Eu diria que sim, que fazia muito sentido, que eu ficava feliz por ele estar resolvendo a situação e que era um alívio. Mas outro político poderia chegar no dia seguinte e dizer: 'Hmm, não, esse plano é ruim, e aqui estão várias razões complicadas de porquê', e eu diria que sim, isso também fazia sentido. E sabe de uma coisa? Eu não me importo com qual deles está certo, desde que conserte tudo. Não tenho... uma ideologia. Não sei os termos certos para discutir essas questões. Não conheço a ciência por trás de nada disso. Tenho certeza de que pareço uma boba. Mas só quero que todo mundo se dê bem e tenha o que precisa. É isso. Quero que todos sejam felizes e não me importo com como vamos chegar lá." Ela exalou, as narinas estavam largas dilatadas. "É o que sinto sobre a questão."

Todo mundo ficou um tempo quieto — até Tupo, que estava mais afastade, com o pescoço caído.

"Eu entendo o que você está dizendo", disse Pei, tensa. Seus olhos pousaram em Falante, então se afastaram com a mesma rapidez. "Mas não dá para resolver tudo com bolo." Ela se virou e pegou o caminho de volta para sua nave.

Roveg exalou com os espiráculos em seu abdômen, respirando fundo. "Bem, talvez não *tudo*." Ele foi até a bandeja de Ouloo e pegou a porção mais generosa de sobremesa com um menear apreciativo do torso.

Ouloo olhou para Falante como se pedindo desculpas. "Sinto muito por não poder lhe oferecer um pouco."

"Não tem problema", respondeu Falante. Sua voz polida tinha ficado frágil, mas estava se recuperando. Roveg não sabia se a admirava por ter recuperado a compostura tão depressa ou se a encorajava a gritar um pouco mais. Parecia que ela estava precisando.

"Hmm", disse Roveg, com pressa de provar o glacê delicioso e fofo. "Você pode mandar um pedaço de bolo para a nave dela."

"Ah", exclamou Ouloo. Seu pescoço caído se animou um pouco. "Ah, eu não tinha pensado nisso."

"Sim, hoje de manhã tomamos juntos um café da manhã delicioso", contou ele, desesperado para mudar de assunto e invocar uma atmosfera melhor. Será que aquele era o melhor caminho para seguir com a conversa? Não tinha ideia. No momento, estava apenas falando. "Eu preparei a comida, ela colocou no traje e veio. Foi ótimo."

Falante não pareceu tão animada quanto Ouloo. "Eu realmente sinto muito pela confusão", desculpou-se, sem se dirigir a ninguém em particular.

"Não acredito que tenha sido culpa sua", respondeu Roveg. Ele comeu outro pedaço, tão delicioso quanto o primeiro. Estrelas, por que açúcar e bebida combinavam tão bem?

"Eu não levaria para o lado pessoal", disse Ouloo a Falante. "Quer dizer, ela..." Seus olhos se arregalaram. "Ah, hmm... você sabe, ela está estressada, estamos todos estressados..."

Roveg inclinou-se para Falante. "A capitã está brilhando", explicou.

O pelo de Ouloo se eriçou. "Eu prometi que não falaria nada!"

"Você não falou. Fui eu."

"Ah", disse Falante. Seu tom sugeria que ela não ficara sabendo e não se importava. "Entendi." Ela hesitou. "Ainda assim, acho que a conversa não teria sido diferente se ela não estivesse assim."

Ouloo passou o pescoço em volta das pernas, olhando de um lado para o outro.

"Algum de vocês viu para onde Tupo foi?"

Ambos olharam em volta. Roveg não tinha visto ê laruane sair, e Falante também parecia ter não reparado. A bandeja de bolos de Tupo ainda estava no chão, mas a criança tinha desaparecido.

"Que furtive", comentou Roveg.

"Elu não aguenta ver gente brigando", explicou Ouloo, com um suspiro. "Não se importa de discutir *comigo* o dia todo, mas *odeia* ver qualquer outra pessoa tendo um conflito. Elu é uma coisinha tão sensível." Ela bufou. "E parece que pegou alguns bolos. Estrelas, eu falei que um era suficiente. E não sei como elu acha que vou carregar tudo isso de volta para casa sozinha."

"Posso ajudar?", ofereceu-se Falante.

"Ah", exclamou Ouloo, surpresa. "Hmm... sabe, se não for incômodo..."

"De maneira alguma", respondeu Falante.

"Bem, não posso ser o único que vai ficar aqui, sentado, comendo bolo", disse Roveg.

Falante olhou para o bolo e para a garrafa cheia ao lado dele. "Acho que essa seria justamente a melhor tarefa para você no momento", disse, sem julgamentos.

O quelin quase discutiu, mas sentiu a sentença ainda não formada desmoronar e se dissolver. Não tinha ideia do que pretendera dizer. Estendeu a mão e pegou um segundo pedaço de bolo para mais tarde. "Você deve estar certa", concordou.

• • • • • • • • • •

falante

Havia algo estranho na casa de Ouloo, e Falante não conseguia identificar o que era. A princípio, pensou que era a decoração baixa e curva, diferente de tudo que já tinha visto. Mas nisso a casa não deveria ser diferente de um mercado misto ou qualquer outro ambiente onde era esperado encontrar dezenas de coisas que Falante nunca tinha visto. Não, havia algo diferente que fazia a parte de trás de seu pescoço formigar. Ela só não sabia o quê.

"Não repare na bagunça", pediu Ouloo, resignada. Com cuidado, ela evitou os pertences espalhados pelo corredor, movendo a bandeja de bolos de um lado para o outro enquanto se reequilibrava. "Pedi a Tupo para arrumar a casa hoje à tarde. Não que eu estivesse planejando receber algum de vocês, mas é o princípio da coisa."

"Não tem problema", disse Falante. Operou seus controles habilmente, tomando cuidado para o traje não pisar em nada. "Já vi piores."

"Sim, bem...", resmungou Ouloo enquanto se dirigia para a cozinha. "Eu não quero que você pense que não mantenho a casa limpa."

A mão de Falante congelou nos controles. Era isso. Isso que era estranho.

Nunca estivera em um lar terrestre.

Naves onde espaciais viviam? Sim, claro. Era tudo que já tinha vivido. Ônibus como o de Roveg? Não igual ao dele, mas pequenas naves servindo como lares temporários em viagens de longa distância, sim. Prédios? Sem dúvida. Com frequência. Sempre que visitava um planeta.

Mas nunca uma *casa*.

"A cozinha é por aqui", chamou Ouloo. "Você consegue se movimentar bem por aqui? Tem espaço para o seu traje? Sei que nossos tetos são um pouco baixos para bípedes."

"Sim", respondeu Falante. "Está tudo bem." Ela balançou a cabeça e continuou seguindo a anfitriã.

Era engraçado como uma cozinha podia ser tão diferente do que estava acostumada e, ainda assim, ser completamente reconhecível como *uma cozinha*. Falante não sabia identificar a maioria dos aparelhos, e jamais tinha visto um fogão daquele formato, mas ainda era, sem dúvidas, *um fogão*; ou, pelo menos, algo que esquentava e cozinhava a comida. Também havia uma espécie de bancada de trabalho. Os restos dos ingredientes do dia ainda estavam espalhados, a superfície coberta de farinha e gotas de glacê. Falante se sentiu um pouco triste por Ouloo ter se esforçado tanto apenas para chegar no meio de uma briga entre as pessoas que estava tentando agradar.

Não que se arrependesse de nada do que dissera à Capitã Tem. Nem um pouco. Não tinha por quê. Tudo que falou era verdade.

Ouloo guardou a bandeja de bolos na estase (pelo menos esse aparelho Falante reconheceu).

"Pode deixar comigo", ofereceu-se Ouloo, tirando a bandeja das mãos do traje. "Muito obrigada."

"Imagina", respondeu a akarak.

"Ah, ah, antes que eu guarde tudo." Ouloo colocou a bandeja na estase com a porta aberta, e então saiu em busca de algo. "Vou embalar alguns para você levar de volta para a sua nave." Ela fez uma pausa. "Você pode comer os bolos?"

"Não sei. O que tem neles?"

"Bem, vamos ver... feijões-de-sol, açúcar, calda de confeiteiro, farinha de teth..."

"Ah", exclamou Falante, com pesar. "Conheço farinha de teth e infelizmente não posso comer."

"Ah, não!" A laruana se tornou o retrato da decepção. "Estou me saindo tão mal cuidando de você."

"Está tudo bem", respondeu Falante. "Você nunca conheceu alguém da minha espécie."

"É verdade, mas isso é um *motivo*, não uma desculpa." Ouloo bateu uma pata no chão, pensativa. "Sua espécie tem sobremesas?", perguntou. "Sabe, como um conceito?"

"Sim", assentiu Falante. "Temos."

O pescoço de Ouloo se enroscou de leve atrás da cabeça. "Alguma que você saiba fazer?"

"Ah", disse Falante, surpresa com a pergunta. "Hmm, sim, na verdade. Não muitas, mas..." Ela repassou uma lista mental das receitas que em geral conseguia preparar com sucesso. "Acho que você traduziria como *creme do dia de descanso*. Sei como fazer." Ela inclinou a cabeça. "Você está me pedindo a receita?"

"Isso. E, se estiver interessada, eu adoraria que você me ensinasse a preparar", pediu Ouloo. "Para o caso de mais alguém da sua espécie passar por aqui." Ela olhou Falante nos olhos e sorriu. "Ou se você voltar."

"Se eu estiver passando pela região, com certeza volto", respondeu. Estava sendo sincera. "Então. Creme. Duvido que você tenha todos os ingredientes."

As patas de Ouloo se agitaram de empolgação de uma forma não muito diferente das de sue filhe. "Isso significa que você vai me ensinar?"

"Vou." Falante riu. "Mas vou precisar passar no meu ônibus. Se bem que também não devo ter todos os ingredientes aqui..."

"Ah, nós podemos improvisar", disse Ouloo. "Daremos um jeito e, se sair errado, paciência."

Assim, Falante se viu de novo do lado de fora, a caminho da plataforma de transporte para buscar quaisquer ingredientes que tivesse. Que dia estranho aquele, pensou. Teve uma refeição chique com um quelin, mandou uma aeluoniana se foder e estava prestes a ensinar uma laruana a preparar a receita de creme de sua mãe. Havia razões melhores e mais urgentes pelas quais queria falar com Rastreadora, mas, assim que as questões importantes estivessem resolvidas, mal podia esperar para contar tudo à irmã. Pensou em talvez escrever uma carta para ela mais tarde, para não se esquecer dos detalhes. Não enviaria, é claro — não era uma emergência, e não seria uma das pessoas que pioravam o congestionamento dos canais de comunicação por frivolidades. Começou a rascunhar em sua mente uma mensagem enquanto entrava na câmara e esperava o ar passar. *Irmã, você não vai acreditar no dia que tive,* pensou. *Sei que você odeia visitar planetas, mas gostaria que você estivesse aqui para...*

A escotilha se abriu, e, com isso, a carta desapareceu, junto com a receita, a briga, o café da manhã e qualquer lembrança de qualquer coisa que não estivesse na frente dela naquele momento.

No chão, com os membros esparramados, o pescoço torcido sobre si mesmo, narinas fechadas contra o ar que não conseguiam respirar, estava Tupo. Imóvel. Sem respirar. Sem reagir.

Na sua frente, caídos no chão, estavam dois pedaços de bolo.

Dias 238–239, Padrão 307 da CG

EM CASO
DE EMERGÊNCIA

todos

Uma luz de alerta piscou; alguém estava na escotilha e queria entrar. Pei não estava com vontade de ver ninguém, quem quer que fosse. Estava na cozinha de seu ônibus, encostada na despensa e bebendo um grande copo de água. Estava naquele estágio de embriaguez em que começava a cogitar a possibilidade de que talvez — só talvez — tivesse exagerado um pouco.

A luz continuou piscando. Ela atenderia, é claro. Devia ser Ouloo fazendo estardalhaço. Não, essa não era uma maneira gentil de pensar no assunto — era provável que Ouloo quisesse saber como ela estava. Pei sabia que não era muito gentil fazer a anfitriã esperar, mas também não estava com vontade de falar com ninguém. Queria sentar-se em silêncio, ficar com seus sentimentos e...

O implante zumbiu, acompanhado por um baque alto e ritmado.

Alguém não apenas estava na escotilha. Alguém estava *chutando* a escotilha.

Franzindo roxo, Pei caminhou até um painel monitor e gesticulou, puxando as imagens da câmera de segurança da escotilha. Suas pálpebras internas se mexiam com rapidez. Não era Ouloo. Era Falante.

Assim que Pei processou o que Falante estava carregando, largou a xícara e correu.

A porra da escotilha finalmente se derreteu e abriu. A Capitã Tem olhou para Tupo, inerte nos braços do traje mecânico. "O que..."

Falante a interrompeu: "Você disse que tem equipamento médico".

A Capitã Tem entrou em ação da mesma maneira que Falante fizera. "Por aqui", disse a aeluoniana, apressando-se pelos corredores surreais da nave macia. Falante seguiu com a mesma velocidade. Ignorou as prateleiras de armas vazias e os conjuntos de trajes blindados, guardando o nojo para outra hora. Tentou evitar que os longos membros de Tupo caíssem dos braços do traje, mas, estrelas, não era fácil.

Chegaram ao equivalente a uma pequena enfermaria — um cômodo de tamanho decente com uma cama, um escâner de imunobôs e vários suprimentos para reparar pessoas. A Capitã Tem ativou painéis e monitores com uma das mãos e abriu um buraco na parede com a outra.

"Onde elu estava?", perguntou.

Falante moveu o traje e deitou Tupo na cama com o máximo de delicadeza que pôde. A cama se moldou ao redor da criança, abraçando seus membros como apoio. "Na minha nave", respondeu.

"E o que..." *O que aconteceu*, a Capitã Tem provavelmente diria, mas ao ver o traje de Falante, parou. "Há quanto tempo elu está sem oxigênio?"

"Não sei. Acabei de encontrá-le caíde."

A Capitã Tem pegou um pequeno item dentro do armário escondido que abriu: um pacote de SóbrioJá. Rasgou a embalagem, enfiou os tablets na boca e mastigou com vontade. Suas bochechas giraram em uma mistura conflitante de cores enquanto ela engolia, como se seu corpo estivesse se reordenando. "Você mandou um alerta no canal de emergência?"

"Ainda não, queria tirar Tupo da minha nave primeiro."

"Faz sentido. Está sentindo o pulso delu?"

"Não. Você sabe como verificar o pulso dos laruanos? Eles têm pulso?"

"Merda. Não." A Capitã Tem passou a mão pela cabeça lisa. "Certo. Certo, você sabe usar um escâner de imunobôs?"

"Sei."

"Sabe usar as opções avançadas?"

"Um pouco. Conheço as funções de primeiros socorros."

"Certo, bom, você pode... espere, merda, não, eu vou ter que fazer isso. Você não vai conseguir ler meu escâner. Aqui..." Ela abriu outro armário que não estava visível antes e pegou o que parecia uma máscara de respiração conectada a um recipiente portátil de ar supercomprimido. "Veja se consegue colocar isso nelu, eu cuido dos imunobôs."

Falante pegou a máscara e foi até a cabeceira da cama enquanto a Capitã Tem segurava uma das patas dianteiras de Tupo, procurando pelo implante. Falante levantou a cabeça da criança de leve com uma das mãos e tentou colocar a máscara com a outra. Ainda não sabia se Tupo estava respirando.

"Mas que merda, é muito pelo!", reclamou a Capitã Tem, perdendo a calma. Procurou por entre os cachos grossos com os dedos delicados. "Ah, aqui!" Manteve a ponta do dedo pressionando o implante, então aproximou o escâner de imunobôs. "Certo, garote, vamos dar uma olhada em você."

"Temos um problema", avisou Falante. "Olhe." Ela conseguira colocar a máscara nelu, mas o dispositivo era inadequado para uma cabeça laruana. A boca de Tupo era larga demais, e se Falante tentasse posicionar a máscara apenas sobre o nariz, os contornos impediram uma vedação adequada. Sem isso, ao que parece, o fluxo de ar não seria ativado.

A Capitã Tem ergueu os olhos do escâner e fez careta. "Talvez a gente possa..."

"Fita", disse Falante. "Você tem fita? Ou algo assim?" A Capitã Tem estendeu a mão para um armário, mas Falante a deteve. "Não, não fita médica. Tem que ser uma fita de vedação. O que você usaria para consertar um cano com vazamento?"

"Não fita", respondeu a Capitã Tem. Suas bochechas haviam se firmado em um tom prata plácido. "Tenho pistolas de selante, mas..."

"Seria seguro para elu?"

As pálpebras da aeluoniana se moveram. "Vai arrancar os pelos delu."

Por mais desagradável que isso soasse, Falante considerou que era uma troca bastante justa, dadas as circunstâncias. "Cadê?"

A Capitã Tem apontou para o corredor e voltou a atenção para o escâner. "Despensa. Siga em frente, vire à direita e vai estar na parede oposta ao suporte de vida. Você sabe abrir nossas portas?"

"Você só..." Falante levantou uma das mãos do traje e fez uma mímica, como se estivesse pressionando a palma contra alguma coisa.

A Capitã Tem olhou de relance enquanto o escâner começava a funcionar. "Isso mesmo."

Falante se ocupou dos controles do traje com uma das mãos, seguindo as instruções da Capitã Tem enquanto pegava seu scrib. Ela gesticulou para o scrib, preparando-o para um pedido verbal. "Envie um alerta para o canal de emergência local", pediu. "E faça uma chamada de voz para a anfitriã em solo."

Roveg jamais se esqueceria do som que Ouloo fez quando entrou na nave da Capitã Tem e viu Tupo.

Não poderia chamar de grito. Um grito era agudo e estridente. Aquele som era curvado, líquido, um gemido. Era um som assustado, um som de luto. Se o sangue pudesse falar ao se derramar, esse seria o som emitido.

"Elu está vivo", disse a Capitã Tem. "Não sei como, mas..."

Ouloo começou a falar, mas suas palavras não foram dirigidas a nenhum dos despertos. Ela falava com Tupo em piloom, sua voz era, ao mesmo tempo, suplicante e raivosa. Roveg não precisou de tradução para entender.

"Você mandou um alerta para os serviços de emergência?", perguntou.

Falante, que estava ocupada — o que estava fazendo? Ao que parecia, colava algo no pequeno rosto da criança —, lançou-lhe um olhar significativo. "Meu sinal não está sendo transmitido", Pei respondeu. "Tem gente tentando usar as redes de comunicação."

"Idiotas", reclamou ele. "Para que mais... qual é o sentido de ter um canal de emergência se você não..." A frase foi sumindo antes que ele pudesse se lembrar de onde queria chegar. Estrelas, por que tinha bebido tanto?

Capitã Tem percebeu o problema. Ela enfiou a mão na parede, pegou alguma coisa e jogou na direção de Roveg sem uma palavra. Ele se atrapalhou com a primeira perna, mas pegou com a segunda. Um pacote de SóbrioJá. Ainda bem. Roveg consumiu o remédio desagradável sem demora.

A aeluoniana se agachou ao lado de Ouloo, colocando as mãos nas patas dianteiras da laruana. "Ouloo, preciso que você me escute. Nem eu e nem Falante somos médicas, mas vamos ajudar da melhor maneira possível. Preciso que você responda algumas perguntas. Pode fazer isso?"

Ouloo tremeu, mas balançou o pescoço com força, assentindo. "Qualquer coisa."

"Certo. Eu não sei muito sobre a fisiologia de vocês. Os sinais dizem que Tupo está vive, mas sem respirar, e tudo lá dentro parece estar meio... desligado. Falante está tentando fornecer um pouco de ar, mas o nariz delu está... parece estar fechado. Eu não..."

Com isso, Ouloo fez o som novamente, desta vez mais baixo. Ainda foi o suficiente para fazer as membranas de Roveg se contraírem com desconforto. "É *olotohen*", disse, e se lamentou mais uma vez.

"Eu não sei o que é isso", afirmou a Capitã Tem.

Roveg inclinou o torso para baixo. "Respire, Ouloo. Você consegue."

Ouloo respirou fundo. "É um... ai, estrelas, não sei como explicar. É uma... uma espécie de proteção... um sono? Não um sono. Merda, não conheço a palavra."

"Torpor?", sugeriu Falante. "Coma?"

"Sim, algo do tipo. É um... um reflexo que nossas crianças têm quando estão... quando estão em perigo." Sua voz falhou. "Eu achei que elu já teria passado da idade para isso, mas acho... acho que algumas coisas nelu ainda são de criança pequena."

A Capitã Tem apertou as pernas de Ouloo com ambas as mãos. "Conte-me mais sobre esse estado. É... comum? Como funciona?"

"Não é comum. Eu nunca vi Tupo fazer isso. Nunca aconteceu comigo. É... é só um... um recurso de última medida, algo assim."

"E o que vai acontecer? Quanto tempo dura?"

"Eu... eu não sei direito. Só sei que é preciso procurar um médico depressa se isso acontecer, mas, fora isso, não sei."

O SóbrioJá estava funcionando rápido, e, quanto mais sua cabeça clareava, mais desesperado Roveg ficava em ser útil. "Ouloo, você sabe qual é o código de acesso remoto para o nódulo do arquivo de referência no museu de Tupo? Eu sei a senha, mas..." Eles precisavam mesmo era de uma equipe médica de verdade, mas, enquanto isso, poderiam pelo menos saber com o que estavam lidando.

"Ah, hã — sim, sim. É... hã... 239-23-235-7."

Roveg se virou para a aeluoniana. "Capitã Tem, posso usar seu painel de comunicação? Não estou com meu scrib aqui."

"Você não vai conseguir ler", respondeu Pei.

"Você pode usar meu scrib", sugeriu Ouloo. "Está em piloo, mas você pode..."

"Todo mundo, silêncio", ordenou Falante. Ela deixou de lado a ferramenta que seu traje estivera segurando e aproximou a vox abaixo da cabine do rosto de Tupo. Uma máscara de respiração — era isso que estivera prendendo no rosto delu. Falante murmurou algo para si mesma enquanto fazia o traje pegar o cilindro de ar. As palavras eram em sua própria língua, e essas também ficaram gravadas na memória de Roveg. Os sons agudos eram inquietantes, mas ele também podia identificar uma gentileza por trás deles. Um apelo, talvez. Quem sabe uma oração.

Ninguém na enfermaria falou nada enquanto o ar do tubo começava a assobiar, forçando-se máscara adentro. Os olhos de Tupo continuaram fechados. Seus membros continuaram imóveis. Mas, depois de alguns segundos, as narinas de pequene laruane se abriram, e a sua boca se moveu com um arfar primitivo. Seu peito subia, descia, subia e descia. O movimento era dolorosamente lento e perturbador, sem qualquer outro sinal de consciência, mas Tupo estava respirando. Tupo estava respirando e, naquele momento, todos os presentes se lembraram de como fazer o mesmo.

Fonte do canal: Arquivos de referência da Comunidade
   Galáctica — Acesso local/Versão offline (Público/Klip)
Caminho do nó: 239-23-235-7
Senha de acesso ao nó: Tup0100sacional

Arquivo selecionado: Olotohen (referência médica)
Criptografia: 0
Caminho de tradução: 0

Olotohen é um estado criptobiótico exclusivo das crianças laruanas pré-púberes e pré-adolescentes. Esse reflexo defensivo é desencadeado por um perigo ambiental extremo (temperaturas altas ou baixas, submersão prolongada na água, deficiência de oxigênio etc.), doença grave ou estresse mental/físico extremo. Quando em *olotohen*, as funções internas de paciente são suprimidas quase por completo. A respiração e os batimentos cardíacos são indetectáveis por exames físicos e podem cessar temporariamente até que ê paciente seja colocade em um ambiente ideal. A atividade cerebral parecerá mínima nos exames padrões de imunobôs e pode gerar um falso positivo para morte cerebral.

Ê paciente pode permanecer em *olotohen* com segurança por até oito horas padrão da CG sem sofrer nenhum efeito adverso além de fadiga e aumento da sede e do apetite (essas condições, em geral, desaparecem dentro de dois a quatro dias, dependendo de paciente). Para períodos mais longos, o risco de danos cerebrais e/ou de outros órgãos aumenta exponencialmente. Depois de treze horas, a morte é quase certa.

Pacientes que entraram em *olotohen* devem receber atenção médica o mais rápido possível. Como é um estado inconsciente, ê paciente pode permanecer em *olotohen* mesmo após o perigo ter passado. Embora elu possa acordar por conta própria sem intervenção, isso não pode nem deve ser dado como certo. Seja sempre cauteloso com pacientes em *olotohen*.

Pacientes em *olotohen* podem ser trazides de volta à plena consciência e homeostase por qualquer profissional médico que tenha concluído um curso de treinamento certificado pelo Instituto Médico da CG em medicina de emergências multiespécies. Trata-se de um procedimento neurológico com tratamento não invasivo por imunobôs e leva cerca de dez minutos. O procedimento não deve, sob nenhuma circunstância, ser executado por pessoas sem treinamento médico certificado, pois erros do operador podem resultar em danos nos nervos ou no cérebro.

O Instituto Médico da CG recomenda os seguintes cuidados para pacientes em *olotohen* enquanto aguardam ajuda médica profissional:

— Retire ê paciente do ambiente perigoso/ameaçador;
— Se ê paciente estiver molhade, seque seu pelo. Se houver água em sua boca, abra-a boca e esvazie-a o máximo possível, inclinando com suavidade o seu pescoço verticalmente, com a cabeça apontando para o chão;
— Se ê paciente estiver em um ambiente congelante ou de frio extremo, enrole-e bem apertade com cobertores, roupas quentes ou qualquer outro material isolante;
— Se ê paciente estiver em um ambiente de calor extremo, resfrie a sala a cinquenta graus padrão da GC. Não use cobertores, roupas etc.
— Forneça ar limpo e filtrado, se possível;
— Evite ambientes com luzes fortes demais, se possível;
— Evite ambientes com ruídos altos ou repentinos, se possível;
— Configure uma varredura contínua de monitoramento dos imunobôs e observe com atenção qualquer um dos seguintes sinais:
  • queda súbita ou interrupção da frequência cardíaca após a sua retomada;
  • queda súbita ou interrupção da atividade cerebral se, anteriormente, ela tiver sido detectada;
  • hiperventilação ou interrupção da respiração após a sua retomada.

Se algum desses sinais ocorrer em uma situação na qual um profissional médico não esteja imediatamente disponível, coloque o paciente em uma câmara de estase médica, se possível. Isso só deve ser feito como último recurso, pois a estase médica pode criar sérias complicações em pacientes com *olotohen*.

falante

Na atual situação, havia duas possibilidades boas: Tupo poderia acordar antes das oito horas, ou o alerta enviado poderia chegar aos serviços de emergência. Se nada disso acontecesse, não teriam escolha a não ser colocar Tupo em estase médica, e então... então teriam que ver. Não havia como forçar as boas possibilidades a acontecerem, não havia como saber se aconteceriam em cinco minutos, cinco horas ou nunca. Assim, a única opção era esperar, sem a menor ideia de qual realidade aguardavam.

Falante ficou com os outros na área comum, para onde saíram a fim de discutir o que ocorreria a seguir. Duvidavam que Tupo pudesse ouvi-los, mas ninguém queria assustar a criança caso algumas de suas palavras chegassem a elu em seu estado inconsciente.

"Bem, temos a varredura dos imunobôs em andamento, pelo menos", disse a Capitã Tem. "Vou ficar de olho para ter certeza de que nenhum desses sinais de alerta apareceu."

"E eu vou continuar tentando enviar o chamado", Roveg suspirou. "Não há muito que eu possa fazer sobre o congestionamento das comunicações, mas posso programar o scrib para enviar automaticamente um alerta a cada cinco minutos."

Falante olhou para Ouloo. Os olhos da laruana não estavam focados em nada. Ela esfregava as patas dianteiras sem parar. Falante virou o traje para encará-la. "Ouloo, sei que isso parece impossível, mas você deveria descansar. Podemos ficar aqui por um tempo."

"Não vou a lugar nenhum", respondeu a anfitriã.

"Você pode usar minha cama", sugeriu a Capitã Tem. "Ela está certa; seu corpo também está passando por um trauma. Você deve evitar se esgotar para poder entrar em ação se... bem, se for necessário."

Ouloo continuou esfregando as patas. "Eu gosto das camas aeluonianas", confessou, baixinho.

Capitã Tem sorriu azul. "E a minha é muito boa."

Ouloo olhou em volta para o grupo. "Vocês vêm me buscar, certo? Se houver... se houver..."

"Claro", respondeu Falante.

A laruana balançou o pescoço e deixou a Capitã Tem levá-la embora.

Roveg suspirou e flexionou as pernas. "Não é bem a noite que estávamos esperando, hmm?" Ele esfregou o rosto com os dedos de cima. "Estrelas, preciso de um pouco de água. Eu não deveria beber com aeluonianos."

"Passamos por uma cozinha quando entramos", disse Falante. "Ou, pelo menos, acho que era uma cozinha. Havia comida lá."

Roveg se inclinou para perto de maneira conspiratória. "Todos os cômodos aeluonianos que eu já vi parecem iguais", revelou, parecendo pouco impressionado. "Então confio no seu palpite tanto quanto no meu."

O cômodo que Falante tinha visto era de fato uma cozinha, mas não conseguiam encontrar nada. Tanto ela quanto Roveg tocaram as paredes aqui e ali, tentando descobrir onde estavam as aberturas dos armários.

Capitã Tem apareceu na porta depois de alguns momentos de esforços em vão. "O que... está acontecendo?"

"Capitã, onde você escondeu seus copos?", inquiriu Roveg.

A aeluoniana pareceu achar graça. Ela foi até um ponto na parede, que era igual a todos os outros, pressionou a palma da mão e abriu o painel. Então pegou uma pequena tigela e a estendeu para Roveg. "Isso vai funcionar melhor para você do que meus copos?"

O quelin bufou irritado para a parede que não conseguira abrir. "Sim, obrigado. Água, se não se importar."

"Ouloo está deitada?", perguntou Falante.

"Está", respondeu a Capitã Tem. Ela levou a tigela até uma espécie de dispensador de água e a encheu. "Duvido que vá dormir, mas..."

"Não vejo como alguém conseguiria", concordou Falante. Ela balançou a cabeça como se estivesse se secando. "Não consigo nem imaginar o que ela está sentindo."

Roveg pegou a tigela de água da Capitã Tem, mas não falou e não bebeu. Ele ficou em silêncio, olhando para o nada. "Eu consigo", afirmou.

Falante e Capitã Tem o encararam, e a atmosfera pesou.

O quelin tomou um longo gole de água e desviou os olhos. "Eu tenho quatro filhos", revelou, baixinho. "Carreguei seus ovos na casca por um padrão, e todos eclodiram no mesmo dia. A mãe deles e eu éramos amigos, nada mais. É um arranjo comum, dois amigos que querem ter filhos e não encontraram um parceiro romântico. Eu gostava da companhia dela.

Ela era importante para mim, mas eu não a amava. Mas meus meninos..." Suas partes bucais estalaram em um som frágil. "Eu não sabia o que era amor até vê-los pela primeira vez. Lembro-me deles tropeçando, ainda sem saber falar. Tentei limpá-los... estavam molhados e cobertos de casca de ovo, mas não sabiam ficar parados. Não falavam. Não entendiam o que eram, o que qualquer coisa era. Mas , de alguma forma, me entendiam. Cada um deles. Tropeçaram, tropeçaram e, por acaso, me viram. E assim que me viram, tropeçaram deliberadamente na minha direção. Eles tremeram junto de mim, como se... como se soubessem que eu era a única coisa que os manteria seguros." Ele tomou outro gole da tigela. "Então, sim. Tenho uma ideia de como ela deve estar se sentindo."

A atmosfera na sala ficou ainda mais pesada.

"Deve ser tão sofrido", disse Falante, "ter sido mandado para longe deles."

"Não sinta pena de mim", pediu Roveg. "Por favor, não. Eu sabia que as histórias que estava contando poderiam me trazer problemas, mas as contei mesmo assim. Fui estúpido e arrogante, pensei que não seria pego, mas entendia os riscos. Mas isso não foi o suficiente. O risco de deixar meus filhos sem pai não foi suficiente para me manter calado. E eu sei. Eu sei que isso faz de mim uma pessoa egoísta."

"Não faz", interveio Falante.

"Claro que faz. Eu coloquei meu trabalho acima deles." A raiva tomou a voz de Roveg; Falante podia ouvir o tom cortante voltado para dentro. "E a pior parte é que ainda assim não acho que foi a coisa errada a fazer. Eu odeio tê-los deixado. Isso me mata todos os dias. Mas também não poderia continuar fingindo acreditar em algo que não acreditava. No fim, eu me importei mais em dizer a verdade do que em ser pai. E eu gostaria de me arrepender mais do que me arrependo." Ele voltou seu olhar para o chão. "E tenho certeza de que vocês pensam que sou um verdadeiro escroto."

O rosto da Capitã Tem mudou de cor, pensativo. "O amigo que vou ver se chama Ashby", contou. "Ele faz túneis, é exodoniano, e é meu..." A caixa-falante ficou quieta. "Estamos nos relacionando há cerca de quatro padrões."

Roveg virou a cabeça para ela, os olhos brilhando. "Uau, capitã. Eu nunca teria imaginado."

A aeluoniana lançou-lhe um olhar aguçado. "Isso o incomoda?"

"Nem um pouco", foi a resposta. "Eu só não teria imaginado que você seria tão subversiva."

"Eu não sou", retrucou ela, com uma risada sem humor. "Ou, pelo menos, nunca pensei que fosse. Eu não estava tentando fazer uma declaração, como você. Ele era só... a pessoa de quem eu gostava."

"Uma pessoa de quem você ainda gosta, presumo."

"Sim."

Roveg estudou o rosto dela. "Você gosta muito dele."

"Sim", concordou Pei, então franziu a testa. "Sabe, é muito irritante como você consegue ler meu rosto enquanto eu não consigo ler o seu."

"Não é minha culpa se você não consegue detectar meus feromônios."

"Sim, bem...", Pei foi até o armário para pegar uma xícara para si mesma. "Já está acontecendo há tanto tempo que estou tendo problemas para continuar com isso. Quero dizer, não com ele. Com o segredo. Não me importo de passarmos tempo separados. Temos empregos diferentes, vidas diferentes. Em geral estamos os dois em viagens longas. É assim que somos. Mas fingir que ele não existe... Você sabe como é estar com seus amigos, falar sobre sua vida e cortar um pedaço inteiro?"

"Sim", disse Roveg. "Eu sei."

"Mas você correu o risco mesmo assim. Então talvez você seja egoísta. Não sei. Mas, mesmo que seja, acho que você é corajoso. Você é mais corajoso do que eu, com certeza. Porque eu estou magoando Ashby. Sei que estou. Mas não parei de magoá-lo, porque tenho muito medo. E às vezes o medo é bom. O medo nos mantém vivos. Mas também pode nos impedir de buscar o que desejamos de verdade. E esse é o meu problema: não sei o que quero. Quero manter as duas metades de mim, e quero que fiquem exatamente como estão. Mas..."

"Mas você não pode continuar assim para sempre", completou Roveg. "Você não pode se dividir assim sem sentir que cada lado começa a se desgastar. Eu sei." Seus espiráculos pulsaram. "E, mesmo se escolher uma metade em vez da outra, aquela que você abandonou nunca realmente vai embora."

"Como assim?"

Roveg esvaziou a tigela. "Um dos meus filhos me escreveu mais cedo neste padrão. Boreth. Não faço ideia de como ele me encontrou. Sinceramente, fiquei com medo quando recebi a mensagem, porque quaisquer que sejam as vias que ele tenha usado, não podem ter sido legais. Admito, parte de mim se encheu de orgulho. Acho que ele talvez tenha se tornado um rebelde como eu." Roveg pousou a tigela no balcão. "Temos uma cerimônia, a Primeira Marca. É um ritual de passagem para a vida adulta, realizado quando a pessoa para de crescer e sua casca fica do mesmo tamanho que terá pelo resto da vida." Falante podia ouvir a tristeza em sua voz, a dor pelos anos que ele não tinha visto. "Meus meninos vão passar pela cerimônia daqui a duas decanas, e ele me perguntou se eu pediria o passe de entrada para assistir. Achei que eles me odiariam por ter ido embora. Talvez os outros odeiem, eu não sei. Mas Boreth me quer lá, então..."

"Então é por isso que você vai voltar", murmurou Falante.

"Isso."

"Você vai conseguir?", perguntou ela.

Roveg se recompôs. "Eu não sei", disse, afirmando um fato simples. "A esta altura... Não sei."

"Tem que haver algo que você possa fazer para conseguir o passe", disse a Capitã Tem. "Algum contato ou alguém a quem possa pedir ajuda."

"Não para alguém como eu. No espaço da CG? Claro. Eu poderia ligar para um amigo, pagar um suborno, o que fosse preciso. Mas, em território quelin, eu não sou nada. Pior que nada. Eu sou uma coisa perigosa, e tudo que eles precisam é a menor das desculpas, seja um item não marcado ou um dedo fora do lugar, para não me conceder nenhum favor."

"Isso não está certo", protestou a Capitã Tem.

"Assim como ter que manter seu parceiro humano em segredo", retrucou Roveg. "Mas aqui estamos."

Os alienígenas ficaram quietos e, depois de um segundo, Falante percebeu que ambos voltaram os olhos para ela. "Não olhem para mim. Não tenho segredos. Eu só quero ir para casa."

Roveg riu, mas falou com sinceridade: "E é isso que eu gosto em você, Falante. Você não tem nenhum problema em dizer às pessoas exatamente quem você é."

Falante inclinou a cabeça para ele. "Sim, eu tenho. Claro que eu tenho. Nem sempre posso falar o que penso, não se quero conseguir as coisas de que preciso ou ir aos lugares que tenho que ir. Tudo que faço, cada palavra que digo, é calculado para deixar as pessoas confortáveis. Para conseguir respeito. Nada é mentira, mas é uma encenação, e é muito, muito cansativo."

O quelin pensou um pouco. "Então me considero privilegiado por ter visto você fora disso".

A Capitã Tem se levantou da mesa, e os tons de amarelo e roxo em suas bochechas eram inconfundíveis. Ela se lembrava do jardim tão bem quanto Falante, ao que parecia. "Vou ver como Tupo está", comentou.

"Capitã", chamou Falante. Não tinha intenção de voltar atrás em nada do que dissera, mas queria ajudar, por Tupo. Aquela não era uma tarefa para uma única pessoa. "Sei que não consigo ler seus monitores como você, mas, se me ensinar quais cores ou padrões básicos devo observar, podemos nos revezar. Eu aprendo rápido."

A Capitã Tem ficou parada na porta derretida, a moldura líquida ondulando ao redor dela. "Claro", concordou, com a voz neutra. "Vamos."

roveg

O design aeluoniano não fazia sentido quando utilizado por outras espécies. Era funcional o bastante para qualquer tipo de corpo. Qualquer um podia se movimentar em um espaço aeluoniano. Usar os móveis. Até ficar completamente confortável. Mas a *aparência* de um espaço aeluoniano, fosse uma nave ou outro tipo de construção, servia para apenas uma espécie. Eles tratavam o ambiente como um acessório, um pano de fundo tanto para a moda quanto a estética da própria biologia. Aeluonianos sempre combinavam com os aposentos onde viviam, e quando você colocava outro sapiente no lugar, o efeito não era o mesmo.

Essa regra era ainda mais evidente com Ouloo, que combinava tanto com a cama de Pei quanto o próprio Roveg. Seu corpo peludo vermelho estava esparramado contra o polímero branco imaculado como um tapete velho — bem cuidado e recém-lavado, mas ainda assim um tapete. Roveg nunca tinha visto um laruano de barriga para cima, e fez o possível para não olhar com curiosidade demais para a pele escura como óleo visível por trás das camadas mais finas de pelo ou para a marca sutil da bolsa onde Tupo havia morado. Pensou nas bolsas de queratina que revestiam as beiradas de seu próprio abdômen, onde uma vez guardou quatro ovos redondos, dois de cada lado. Mal conseguia senti-los, mas estava bem consciente de sua existência. Cada passo, cada decisão de se sentar, ficar de pé ou se deitar era tomada com a segurança dos ovos em mente.

Como as coisas mudaram, pensou, de forma sombria.

Ouloo não estava dormindo; Roveg não esperava que ela estivesse. Não podia nem cogitar dormir em tais circunstâncias. Mesmo assim, não quis assustá-la e entrou no quarto a passos leves, carregando uma bandeja que buscara na própria nave. "Trouxe um pouco de comida para você", anunciou.

Os olhos da laruana estavam bem abertos, fixos no teto. Ela não o olhou. "Eu não estou com fome", respondeu, a voz era quase um sussurro.

"Eu não achei que você estaria", respondei Roveg. Ele olhou em volta à procura de uma mesa ou o que quer que Pei tivesse que poderia passar por uma. Escolheu um montículo que parecia ser feito do mesmo material que a cama, só que mais firme. "Mas, com fome ou não, acho que você também precisa ser cuidada." Ele pousou a bandeja sobre o montículo elegante, que se moldou em resposta, criando uma plataforma de apoio. Estrelas, o troço parecia estar se exibindo.

Ouloo só olhou de relance, mas isso lhe proporcionou um vislumbre da bandeja, o suficiente para fazer seu pescoço levantar. Roveg havia preparado uma porção de petiscos próprios para laruanos: pão rápido grelhado, salada de peixe branco feita às pressas, pequenas trouxinhas de papel com grãos recheados com manteiga de nozes e flores comestíveis, e tudo que ainda tinha de enguia defumada com bolachas.

"Você... fez isso?", perguntou ela.

"Bem, eu não tenho serventia para essas coisas", explicou Roveg, referindo-se às duas sapientes na enfermaria. "Minhas habilidades são um pouco inúteis em uma situação como esta. Então... é assim que posso contribuir."

Ouloo sentou-se, apoiando-se nas patas traseiras. "Não me lembro da última vez que alguém cozinhou para mim", disse. Se ela estava chocada com o gesto ou apenas com os acontecimentos daquela noite terrível, era impossível dizer.

"Então já estava na hora", replicou Roveg. Ele ergueu a jarra da bandeja. "Gasosa de menta? Pensei em fazer mek, mas imaginei que você gostaria de ficar alerta."

"Estrelas, não, não quero mek", disse Ouloo. Ela hesitou. "Mas até que gostaria de um pouco de gasosa." Ela examinou a bandeja. "O que são esses?" A laruana apontou um dedo da pata da frente.

"Trouxinhas de flores", explicou Roveg, enchendo uma xícara para ela.

Ouloo pegou uma e deu uma mordida. "Ah, que delícia!" Por um momento, seus olhos brilharam, mas embotaram com a mesma rapidez. "Eu não deveria estar me deleitando..."

"Ah, não pense nem por um instante que eu estava esperando que você se deleitasse." Ele lhe entregou a xícara. "Isso é um encorajamento, não um remédio. Assim, você vai só desenvolver sentimentos conflitantes sobre trouxinhas de flores. O que é uma pena, porque são deliciosas e fico feliz que tenha gostado."

Ouloo enfiou o resto da trouxinha na boca e se mexeu para tomar um gole da gasosa. Ela hesitou. "É uma das minhas?", perguntou, segurando a xícara.

"Ah, sim", respondeu Roveg. "Meus copos são do formato errado para você, então tomei a enorme liberdade de buscar uma em sua casa. Espero que me perdoe."

A laruana soltou um muxoxo. "Depois que isso passar, vocês três podem ficar com a minha casa, se quiserem." Ela deu uma risada seca, mas seu pescoço ficou mais caído. Roveg não precisava de explicação. Ninguém sabia como seria o *depois que isso passar*.

Ele dobrou as pernas abdominais e sentou-se no chão diante de Ouloo. "Estou certo em supor que você ouviu o que eu disse a elas na cozinha?"

"Sim", respondeu a laruana. "Eu não estava ouvindo de propósito, é só que... bem, não é uma nave tão grande."

"Não se preocupe. Eu já imaginava." Falar com tanta liberdade sobre o assunto era uma novidade para ele, e Roveg descobriu que isso lhe trazia sofrimento e alívio em igual proporção. "Um dos meus meninos se chama Segred, e era travesso desde o momento em que nasceu. Um dia, eu estava em uma reunião de produção de uma nova simulação... ah, coisa muito importante, como toda reunião desse tipo. Vida e morte, sabe. Eu precisava estar lá. Recebi uma ligação no meio da reunião dizendo que Segred havia sido levado para a enfermaria. Ele e os amigos idiotas tinham ido... bem, não importa. Uma lagoa nos arredores da cidade. Eles acharam que seria uma ótima ideia escalar a rocha mais alta e se revezar para pular na água. Só que havia outras rochas abaixo da superfície que eles não consideraram, e Segred bateu em uma ao pular. Rachou completamente a concha, *aqui* e *aqui*." Ele gesticulou para dois pontos no próprio tórax.

"Puxa", exclamou Ouloo, segurando sua xícara. "Isso deve ser bem ruim para vocês."

"Muito ruim, ainda mais com a água da lagoa que entrou nas feridas." Roveg exalou através dos espiráculos ao pensar na lembrança terrível. "Passei duas decanas sentado junto dele na enfermaria enquanto ele sofria com uma infecção bacteriana muito difícil de tratar. Foi feio. Vou poupar-lhe os detalhes. Mas ver meu filho lutando para se manter vivo foi a pior experiência que já tive."

"Pior do que ser expulso?"

"Ah, estrelas, sim. Podem me nomear uma ameaça cultural cem vezes se isso significar que nunca mais terei que passar por algo assim."

"E... ele...?"

"Ficou bem. Com cicatrizes, mas infinitamente mais sábio."

Ouloo balançou o pescoço. "Espero... espero que..." Ela não conseguiu dizer as palavras.

Roveg inclinou a cabeça para chamar a atenção dela. "Não estou dizendo que tudo vai ficar bem. Estou dizendo que entendo como é horrível não poder fazer nada."

Ela pegou outra trouxinha de flores. "Como você aguentou?"

"Não foi fácil. Mas a mãe dele e eu começamos a fazer... uma espécie de jogo, suponho. Conversávamos sobre as coisas que mal podíamos esperar para fazer com Segred depois que ele melhorasse. As coisas que queríamos vê-lo fazer. Foi assustador no início. A sensação era de que eu estava dando chance ao azar. Mas, quanto mais jogávamos, mais parecia que estávamos materializando um futuro para Segred com os nossos desejos. Quanto mais falávamos, mais certo parecia. Sei que não há razão ou lógica nisso. Sei que a recuperação de Segred não teve nada a ver com isso e tudo a ver com imunobôs e antibióticos. Esse jogo não ajudou meu filho. Mas *me* ajudou." Ele fez um gesto de apoio com as pernas torácicas. "E então, o que você mal pode esperar para viver com Tupo?"

Ouloo embalou o copo nas patas. "Estou muito animada para elu me dizer qual é seu gênero", contou ela. "Planejo a festa na minha cabeça desde sempre. Bolo ao murro com geleia de groob, se elu for menina; capricho de decabaga se for menino; copos de nuvens cítricas se não for nenhum dos dois, ou algo intermediário. Tenho as receitas salvas no meu scrib. Sei que ainda pode levar anos, não há como prever quando as crianças vão decidir, elu pode já ter crescido por completo quando isso acontecer... mas amo imaginar a festa. Cada vez que faço isso ela fica um pouco mais elaborada. Vou arrumar luzes e nuvens de pixels e contratar uma banda, se tiver dinheiro."

"Parece espetacular", disse Roveg. "Você tem algum palpite sobre...?"

Ouloo acenou com uma de suas patas. "Ah, não, não, não", respondeu. "Eu me recuso a fazer isso com elu. Algumas pessoas... bem, não todo mundo, mas algumas pessoas acham fofo fazer esse tipo de aposta, mas eu acho uma estupidez. Quando eu não era muito mais velha do que Tupo, ouvi meus... é estranho dizer *parentes*, porque não usamos esses termos entre nós, mas é a palavra que você usaria. Enfim, estavam falando de mim, e a maioria pensava que eu diria que era um menino. Fiquei confusa por padrões. Não, jamais farei isso com Tupo. Elu é a única pessoa que sabe o que é."

"Notável e admirável", respondeu Roveg. "E sempre achei que essa festa parece ser um lindo costume."

"Os quelin não têm nada parecido, certo?"

"Não, nada do tipo. Se seus pais erraram, você avisa, atualiza os registros, e todos seguem com as suas vidas. É bem casual. Ninguém contrata uma banda. O que é uma pena, na verdade."

"Bem, não importa qual receita eu faça..." Ouloo respirou fundo com dificuldade.

Roveg dobrou as pernas em um gesto de compaixão. Já sentira aquela hesitação. "Está tudo bem", disse ele. "Pode desejar."

Os olhos de Ouloo se estreitaram, e sua mandíbula ficou tensa. "Não importa qual receita eu prepare para Tupo", continuou, com um desejo feroz, "vocês três estão convidados".

"Eu não perderia por nada", respondeu Roveg. Assim que as palavras saíram de sua boca, voltaram e o esbofetearam. Ah, não perderia a festa da criança que conhecia havia quatro dias. Estrelas, não, não perderia *isso*.

Ouloo o encarou enquanto ele ficava mais pensativo. Ela pegou uma das bolachas com enguia e a ofereceu na palma da pata.

"São para você", disse Roveg.

Ouloo estendeu a pata mais para a frente, insistindo. "Não é um remédio", falou. "É um encorajamento."

Não demorou muito para os dois limparem a bandeja.

• • • • • • • •

pei

Além de respirar, ê garote não se movia. As cores na tela do escâner não variaram. A única coisa que mudava era quem estava ao lado delu: Pei, Falante, Pei, Falante — trocando a cada meia hora. O clima na nave era infeliz e estagnado, e Pei não sabia se queria que as coisas acontecessem mais rápido, para que pudesse lidar logo com o desenrolar dos acontecimentos, fosse qual fosse, ou se queria que tudo ficasse parado pelo tempo que levasse para encontrarem uma solução melhor do que a que tinham.

Como nenhuma das opções era possível, sentou-se ao lado da cama médica e continuou a observar a tela sem fazer nada.

Falante voltou para a enfermaria antes que fosse sua vez de assumir. "Preciso ir para o meu ônibus espacial, mas vai ser rápido", avisou. "Preciso reabastecer meu suprimento de ar e comer alguma coisa."

"Ah, certo", concordou Pei. Como o traje de Falante estava sempre presente, não tinha pensado na logística de passar o dia todo presa nele. "Sim, claro." A akarak foi saindo, mas algo que estava entalado na garganta de Pei havia horas finalmente se soltou. "Ei, eu queria pedir desculpas pelo que aconteceu no jardim. Eu… sinto muito por termos brigado. Eu estava bêbada."

Falante parou o traje e virou-se para encará-la. "Você não parece ser do tipo que muda de opinião só porque está bêbada."

A afirmativa não estava errada, mas Pei se irritou com o tom. "Eu disse que sinto muito por *termos brigado*. Não estou me desculpando por minhas opiniões."

"Eu também não", replicou Falante.

"Estrelas, posso…" Pei sentia as bochechas ficando roxas, mas se controlou e respirou fundo. "Estou me desculpando por insistir em tópicos sobre os quais você não queria falar. Você não queria abordar o assunto, e eu... não estava em condições de reconhecer isso. Eu deveria ter respeitado sua vontade, mesmo que eu não... quer dizer, obviamente nós não concordamos."

Falante encontrou o olhar de Pei com uma franqueza inabalável. "Eu não acho que você seja uma pessoa ruim, Capitã Tem. Poucas pessoas são *más* por completo. Ainda não a conheço. Mas, pelo que vi aqui, a conheço um pouco melhor. Acho que você tem boas intenções. Acho que você quer ajudar as pessoas, embora tenhamos ideias muito diferentes do que isso significa. Mas não vou fingir que fico à vontade com o que você faz e com o que está envolvida. Não posso olhar para você e dizer: 'Ah, eu gosto dela como pessoa, então vou ignorar a vida que ela leva'. É exatamente esse tipo de pensamento que permite que os problemas continuem. Então, se quer que eu me também desculpe, se quer que eu retire o que disse no jardim, isso não vai acontecer. Eu disse a verdade. Nada sobre esta noite muda isso."

"Pei."

Falante piscou em confusão: "Perdão?".

"Você pode me chamar de Pei", disse ela. "É o meu nome. É assim que os meus amigos me chamam."

"Eu... não estou entendendo. Nós..."

Pei balançou a palma da mão para descartar o que quer que Falante estivesse prestes a dizer. "Nós não somos amigas. Não sei se poderíamos ser. Não tenho vergonha do meu trabalho e não concordo com a sua opinião. Eu estaria mentindo se dissesse que não me irritou. Mas respeito você e sua honestidade. Respeito alguém que tenha força para dizer o que acredita, mesmo sabendo que vai irritar alguém. E, considerando isso, além de tudo que aconteceu esta noite, seria estranho se você continuasse se dirigindo a mim como uma estranha."

"O que nós somos, se não estranhas nem amigas?"

"Não faço ideia."

A akarak pensou um pouco. "Tudo bem", disse. "Pei." Ela inclinou a cabeça. "*Você* precisa descansar, quando eu voltar? Não sei como é o seu ciclo de sono, ainda mais considerando que..." Ela gesticulou para as escamas cintilantes de Pei.

Foi a vez de Pei ficar confusa. "O que tem?"

"Eu... desculpe, eu não tenho ideia de como é o seu ciclo reprodutivo", respondeu Falante. "Eu sei que para a minha espécie é comum sentir cansaço ao carregar uma ninhada."

"Não é assim para nós. Pelo contrário, estou até inquieta."

"Entendo. Você está animada para ir à creche? Para a cópula, ou o que for?"

Pei estava sendo sincera quando disse que respeitava a sinceridade, mas, estrelas, Falante não era nada tímida. "Essa é uma pergunta bem direta, considerando que não somos amigas."

"Se você não sabe o que somos, como você sabe que perguntas são diretas demais?"

Uma resposta irritante, mas Pei não podia discutir, e estava cansada demais para manter os pensamentos para si por mais tempo. "Estou me sentindo... dividida."

"Por causa do seu parceiro humano?"

"Não, estrelas. Caramba, viu, esse é exatamente... é exatamente o meu problema." Pei exalou. "Eu posso explicar, mas você se importa?"

Falante deu de ombros. "Estou curiosa, no mínimo."

Pei riu por um instante, as bochechas de um verde pálido. "Acho que já dá para o gasto." Ela cruzou os braços e organizou os pensamentos. "O quanto você sabe sobre tudo que minha espécie pensa sobre relacionamentos assim?"

"Nada, na verdade, só que é um tabu comum."

"Certo. A lógica é que quanto mais tempo você passa com outras espécies, mais sofre a influência de suas culturas. Isso, em geral, é visto como algo positivo. A maioria encorajaria isso. Mas, se você estender essa influência a um relacionamento *romântico*, a ideia é que existe o perigo de você abandonar o modo aeluoniano de fazer as coisas nessa esfera, o que..."

"O que significaria você começar a brilhar e não fazer nada a respeito."

"Em resumo, sim."

"E... desculpe, mas qual é o problema em não fazer nada?"

"Não nos reproduzimos com muita facilidade e só temos uma ou duas chances na vida, no máximo. Não se reproduzir quando começa a brilhar é uma oportunidade desperdiçada. Não, é pior. Você está meio que decepcionando todo mundo." Pei estava com dificuldades para articular seu ponto de vista. Nunca tivera que explicar a ideia em palavras e não estava transmitindo bem as nuances. "Você falhou, se deixar seu brilho passar. Falhou com a espécie."

Falante pensou um pouco. "Isso é por causa daquele gargalo? A quase extinção?"

"Honestamente, não sei. Parando para pensar, deve ser. Virou parte de nós agora. Damos como certo."

"Bem, se essa *é* a lógica, por que as preocupações com o crescimento populacional continuam? Vocês são uma das espécies mais bem estabelecidas na CG. Estão *por toda a parte*."

"Sim, mas não é esse o ponto. A questão é que essa ideia existe há muito, muito tempo e... se calcificou. Não importa que existam bilhões de nós em dezenas de mundos diferentes. Relacionamentos entre espécies simplesmente não são aceitos. Pelo menos, não pela maioria."

"Ah, esqueci de comentar: conheci dois aeluonianos em Reskit que faziam parte de uma família de penas. Você com certeza não está sozinha."

"Não, mas essas pessoas estão à margem, e eu... não. Não seria bom para mim se as pessoas com quem eu trabalho descobrissem."

Falante a encarou. "Mas você disse que seus sentimentos sobre seu brilho não têm nada a ver com... desculpe, qual é o nome dele?"

"Ashby. E, veja bem, é justo isso que não entendo, porque ele não é o problema. Os humanos tendem a ter os fios cruzados nessa área, mas nós dois conversamos sobre o brilho quando ficou óbvio que queríamos continuar nosso arranjo. Ele entende a diferença entre sexo social e sexo reprodutivo. Entende de verdade. A piloto da sua nave é aandriskana e os dois são próximos, então ele já teve uma introdução ao conceito. Não é a mesma coisa, é claro, mas..."

"Ele tem a mente aberta. E está disposto a acomodar normas culturais além das que conhece."

"Isso."

"Então não se trata de você não querer fazer sexo com alguém que não seja ele."

"Não. De jeito nenhum. E é isso que é tão irritante, porque eu sei que é só uma questão de tempo até que as pessoas — meu povo, quero dizer — descubram sobre o nosso relacionamento. Eu *sei*. Já está acontecendo há tempo demais, e não quero perdê-lo, então falar abertamente sobre nós dois é a única opção. Então, se eu não for a uma creche, mas for visitar meu parceiro humano... bem, aí não importa por que eu deixei meu brilho passar, vou me tornar exatamente o mau exemplo em que toda essa merda se baseia, mesmo que Ashby não seja o motivo para eu fazer isso."

"Então qual é o motivo?"

"Não sei." Pei esfregou o rosto, frustrada. "Não há um motivo para eu não querer fazer isso. Sou saudável. Sou claramente capaz. Todo mundo que conheço que já foi a uma creche volta dizendo que é um período fantástico. Eu teria decanas de repouso, sexo e mimos. Gosto de crianças. Gosto de passar o meu tempo com crianças. Imagino que visitar a minha seria bom. Tenho um parceiro compreensivo, amigos que ficariam felizes, e... não há razão para eu não fazer isso."

Falante a olhou por um momento. "Claro que há. Você não quer."

"Isso não é razão. É um sentimento. Sentimentos precisam ter uma razão."

"Desde quando?"

"Todos os sentimentos vêm de algum lugar. Mesmo que você não consiga ver em um primeiro momento, sempre há algo lá no fundo fazendo com que surjam. Que nem peixes. Morro de medo dos peixes que temos em Sohep Frie. Só de ver os vídeos deles eu fico tremendo. Foi assim a vida inteira, e nunca pensei que houvesse alguma razão para isso, até que um dia, alguns padrões atrás, estava visitando meus pais e o medo dos peixes surgiu na conversa. E meu pai Gilen, ele acha que é... ah, não há uma palavra em klip para esse arranjo de cores. Triste-engraçado, eu acho. Desculpe, é difícil pensar em uma conversa em cores e ter que traduzi-la em sons."

"Imagino."

"De qualquer forma, ele contou que um dos meus irmãos mais velhos certa vez me disse que os cardumes de peixes que víamos nas viagens à praia me comeriam. Parece que, depois disso, meus pais levaram uma eternidade para me convencer a voltar a nadar. Não tenho qualquer lembrança do episódio, mas acho que ficou marcado. É o mesmo princípio. Em algum lugar em mim, há uma razão pela qual não quero fazer isso. Só não sei ainda qual."

Falante pensou um pouco. "Você está ciente de que minhas pernas não são típicas para a minha espécie?"

"Eu... não estava, na verdade. Desculpe."

"Não precisa se desculpar. Foi por isso que perguntei. É uma condição genética. Eu tenho um uso limitado delas, se comparado aos akaraks que têm outra constituição."

"Ah. Lamento."

"Mais uma vez: não precisa. Eu não lamento." Falante mudou o peso de um pé para o outro e estalou o bico. "Dois padrões atrás, Rastreadora e eu estávamos em uma parada para ir ao mercado. Ela estava passando por um período difícil com seus pulmões, então procuramos uma médica. A médica em questão era laruana, e imagino que você esteja ciente da propensão da espécie à terapia genética medicinal."

"Já ouvi falar, sim."

"Certo. Então, essa médica ajudou Rastreadora com seus problemas e, embora não estivéssemos lá por mim, também me examinou... afinal, por que não? Três dias depois, ela entrou em contato e disse: sabe, fiz algumas simulações desde que você esteve aqui e estou confiante de que poderia lhe dar pernas novas."

"Como assim, em uma caixa de genedificação ou coisa do tipo?"

"Sim. Basicamente, ela me colocaria em estase, e eu passaria as quatro decanas seguintes em um módulo de manipulação genética — uma caixa de genedificação, como você chamou — e, quando acordasse, teria novas pernas. Teria que reaprender a usá-las, mas não sentiria dor. Eu não estaria ciente de nada que acontecesse enquanto estivesse em estase. Ela me explicou todo o procedimento e disse que Rastreadora poderia ficar comigo o tempo todo. Dado o bom atendimento que a médica havia prestado a Rastreadora, eu confiava nela. Tinha gostado dela. Nem sempre digo isso sobre os médicos. Mas tudo que ela propôs parecia seguro e regular."

"Mas você não aceitou."

"Não, eu não aceitei."

"Por que não?"

"Porque eu não quis", disse Falante, com simplicidade.

"Mas por quê?"

"Porque *eu não quis*. E, quando se trata do seu corpo, essa é a única razão que precisa existir. Não importa se é uma decisão sobre um novo par de pernas, como você gosta de aparar suas garras, ou..." — ela lançou a Pei um olhar penetrante — "o que você faz com um ovo. Eu não quis. Você não quer. É isso."

"Mas...", começou Pei.

Falante se inclinou para a frente. "Não. Precisa. De. Mais. Que. Isso."

Pei franziu a testa, as cores girando, inquieta. Por dentro, se revoltava com a conclusão à qual Falante estava querendo chegar, e tomou isso como prova de que Falante não entendia, de que você poderia passar o dia todo explicando as diferenças culturais, mas no fim das contas, havia lacunas que simplesmente não era possível preencher. Mas um pedacinho dela foi fortemente atraído pelas ideias da akarak, implorando ao resto para ir junto. Pei achou isso perturbador, e suas bochechas ficaram vermelhas.

"Por que você está tendo essa conversa comigo?"

"Porque é interessante", respondeu Falante. "E porque acho que você precisava ouvir isso." Ela esticou o pescoço, inclinando a cabeça de um lado para o outro. "Por falar em precisar, tenho que ir cuidar um pouco minhas necessidades. Vou tentar não demorar mais do que meia hora."

Falante se afastou com alguns clangores metálicos, deixando Pei com o monitor, ê laruane inconsciente e pensamentos numerosos demais que precisavam ser examinados. Tupo exalou alto, como estava fazendo de vez em quando. O som não significava nada, mas o implante de Pei o interpretava como triste e impaciente, a queixa não verbal de alguém pronto para seguir em frente.

É, garote, ela piscou. *Eu entendo o sentimento.*

falante

Precisava cuidar de si mesma, mas tinha que ser rápida. A situação a bordo do ônibus da Capitã... a bordo do ônibus de Pei permanecera igual por horas, o que a deixava um pouco preocupada com sua saída. Falante não era nada supersticiosa, mas parecia que o momento exato em que algo mudaria seria o momento em que ela estivesse longe. A última coisa que queria era não estar lá caso algo acontecesse.

Saiu de sua cabine, alongando os músculos com alívio. O traje era o mais confortável possível, mas, estrelas, sempre era bom sair dele.

A sensação agradável desapareceu quando ela notou o bolo arruinado no chão, a cobertura, antes fofa, agora desmoronada. Odiava olhar para aquilo, mas a limpeza teria que esperar. Prendeu um gancho de pulso no poste mais próximo e se balançou para a frente com claras intenções. Banheiro. Comida. Ar. Essa era sua missão.

Depois de cuidar do primeiro item da lista, foi até a cozinha — se é que podia ser chamada assim. Era um cantinho, na verdade, com redes de armazenamento e uma prateleira com uma panela quente e um tanque de água. Não era grande coisa, mas ela gostava muito mais da cozinha aqui do que daquela coisa confusa na nave aeluoniana. Pelo menos aqui ela conseguia ver onde estavam as portas.

Pegou um dos pacotes de refeições desidratadas dos quais estivera vivendo nos últimos quatro dias — picadinho de feijão, que descobriu que podia até ser gostoso. Não era tão bom quanto o picadinho de feijão de sua mãe, nem de longe, mas era saboroso, com sustância e a fazia lembrar de casa. Começou a abrir o pacote, mas hesitou. Teria que cozinhar a refeição, obviamente, o que levaria dez minutos, então teria que esperar esfriar... e esse não era o tipo de prato que você poderia comer em três colheradas e pronto. Pensou em pegar um punhado de barras de proteína, comer uma agora e levar o restante com ela. Mas estava faminta. Além de ter passado horas fora da nave, estava usando o traje para tarefas que nunca havia desempenhado. Levantar coisas e usar ferramentas? Tudo bem. Mas levantar *pessoas* e usar *ferramentas médicas* eram itens que nunca estiveram na sua lista de tarefas normal, e foi preciso muita concentração para não se atrapalhar toda. Abriu o pacote de comida e esvaziou o conteúdo enrugado na panela quente, junto com um pouco de água. Sim, cozinhar levaria tempo, mas ela precisava comer. Não conseguiria ajudar ninguém se seu cérebro continuasse sem combustível.

Falante se pendurou pelos pulsos enquanto a refeição cozinhava, acalmando o corpo rígido com a força da gravidade. Fechou os olhos e não pensou em nada.

Dez minutos depois, o cronômetro soou. Ela começou o processo cuidadoso de transferir a refeição escaldante para uma tigela e conseguiu não fazer bagunça quando o painel de comunicação tocou um alerta. Estava recebendo uma chamada.

"Estrelas", murmurou, quando uma gota de molho espirrou no chão. Claro. Claro que *agora* algo estava dando errado. Deveria ter pegado as barras de proteína e voltado na hora. Ela gesticulou para uma vox de parede, aceitando a chamada. "Já estou indo", disse, em voz alta, despejando o picadinho de volta na panela. Poderia requentar a comida mais tarde. "Está tudo...?"

"Falante? *Irek ie*?

Falante congelou, e a sensação foi de que Gora parou de girar junto com ela. Não era Roveg ou Ouloo ligando.

Era Rastreadora.

Falante chegou à cabine do ônibus espacial tão rápido que mal registrou seus movimentos. Mas, ah, lá estava ela: lá estava Rastreadora, na tela, sã e salva. Falante não se sentou na rede. Ela escalou o painel de controle, pressionando as mãos nas bordas da tela, sentindo como se metade de seu peso tivesse sumido. "Você está bem?", exclamou em ihreet. Estava falando alto demais. Não ligava.

"Eu... sim, sim, claro, eu estou...", Rastreadora gaguejou. "Você está bem?"

"Sim, estou bem", respondeu Falante, às pressas. "Mas você está *bem*? Tomou seu remédio?"

"Meu o *quê*?", indagou Rastreadora. Ela estava gritando, incrédula. "Quem se importa com *isso*?"

"Eu... *eu* me importo, você estava tendo um dia tão ruim quando saí e..."

"Falante, você ficou presa em um planeta *sozinha*. Sozinha! Por dias! E quer me perguntar sobre a porra do meu remédio?"

Ambas as irmãs ficaram sem reação, percebendo ao mesmo tempo que nenhuma havia considerado a possibilidade de *a outra* estar preocupada. Perplexas e exaustas, fizeram a única coisa que fazia sentido:

Caíram na risada.

"E então?", insistiu Falante, levando uma das mãos à testa. "Você tomou seu remédio?"

"Sim, querida. Tomei. Estou bem. Até esqueci que tive um dia ruim. Parece ter sido padrões atrás. Você está...?"

"Estou bem. Perfeitamente bem."

"Você tem comida suficiente? Eu não conseguia lembrar quando foi a última vez que abastecemos o ônibus espacial."

"Sim, estou bem alimentada, não se preocupe."

"E as pessoas são amigáveis?"

"Sim, muito amigáveis. Não tive problemas."

"Merda." Rastreadora esfregou as laterais do rosto com as palmas das mãos, como se tentasse se livrar de uma dor de cabeça. "Fiquei imaginando você e uns... não sei, um bando de alienígenas escrotos sabotando a nave ou ferindo você ou... eu sei o quanto isso soa idiota, mas, estrelas, eu estava com medo."

"Não é idiota", respondeu Falante. Colocou os dedos por cima do rosto de Rastreadora, fingindo poder envolvê-la do jeito que queria. "Eu imaginei..." Ela fechou os olhos. "Não quero nem falar."

Rastreadora estalou o bico de forma tranquilizadora, como costumava fazer quando Falante acordava de um pesadelo ou tinha um dia ruim. "Estamos bem."

"Sim", concordou Falante. Apertou a mão com força contra a tela. "Estamos bem." Ela fez uma pausa, lembrando-se do que estivera fazendo no ônibus em primeiro lugar. "Mas alguém aqui não está. Eu..." Estrelas, por onde começar a resumir quem, o que e como? "Não tenho tempo para explicar. Uma criança está em risco. De saúde. Tenho que voltar lá, eu só precisava de comida."

"Que merda. Certo. O que..."

Os olhos de Falante se arregalaram e ela interrompeu Rastreadora. "Suas comunicações estão funcionando. Rastreadora, as suas comunicações estão funcionando."

"Bem, sim, eu... Ah. É, você não sabe. As comunicações aqui em cima funcionam, só não conseguimos entrar em contato com ninguém no planeta. A sobrecarga de sinal está uma merda desde que os satélites temporários foram implantados, mas fiz alguns ajustes e consegui ligar."

Nunca na vida de Falante ela quis abraçar sua irmã genial com tanta força. "Você pode entrar em contato com o orbital da AT?"

"Hã, sim, com certeza, eu..."

"Preciso que você mande um alerta para os serviços de emergência. Não conseguimos sinal".

Rastreadora começou a digitar na hora, inserindo comandos em seu painel de controle. "Estrelas, você vai me fazer falar klip. Quais são os detalhes?"

"Criança laruana. De 17 anos. Entrou em *olotohen* depois de asfixiar..."

"Entrou em quê?"

"É tipo um coma."

"Você acha mesmo que eu sei dizer *coma*? Ou asfixiar, porra?"

"Só diga a eles que uma criança laruana precisa de um médico e dê as coordenadas. Pode fazer isso?"

"Hã... sim. Sim, acho que consigo. Sei dizer *laruana* e *precisa médico*, pelo menos. Como é *criança*?"

"*Breggan*."

"*Breggan*", repetiu Rastreadora, com seu sotaque carregado. "Argh. Certo, pode ir ajudar, eu faço a ligação."

"Rastreadora?"

"Oi?"

Falante encarou a irmã, muito séria. "Eu estava com muita saudade."

"Também estava com saudade. E é uma merda dizer uma coisa dessas, mas fico tão feliz que essa ligação não seja por sua causa." Ela fez um movimento para enxotar Falante. "Pode ir. Eu cuido disso."

A tela desligou e Falante correu de volta para a câmara de ar. Pegou um punhado de barras de proteína no caminho.

• • • • • • • •

pei

A médica demorou uma hora para chegar, mas era óbvio que viera o mais rápido possível. Seu esquife cortou o deserto vazio e mal havia parado antes que a única ocupante, uma humana, saltasse e se dirigisse para a câmara de ar. Ela correu até onde Pei a aguardava, do lado de fora do ônibus. Usava um exotraje e carregava uma bolsa médica. Ela tirou o capacete e Pei se viu diante de uma jovem baixinha com cabelo preto raspado bem curto nas laterais e cascatas de piercings nas orelhas. Sua expressão era amigável, mas os olhos indicavam que ela não tinha o hábito de perder tempo com bobagens.

"Eu sou a dra. Miriyam", disse a humana. "Onde está ê paciente?"

As palavras atingiram o implante de Pei, que se aqueceu na mesma hora, ao reconhecer as consoantes nítidas e cortantes do sotaque exodoniano. O sotaque de Ashby. "Por aqui", respondeu, levando-a para dentro.

A dra. Miriyam a seguiu. "Você é a guardiã delu?"

"Não, sou só... uma amiga." Pei se apressou pelo corredor até onde os outros esperavam, em um grupo ansioso.

"Ah", exclamou a médica ao ver Ouloo. "Você deve ser..."

"Eu sou Ouloo", disse a anfitriã, com os pelos arrepiados. "Sou a mãe de Tupo."

"Tupo, certo. Eu sou a dra. Miriyam." Ela enfiou a mão na bolsa presa ao cinto e tirou um maço de cartões impressos. "Estou com minhas licenças médicas aqui, se quiser dar uma olhada."

Ouloo ficou confusa. "Ah... eu não preciso ver nada disso. Confio em você."

A dra. Miriyam hesitou. "Ah." Ela examinou os cartões por um momento, e então os guardou de volta na bolsa com uma expressão de surpresa silenciosa. "Em geral, as pessoas pedem para ver."

"Eu entendo", disse Falante.

"Hmm", respondeu dra. Miriyam, lançando-lhe um olhar de compreensão. "Aposto que sim. Tudo bem, onde está..." Ela olhou para a esquerda, viu a porta da enfermaria e entrou direto. "Oi, Tupo. Vamos cuidar de você." Ela não demorou para examinar ê paciente. Ouloo juntou-se a ela; os demais se agruparam em volta da porta. "Há quanto tempo elu está em *olotohen*?", perguntou a médica.

"Seis horas, talvez", respondeu Pei. "Não temos certeza de quando aconteceu, mas não poderia ter sido muito mais do que isso."

"Certo. E qual foi o gatilho?"

"Elu entrou na minha nave sem traje", explicou Falante.

Ao que parecia, a dra. Miriyam sabia exatamente o que isso significava, porque virou a cabeça para a akarak com uma expressão perplexa. "Sem traje? Por quê?"

"Eu acho, hmm... elu estava tentando me trazer um bolo."

A médica piscou duas vezes, e então balançou a cabeça. "Crianças, crianças, crianças." Ela suspirou. "Muito bem! Estamos lidando com uma grave privação de oxigênio, que...", ela notou a máscara de ar, colada aos pelos emaranhados. "O que houve aqui?"

"Eu tive que colar", explicou Falante. "O ar não estava fluindo sem uma vedação. Sei que está feio, mas..."

A dra. Miriyam estudou a obra de Falante. "Não, isso é ótimo. De verdade. Crianças podem passar as primeiras horas sem respirar, mas abrir o nariz e colocar um pouco de oxigênio no sangue provavelmente comprou-lhe mais tempo. Isso é ótimo."

Ouloo ficou em duas pernas na ponta inferior da cama médica, segurando as patas traseiras de Tupo com as suas patas dianteiras. "Elu vai ficar bem?"

"Se foram seis horas, provavelmente sim, mas preciso analisar algumas coisas antes de poder dizer com certeza." Ela olhou para os móveis. "Isso é... uma cadeira?"

"É uma cadeira", respondeu Pei.

"Se você diz." A médica desabotoou o exotraje, saiu dele, jogou-o em um canto e sentou-se, parecendo levemente perturbada quando a cadeira se moldou ao seu redor. "Bem, isso é estranho", comentou, com uma voz inexpressiva, enquanto puxava o escâner de imunobôs em sua direção. Ela olhou para a tela colorida girando de volta para ela. "Certo. Vou usar o meu." A mulher abriu sua bolsa médica e começou a tirar várias ferramentas. "Qualquer coisa nos exames delu gerou algum alerta nas últimas horas?"

"Não que tenhamos notado", contou Falante. "Mas não sabemos com certeza."

"Não é a nossa área de especialização", explicou Pei.

"Bem, vocês fizeram a coisa certa ao ficar de olho." A dra. Miriyam pressionou o próprio escâner contra o implante no pulso de Tupo, digitou uma enxurrada de comandos e examinou os resultados de perto. Nervosa, Ouloo começou a esfregar as almofadinhas da pata no pelo de Tupo, a respiração ofegante e hesitante.

Roveg deu um tapinha no ombro de Pei com uma das pernas. "Capitã, se me permite?", disse, indicando que desejava entrar na sala. Pei o deixou passar e Roveg foi para trás de Ouloo. Com toda a gentileza, envolveu seus ombros e torso com as pernas torácicas em um abraço firme, mostrando que estava lá. "Vai ficar tudo bem", falou, com uma voz suave. "A médica está aqui."

Ouloo respirou fundo, balançando o pescoço em reconhecimento. Ela estendeu uma pata em direção ao seu ombro e deu um tapinha nos dedos de Roveg.

A dra. Miriyam assentiu enquanto lia seu próprio escâner, e Pei sabia que era um gesto promissor. "Tudo bem", disse a médica. Ela olhou para Ouloo com uma expressão muito séria, mas gentil. "Vou precisar realizar um exame completo quando elu acordar, mas, até agora, parece tudo bem."

"Ah!", Ouloo arfou. "Ah, isso é... ah, bom."

"Ainda não estamos completamente fora de perigo", advertiu a dra. Miriyam. "Mas o procedimento que preciso fazer não vai demorar muito. Vou usar os imunobôs delu para fazer o cérebro voltar à ativa. Pelo que estou vendo, o risco de complicações é baixo. Mas... talvez seja melhor se você não estiver presente durante o procedimento."

"Por que não?", perguntou Ouloo.

A dra. Miriyam apertou os lábios. "Elu deve se contorcer enquanto eu estiver fazendo isso. Pode se debater, emitir alguns sons involuntários."

"Vai doer?"

"Hmm, é difícil de dizer. Provavelmente dói, mas elu não estará consciente o suficiente para registrar a dor, ou não vai se lembrar depois. Mas a visão é... perturbadora. Então, se você quiser sair..."

"De jeito nenhum", bufou Ouloo. Ela olhou para Roveg. "Você pode ficar também?"

"Sim, claro", respondeu o quelin, apertando os ombros dela.

"Vamos todos ficar", assegurou Falante.

"Obrigada", agradeceu Ouloo timidamente.

A dra. Miriyam olhou em volta, ainda absorvendo os arredores. "Você tem um balde? Uma tigela grande? Algo do tipo?"

Pei não gostou muito da pergunta. "Acho que sim, por quê?"

A expressão da médica era quase um pedido de desculpas. "Nosse amigue aqui deve, hã... verter o conteúdo do estômago assim que acordar."

"Eu vi um balde no armário do depósito", disse Falante. "Vou buscar." Ela conduziu seu traje pelo corredor.

"Na verdade, por falar nisso", acrescentou a dra. Miriyam, "a gente devia tirar essa máscara antes de começar. Não quero machucar Tupo se elu acordar de uma vez". Ela vasculhou a bolsa e pegou uma tesoura de formato estranho. Então olhou em volta, examinando o grupo, e apontou para as mãos de Pei. "Você acha que consegue segurar isto?"

"Talvez", disse Pei. Ela pegou a tesoura, que tinha sido feita para cinco dedos, não quatro, mas descobriu que conseguia segurar (era um pouco desconfortável, mas tudo bem).

"Pode ir soltando a máscara enquanto faço os preparativos para o procedimento?"

"Sim, claro." Pei passou pelos outros e se debruçou sobre a cabeça inerte de Tupo. "Desculpe, garote", pediu, enquanto começava a cortar tufos de pelos, expondo a pele escura por baixo.

"Você já fez isso antes?", indagou Ouloo.

A dra. Miriyam parou de digitar os comandos dos imunobôs. "Já fiz o procedimento em simulações", explicou, com franqueza. "Mas será minha primeira vez com um paciente vivo. Não posso dizer que já recebi uma chamada para *olotohen*."

O pouco da calma que Ouloo conseguira recobrar evaporou visivelmente. Ela não emitiu qualquer som, mas todo o seu corpo ficou tenso.

Os olhos de Roveg se moveram nas órbitas duras. "Doutora, só por curiosidade, com quais simulações você treinou?"

"Você quer dizer o título?"

"Isso."

"O Guia de Treinamento do Médico Sapiente. Versão oito, eu acho."

"Ah!", exclamou Roveg. Ele deu um tapinha nos ombros de Ouloo e inclinou a cabeça para mais perto dela. "Conheço a diretora do estúdio que produz esse. Uma aandriskana incrível. Sua equipe tem uma reputação muito boa na nossa indústria. Ouvi dizer que suas simulações médicas são praticamente indistinguíveis da experiência real."

O pelo ao redor das orelhas de Ouloo baixou um pouquinho. "Desculpe, doutora, eu só estou..."

"Está tudo bem", assegurou a humana. "Eu sei que foi uma noite estressante. Mas vamos consertar isso daqui a pouco." Ela inseriu mais um comando e se recostou. "Tudo bem, o aparelho precisa de um minuto para compilar, então estaremos prontos. Como estamos com a máscara?" Ela se levantou e deu uma olhada. "Bom, muito bom. Quer que eu assuma?"

"Se não se importar", respondeu Pei, largando a tesoura e sacudindo a mão cheia de cãibras.

A dra. Miriyam arregaçou a manga e começou a cortar. Quando fez isso, Pei notou uma tatuagem ornamentada em seu antebraço, a tinta branca em contraste com pele marrom. A imagem tinha o formato de um nave exodoniana, com uma frase em ensk ao redor. A maior parte não significava nada para ela, mas Pei identificou as palavras "voar" e... e "morte"? Não era "morte" — havia algo mais adicionado à palavra que ela não conseguia analisar. Estrelas, precisava aprender mais ensk.

"De qual residencial você vem?", perguntou Pei.

"Hã? Ah", disse a dra. Miriyam ao olhar para o seu braço. "Você sabe o que é isso."

"Sei."

A médica sorriu enquanto cortava os pelos. "Sou da *Ratri*."

Pei sorriu azul. Ela conhecia o nome. "Tenho um amigo da *Asteria*."

A exodoniana deu a ela um olhar de relance e um sorriso irônico. "Nosso time de aquabol é melhor."

O azul nas bochechas de Pei ficou salpicado de verde. "Ele discutiria com você."

"Sim, bem, ele perderia, assim como seu time faz sob pressão." Ela deu um último corte e puxou a máscara. "Desculpe pelo novo visual, Tupo, mas vai crescer de volta."

Pei concordou com a avaliação da médica; ê garote agora tinha um círculo largo e irregular de pele nua em volta do nariz. Parecia que tinha enfiado o rosto em um corta-sebes.

Falante voltou para a enfermaria trazendo um balde nas mãos do traje. "Isso vai servir?"

A dra. Miriyam assentiu e pegou o balde. "Vai servir." A médica colocou o balde no chão ao lado da cama, então voltou a atenção para o escâner de imunobôs. "Certo. Estamos prontos." Ela olhou para Ouloo. "Você está pronta?"

A laruana balançou o pescoço com vigor. Roveg ficou junto dela, suas muitas pernas segurando-a com firmeza.

"Tudo bem", disse a dra. Miriyam, soltando o ar. "Iniciando a estimulação neural em três... dois... um."

A médica estava certa: Tupo começou a se contorcer, e a visão era, de fato, perturbadora. Ê garote parecia um robô com defeito ou algo saído de um vídeo de terror. Não havia vida nos movimentos, nenhuma intenção ou propósito. Pei raramente vira Tupo imóvel, mas aquelu não era ê jovem que não conseguia manter as patas no chão por mais de dez segundos. Não era a criança agitada que tinha comido açúcar demais. Era um monstro, um fantoche, um experimento científico que deu errado.

"Ah, eu não consigo", soluçou Ouloo. Ela permaneceu de pé onde estava, mas virou o pescoço para poder enterrar o rosto na concha de Roveg. "Achei que conseguiria, mas não."

"Está tudo bem", disse a dra. Miriyam, com os olhos se movendo entre ê paciente e a tela do escâner. "Sei que é difícil, mas Tupo está indo muito bem. Só mais alguns minutos."

Roveg inclinou a cabeça em direção ao teto para não precisar olhar. Pei também se viu desviando os olhos. Tinha presenciado coisas terríveis, mas havia algo na cena que a atingia abaixo das escamas. Ao se virar para longe da cama médica, porém, reparou em Falante. A akarak parecia desconfortável, mas não deixou de olhar. Ela assistiu ao procedimento sombrio com intensidade, o bico se movendo com palavras murmuradas, baixas demais para o implante de Pei captar.

O que seu implante captou foi o suspiro súbito e estrangulado que rasgou a garganta de Tupo. Os olhos delu se abriram e seu corpo inteiro deu um solavanco.

A doutora Miriyam agarrou os braços de Tupo, evitando que elu caísse da mesa. "Segure a cabeça delu", ordenou para Pei.

A capitã obedeceu, segurando a cabeça de Tupo com firmeza entre as mãos. Isso ela já fizera antes — não com uma cabeça tão felpuda ou um pescoço tão comprido, mas ainda assim.

Tupo parou de se debater quase no mesmo instante, e os olhos se moveram frenéticos pelo espaço desconhecido. "O que...", começou, com a voz rouca. A pergunta ficou inacabada. Por mais estranho que fosse o rosto delu, a expressão de pânico e urgência que o tomou podia ser compreendida por qualquer um que tivesse estômago.

Dadas as circunstâncias, Pei não se incomodaria de ter que limpar o chão, mas ficou feliz pelo balde.

Tupo se recostou na cama médica assim que terminou, ofegante. O resto da enfermaria prendeu a respiração. Por fim, ê garote ficou imóvel, lambeu as bordas da boca e, com esforço, levantou a cabeça.

"Mãe?", chamou, com a voz trêmula.

Ouloo soltou um longo gemido. Roveg a soltou e, em uma fração de segundo, ela estava na cama com Tupo, abraçando ê filhe com todos os membros compridos e balbuciando em piloom.

"Isso...", a dra. Miriyam começou a se opor ao abraço feroz, mas parou, olhou o escâner e se recostou. "Certo, está tudo bem." Ela sorriu para si mesma, assentindo.

Pei colocou a mão no ombro da médica. "Correu tudo muito bem para uma primeira vez", elogiou.

A dra. Miriyam deu uma risadinha. "Sim. Muito bem."

"Obrigada", agradeceu Falante. Ela baixou a cabeça com respeito, ao estilo humano.

Roveg exalou ruidosamente pelos espiráculos. "Estrelas e fogo!", exclamou. "Puta merda, isso foi intenso, não foi? Se não se importam, vou tomar um pouco de ar." Ele saiu da enfermaria, soltando sons aliviados e cansados.

Na cama, Ouloo acariciava Tupo como se o universo fosse acabar se ela não o fizesse. Tupo parecia esgotade e confuse, porém, com o passar dos segundos, um olhar de preocupação encheu seu rosto, como se peças cruciais do que estava acontecendo estivessem se encaixando. "Mãe?", chamou, hesitante.

"Sim, Tupo?", perguntou Ouloo, mudando para klip.

A criança mordeu os lábios. "Não fique brava, mas eu acho... Acho que fiz uma grande besteira."

Ouloo irrompeu em gargalhadas. "Ah, bebê, você fez", concordou, rindo. "Você com certeza fez." Ela esfregou a sua testa na de Tupo. "Mas não estou brava. Não estou nem um pouco brava."

Dia 240, Padrão 307 da C.G.

LIBERADO

Mensagem recebida
Criptografia: 0
De: Autoridades de Trânsito da cg — Sistema
   de Gora (caminho: 487-45411-479-4)
Para: Ooli Oht Ouloo (caminho: 5787-598-66)
Assunto: ATUALIZAÇÃO URGENTE

Esta é uma mensagem urgente da Equipe de Emergências a bordo do orbital da Gerência Regional das Autoridades de Trânsito da cg (Sistema de Gora). Embora os satélites do sistema de comunicação temporário estejam operacionais, os canais de ansible padrão e a Rede seguem momentaneamente indisponíveis. Seguiremos nos comunicando por meio da rede beacon de emergência até que os meios de comunicação sejam restaurados. Pedimos que continuem deixando seus scribs travados neste canal.

POR FAVOR, LEIA ESTA MENSAGEM INTEIRA.

Temos o prazer de informar que restauramos as condições seguras de partida e pouso acima das regiões colonizadas de Gora. Os esforços de limpeza continuarão por vários dias, mas o espaço aéreo acima de todos os bairros (Norte e Sul) agora atende aos nossos requisitos de tráfego espacial normal.
   Entraremos em contato com cada proprietário de nave para atribuir um novo horário de lançamento e uma posição na fila do túnel com base em seus planos de viagem atuais. Como todas as embarcações na superfície de Gora não podem decolar de uma só vez, os horários de lançamento serão enviados em etapas. Desde que todos sigam os procedimentos temporários, estamos confiantes de que podemos normalizar o trânsito até o final do dia (240/307).
   Agradecemos a paciência e a colaboração.

todos

Roveg não sabia como era possível que sua nave tivesse caído em tal desordem em apenas cinco dias, mas dera um jeito. Percorreu a sala de projeção, recolhendo copos vazios, travesseiros e equipamentos de simulação com cada uma das pernas torácicas. Em geral, mantinha seus pertences organizados, mas naquele momento não estava com cabeça para isso. Tudo que pegou foi enfiado sem cerimônia em um armário e amarrado para garantir a decolagem segura, sem que parasse para levar em conta o que estava sendo armazenado com o quê. Poderia arrumar tudo quando estivesse a caminho. Isso lhe daria algo para fazer além de se preocupar.

A vox de parede foi ligada. "Você está recebendo uma chamada da anfitriã terrestre", anunciou Amigo.

"Obrigado, Amigo", respondeu Roveg. "Por favor, transmita a chamada."

Houve uma pausa enquanto a conexão era estabelecida. "Oi, Roveg", disse uma voz rouca. "Sou eu, Tupo."

"Tupo, amigue!", exclamou Roveg. "É muito bom ouvir você de pé. Como está se sentindo?"

"Tudo bem", murmurou Tupo, soando como se estivesse envergonhado com a pergunta e quisesse mudar de assunto o mais rápido possível. "Ei, hã... que horas você vai embora?"

"Meu salto está programado para tarde da noite, então vou decolar em cerca de três horas."

"Hmm, certo, só para você saber, você está convidado para uma festa de despedida. Minha mãe não está organizando. Quero dizer, ela está ajudando, mas a festa é minha. É para eu poder agradecer por... hã, pela ajuda."

Roveg quase podia ouvir as patas de pequene laruane se agitando.

"Tupo, eu ficaria encantado", respondeu. "Que horas devo chegar?"

"Ah, hã, quando quiser. Acho que não ainda, porque não está pronta."

A voz de Ouloo pôde ser ouvida ao fundo, de algum lugar da casa. "Estrelas, Tupo. Diga a ele para chegar às 16h."

"Vai ser às 16h", informou Tupo.

"No jardim", gritou Ouloo.

"No jardim", repetiu Tupo.

"Maravilha", respondeu Roveg. "Vejo você lá, então."

A criança parou de falar, mas não encerrou a ligação. Roveg ainda podia ouvir Tupo respirando pelo vox. "Posso fazer uma pergunta?", perguntou, baixinho.

"Claro", respondeu Roveg.

Outra pausa. "Como você levou o café da manhã para Falante? Porque eu sei que você fez isso e queria que ela comesse a comida da festa, mas... hã... eu não quero fazer daquele jeito de novo."

Roveg respondeu com uma paciência gentil: "Eu usei um drone, Tupo. Não entrei na nave dela".

"Ah." Tupo ficou quieto por mais um momento. "Isso faz muito mais sentido."

Pei não sentiria saudade do jardim, não exatamente. Ficava feliz em saber que em pouco mais de uma hora estaria no ar, deixando Gora para trás. Mas com uma decana e meia de viagem pela frente, um último toque na grama antes de partir era bem-vindo.

Todos os outros já estavam no gramado, sentados em um círculo. As mesmas decorações das reuniões anteriores adornavam os arbustos, mas estavam menos uniformes do que antes, e não chegavam tão alto. Um estado semelhante de quase-mas-não-exatamente se estendia à bandeja de pudins de malva que estava na grama entre todos. A cobertura no topo havia sido moldada de forma inexperiente, e os redemoinhos coloridos e açucarados dos confeitos estavam empilhados em alguns pontos e faltando em outros. Não havia como se enganar sobre quem estava oferecendo aquela festa.

Ê anfitriãe da noite estava sentade em suas ancas, encostade na mãe, que estava sentada da mesma maneira. Ouloo abraçava Tupo apertado, e elu descansava seu peso contra a mãe. Se elu estava fazendo isso por cansaço físico ou fragilidade emocional, não importava. A criança precisava da mãe. Isso era óbvio.

"Oi, Capitã Tem", cumprimentou Tupo, com um sorriso. O círculo sem pelos em volta do nariz parecia ainda pior do que quando a cola foi cortada, mas isso não era relevante.

"Oi, Tupo", respondeu ela. "Sabe, você pode me chamar de Pei, se quiser. Eu diria que somos amigues agora, não?"

"Ah!" O sorriso de Tupo se alargou. "Está bem." Elu pegou uma tigela de pudim e ofereceu a ela. "Não são tão bons quanto os da minha mãe, mas..."

"Acho que estão uma delícia", interrompeu Roveg, equilibrando uma tigela entre duas pernas e empunhando uma colher com uma terceira. "Você não economizou no açúcar."

"Não seria sobremesa sem açúcar, seria?", questionou Falante. Ela estava comendo uma porção da sobremesa fofa dentro de sua cabine, usando o bico e nada mais. Seu pudim, no entanto, não era igual ao dos outros. Em vez de uma tigela acrílica, a porção de Falante fora servida em um copo medidor. Podia presumir que aquele fora o recipiente mais próximo da escala akarak que Tupo conseguira encontrar na cozinha da mãe.

Pei tirou as botas, envolveu a grama com os dedos dos pés por um segundo e, depois, sentou-se de pernas cruzadas, aceitando o pudim.

"Uau!", exclamou Tupo, deslizando o pescoço para perto dos pés de Pei. "Isso é tão legal."

"Não fique olhando", repreendeu Ouloo.

"Está tudo bem", disse Pei. Sabia o que ê garote estava olhando. Seu brilho era inconfundível, e a luz dourada do fim do dia trazia tons de azul, rosa e verde brilhantes. Ela também achava legal.

"Posso tocar?", perguntou Tupo.

"*Tupo*", ralhou Ouloo.

"Prefiro que não", respondeu Pei. "Sinto muitas cócegas."

Roveg baixou a colher. "Você pode me explicar o que são cócegas? Nunca entendi o conceito."

"Sim, é...", começou Pei, com autoridade, mas não foi além disso. Como explicar sentir cócegas?

Falante olhou para o teto da cabine, com os olhos estreitos e pensativos. "Eu... não tenho ideia de como descrever a sensação."

"É como...", Ouloo franziu a testa. "Hmm."

"Dói?", perguntou Roveg.

"Não", respondeu Falante, devagar. "Não dói."

"Mas é desagradável?", disse Roveg.

"Eu não gosto", afirmou Pei.

"Ah, eu não me importo", contou Ouloo.

"Não é minha sensação favorita, mas não é a pior", completou Falante.

Roveg olhou para o grupo com seu rosto duro coberto pela concha. "Obrigado, foi muito esclarecedor", disse.

O sol começou a se pôr, e os globoluzes no jardim brilharam em resposta. "É meio legal ver o céu sem nenhuma nave", comentou Ouloo.

"Elas estarão de volta antes que você se dê conta", disse Roveg.

"Eu sei. E ficarei feliz em vê-las, mas... é legal."

Pei inclinou a cabeça para trás e olhou para cima. Os drones que cuidavam dos destroços tinham limpado aquele pedaço de céu, e a vista acima do Cinco Paradas não tinha mais detritos. Não havia lixo, nem tráfego, nem satélites piscando. Nada além das costuras transparentes da cúpula e do ar rarefeito acima. Tentou se lembrar da última vez que tinha visto um céu daquele jeito, mas não conseguiu.

Roveg colocou a tigela de volta na bandeja com um movimento decisivo. "Certo", disse. Ele dobrou as pernas torácicas, plantou as pernas abdominais com firmeza contra a grama e, com um movimento rápido, virou-se de costas. "Ahhh. Agora sim."

Tupo caiu na gargalhada.

"O quê?", questionou Roveg. "O que é tão engraçado?"

"Você", disse Tupo, rindo com vontade. "Foi hilário."

"Tupo", resmungou Ouloo.

"O que é hilário?", perguntou Roveg, com bom humor, virando a cabeça na direção de Tupo até onde sua concha permitia. Estava consciente de que a destreza do corpo inteiro não era o ponto forte de sua espécie. "Mostre para mim o que foi tão engraçado."

"Você fez tipo..." Ê pequene laruane se jogou de forma dramática, com os membros caindo soltos na grama.

"É você que tem as pernas malucas, não eu", retrucou Roveg. Ele desviou os olhos para Ouloo. "Mas não você, é claro", acrescentou, com charme conciliatório.

Ouloo fez uma cara de provocação para ele. "Sem dúvida", respondeu. Então rolou com muito mais graça do que sua prole, e os dois se aconchegaram em uma pilha de pelos, virados para o céu.

Pei seguiu o exemplo, respirando fundo ao bater na grama. Roveg achou peculiar ouvir o som sair de sua boca, em vez do implante em sua garganta, mesmo que a única coisa audível fosse o sopro do ar. "Isso é bem agradável", comentou Pei, pela caixa-falante. As palavras estavam sobrepostas ao som assíncrono de sua respiração, tornando a distinção entre o ruído orgânico e a fala sintética ainda mais impressionante. "Os campos na cidade são bonitos, mas não se comparam a isso, não é?"

Roveg estalou as partes bucais em concordância. "Quando foi a última vez que você se deitou sob um céu de verdade?"

A aeluoniana soltou outro suspiro pesado. "Em Sohep Frie, provavelmente. Quando era menina." Pei virou a cabeça para ele, as bochechas de um azul delicado. "Muito tempo."

"Tenho uma ideia", disse Roveg, "mas só se não for um incômodo. Ouloo, é possível desligar as luzes do jardim?"

"Ah, não é incômodo nenhum", respondeu a anfitriã. Como se fosse a ação mais natural do mundo, enfiou a mão na bolsa da barriga e pegou seu scrib.

As membranas de Roveg se contraíram involuntariamente. "Você... guarda... *pertences* aí?", perguntou.

"Por que não? Faz muito tempo desde que foi ocupada, e não pretendo que volte a ser. Posso muito bem usá-la para alguma coisa."

Roveg decidiu não continuar essa linha de questionamento. Lembrou-se de ter usado o scrib dela na nave de Pei no dia anterior. Decidiu não pensar nisso também.

Ouloo fez alguns gestos para o scrib, e todas as luzes do Cinco Paradas diminuíram e se apagaram. Os olhos de Roveg se ajustaram depressa ao crepúsculo. Estrelas, era lindo!

Roveg desviou o olhar e notou Falante sentada em seu traje, que também estava sentado. Ela parecia não saber o que fazer. "Você pode se deitar com essa coisa?", perguntou Roveg.

"Eu... posso", respondeu Falante. "Não há nenhuma razão mecânica para eu não poder. Mas nunca fiz isso."

"Você nunca se deitou e olhou para as estrelas?", perguntou ele.

Falante pareceu não entender. "Eu moro no espaço", explicou. "Eu vejo estrelas o tempo todo."

"Todos nós vivemos no espaço", disse Pei, "mas é... é diferente do chão."

"Vamos lá", incentivou Roveg. "Você devia tentar. E, se o traje ficar preso, nós ajudaremos."

Falante estava certa sobre as capacidades mecânicas do traje, mas era estranho deitar-se daquele jeito. Ela não passava muito tempo deitada de costas, para início de conversa, e fazer isso na cabine era muito estranho. Mas, depois que ela se acostumou ao estranhamento — e descobriu como inclinar o recipiente do pudim suculentamente doce para que não derramasse —, contemplou a vista com um silêncio pensativo. Era verdade, ela via estrelas o tempo todo. As janelas da nave estavam quase sempre cheias de estrelas.

Mas Pei estava certa. Era diferente ali.

"Elas são tão... suaves", comentou Falante, surpresa. "Não são tão nítidas. Isso é por causa da cúpula?"

"Não", respondeu Roveg. "É a atmosfera. Isso as embota. E veja como elas..."

"Elas se mexem", completou Falante. Ela riu. "Eu li livros em klip que faziam menção às estrelas brilhando, mas pensei... Pensei que estavam sendo poéticos. Como se estivessem comparando-as a joias ou vidro. Não pensei..."

"Que elas fizessem isso?", perguntou Roveg.

"Sim", assentiu Falante.

"Por que elas brilham?", perguntou Tupo.

"Correntes de ar", explicou Pei. "Sabe quando você faz chá, olha para a caneca quando está quente demais e consegue ver o líquido girando?"

"Não gosto de chá", disse Tupo.

"Você gosta de sopa", comentou Ouloo.

"Sim", concordou Tupo.

"E você já viu esse redemoinho?", perguntou Ouloo.

"Sim", disse Tupo.

"O ar faz a mesma coisa", explicou Pei. "E faz balançar a luz que brilha através dele."

"Qual delas é Uoa?", perguntou Tupo. O sistema natal da espécie laruana.

Ouloo soltou o suspiro de uma mãe que ouvira uma boa pergunta para a qual não tinha resposta. "Não faço ideia", respondeu.

"Bem, vamos descobrir." Roveg mexeu algumas pernas para trás sem jeito, tentando alcançar a bolsa amarrada ao redor de seu abdômen, no momento amassada entre suas costas e o chão. "Tupo, você pode alcançar o bolso grande na lateral da minha bolsa? Estou tentando pegar meu scrib." Ele sabia que o scrib de Ouloo estava mais acessível, mas... não. Nunca mais. Por sorte, Tupo obedeceu e colocou o scrib de Roveg em seus dedos. "Muito obrigado." Ele fez alguns gestos, então ergueu o aparelho para o céu. O scrib apitou em resposta e exibiu um mapa das estrelas atrás da tela. "Vamos ver", disse Roveg, examinando o céu. "Certo, bem, ainda não estamos em Uoa, mas você vê aquela laranja ali?"

"Onde?", perguntou Tupo.

"É, onde?", perguntou Pei.

"Aqui, sigam minha perna." Roveg estendeu uma única perna torácica e a traçou do horizonte ao céu. "Aqui em cima, siga pela esquerda por um tempo e então..."

"Ah, acho que estou vendo", disse Pei.

"Eu não!", reclamou Tupo.

"Tupo, seja paciente", pediu Ouloo. "Olhe para onde Roveg está apontando."

"Ah!", exclamou Tupo. "Sim, consegui ver!"

"Você está vendo mesmo?", perguntou a mãe. "Ou está adivinhando?"

A criança soltou um muxoxo. "Eu disse que estou vendo."

"Aquele é o sistema natal aandriskano", contou Roveg.

"Hmm", murmurou Pei. Sua caixa-falante transmitiu a palavra junto com uma risada, e Roveg compartilhou o sentimento. Tinha visitado Hashkath muitas vezes, observando o sol lançar sombras profundas nos vales de rocha vermelha. A memória veio embalada em sentimentos de calor e de um brilho deslumbrante — nada que pudesse ser associado àquela mancha pálida tão insignificante ao lado de inúmeras outras exatamente iguais.

"Legal", disse Tupo, e então, um segundo depois: "E Uoa?".

Roveg fez uma busca rápida no mapa estelar. "Ah", falou, com pesar. "Não está visível hoje à noite. Parece que, em Gora, é uma estrela de inverno."

"O que é uma estrela de inverno?"

"Significa que só pode ser vista no inverno."

Falante entrou na conversa depois de um momento. "Você consegue encontrar Iteiree?", perguntou.

Roveg não reconheceu o nome da estrela — e dado o tom de voz de Falante, ficou um pouco constrangido por não ter reconhecido. Ele procurou; o scrib obedeceu. "Deixe-me ver, deixe-me ver." Ele escaneou, apontou, traçou. "Ali", disse. "Está vendo aquela fileira de quatro grandes que... ah, como explicar? Elas se curvam um pouco, como a borda de uma tigela."

Falante olhou; Roveg podia ouvir a testa franzida em seu silêncio. "Ah", exclamou ela. "Sim, sim, estou vendo."

"Suba mais à esquerda, cerca de 45 graus. Consegue ver aquela amarela...?"

"Consigo."

"É essa."

Nem mesmo Tupo quebrou o pesado silêncio que se seguiu. "Não se destaca muito, não é?", constatou Falante, a voz suave, mas firme.

"Nenhuma delas se destaca", disse Roveg, "a menos que você esteja procurando uma em particular".

"Seu povo tem constelações?", perguntou Ouloo.

"Não sei", respondeu Falante. "Estou familiarizada com o conceito, mas não sei se temos."

"Vocês têm?", perguntou Roveg, olhando na direção de Ouloo.

"Eu também não sei", disse Ouloo. "Não sei muito sobre o planeta natal da minha espécie."

"Nós temos", contou Roveg. "Eu conhecia algumas. Não sei se ainda sou bom nisso." Ele olhou para Pei. "E vocês?"

"Isso não é um conceito para nós", respondeu Pei. "Só prestamos atenção às estrelas que têm uma cor óbvia. Os astrônomos antigos em Sohep Frie não achavam que as outras fossem importantes."

Roveg riu. "Porque não estavam falando com vocês?"

"Exatamente. As estrelas coloridas, no entanto — ah, você pode perder decanas lendo sobre astrologia aeluoniana. Algumas pessoas ainda ligam para isso. Estrelas azuis dão boa sorte, amarelas dão azar, e assim por diante. É uma grande idiotice."

"Nunca ouvi um aeluoniano chamar superstição de idiotice", comentou Roveg, rindo.

"Sim, mas esta aeluoniana aqui não tem medo de estrelas amarelas", disse Pei. "Ou números primos. Ou anos em que não neva."

"Por que não temos constelações em Gora?", perguntou Tupo.

"Porque não precisamos delas", respondeu Ouloo. "As constelações servem para as pessoas sem tecnologia encontrarem seu caminho pelo céu."

"Sim, mas não passamos *dias* sem poder usar tecnologia", retrucou Tupo. "Quer dizer, tecnologia de verdade. Devíamos ter algumas constelações, para emergências."

"Você deveria fazer algumas", sugeriu Roveg. "Desenhe-as e coloque-as em seu museu."

"Ah", disse Tupo. "Eu esqueci." A criança rolou, ficou de pé e saiu andando para algum lugar fora da linha de visão de Roveg. "Tenho presentes para vocês."

Pei viu Tupo pegar alguma coisa em uma mesa. Elu voltou em duas pernas, com três pacotes embrulhados em tecido reciclado nas patas dianteiras. "Eu queria dar algo a todos vocês. Cada um de vocês vai receber uma peça da minha coleção do museu."

Elu entregou o primeiro dos embrulhos a Pei, que o desembrulhou sem perder tempo. Dentro do tecido havia uma pedra opalescente. Não estava polida, mas, mesmo quase sem luz, um pouco de brilho piscou de volta para ela.

"Você ganha essa porque parece com você", explicou Tupo. "É bonita, mas também é dura."

Pei riu verde de prazer. "Adorei. Obrigada, garote."

"Você pode me ajudar a desembrulhar o meu?", pediu Falante, segurando seu pacote nas palmas das mãos do traje. "Barbante é difícil para o traje."

Tupo pegou o pacote de volta, desembrulhou-o com as patas e ergueu um cristal vermelho brilhante, quase do comprimento do antebraço de Falante, enterrado em um pedaço de rocha cinza. "Certo, talvez este não seja um bom presente, porque é mais para sua irmã, eu acho. Você disse que ela gosta de cristais, e eu sei que você quer muito vê-la, então estou dando um presente para você dar a ela, já que não conseguimos conhecê-la. Se é que isso faz sentido." Elu colocou o cristal de volta nas mãos do traje.

"Tupo, é perfeito", exclamou Falante. "Essa é uma maneira muito akarak de dar um presente a alguém."

"É?", questionou Tupo com alegria.

"Sim." Ela estalou o bico com carinho. "E digo uma coisa — da próxima vez que eu voltar, vou arrastar Rastreadora aqui comigo. Acho que ela vai adorar seu museu."

Ouloo abriu um sorriso largo. "Nós adoraríamos ter você de volta", disse.

Roveg soube o que estava no pacote assim que a criança lhe entregou, e ficou muito feliz por Tupo não poder ler suas expressões. Entendia exatamente por que Tupo estava lhe dando o presente, e entendia que Tupo não compreendia como Roveg se sentia sobre aquilo. E, estrelas, seus sentimentos eram complicados.

Desembrulhou o pacote e pegou a pedra poema.

"Gostei muito quando você leu para mim", contou Tupo. "Sua linguagem é muito legal." Elu lançou um olhar furtivo para a mãe e baixou a voz. "E pensei sobre o que você disse sobre museus roubarem coisas, e... hã, não quero ser esse tipo de museu."

"Muito obrigado", agradeceu Roveg, curvando-se com graça. "Aceito humildemente a repatriação deste belo artefato. Darei a ele um lugar de honra na minha galeria em casa." Suas palavras eram floreadas de propósito, mas também eram sinceras. A bugiganga barata em suas mãos agora trazia consigo um sentimento daquele momento presente que ele estimava, e uma lembrança do passado que ele sempre odiaria. Só o melhor tipo de arte conseguia conciliar as duas coisas ao mesmo tempo.

Epílogo

OBRIGADA POR APOIAR A SUA COOPERATIVA PLANETÁRIA LOCAL

Dia 240, Padrão 307 da CG

pei

Ela não tinha cores para expressar como era bom era estar de volta ao espaço.

Em certos sentidos, isso não deveria fazer diferença. A nave era a mesma. A cadeira era a mesma. Mas agora havia estrelas na janela — não apenas acima, mas por todos os lados. Gora ficava cada vez menor abaixo dela, uma curva maciça encolhendo até uma esfera modesta. Ainda havia destroços aqui e ali, e vê-los tão de perto era inquietante, mas os drones automatizados continuavam seu trabalho, indo de um lado a outro em faixas metódicas, puxando o lixo de forma passiva com seus braços coletores magnéticos. Era surpreendentemente satisfatório de assistir.

O tráfego orbital estava tão intenso quanto o esperado, mas as rápidas naves-guia da AT estavam fazendo o trabalho heroico de direcionar quem ia e vinha nas faixas de trânsito. Além das pistas, havia cinco áreas distintas nas quais o fluxo parava: os corredores de segurança ao redor das entradas do túnel, pelos quais poderia viajar apenas uma nave por vez. Os buracos de minhoca aguardavam no final dos corredores, cada um mantido estável pela gaiola de contenção poliédrica construída em volta, uma rede de metal e luzes piscantes circundando uma esfera mais preta que o preto, e que era menos um objeto que uma ausência.

Pei guiou a nave para a pista de número quatro do túnel, e a orientou a seguir os flutuadores de piloto automático. Imaginou que uma cena semelhante a esperaria do outro lado e que viajaria para a superfície de Ethiris de uma maneira que era tão controlada quanto essa. Já estava ansiosa para o dia, dali a algumas decanas, em que estaria de volta ao espaço aberto, podendo voar em qualquer direção que quisesse e tão rápido quanto a lei local permitisse. Mas essa liberdade ainda estava longe. Primeiro, tinha que arrumar um pai para o seu ovo.

Não. Isso não viria primeiro. Primeiro, precisava escrever para Ashby e avisar que não iria.

Sentia-se um pouco infantil por não ter escrito para ele no instante em que os meios de comunicação foram restaurados. Disse a si mesma que não havia necessidade de informá-lo de que estava atrasada. Já teria ficado óbvio quando não enviou uma atualização de Gora cinco dias antes e, conhecendo Ashby, ele teria olhado as notícias ou pesquisado um pouco e entendido a situação. Mas quanto mais tempo passava sem escrever, mais ela sabia que sua hesitação não tinha nada a ver com atualizações de viagem e tudo a ver com não encontrar as palavras certas para transmitir aquela decepção.

Sem opção a não ser esperar na fila, decidiu que já era hora de crescer e se comportar como uma adulta. Pei virou-se para o painel de comunicação, deu o comando de cor para uma nova mensagem, mudou o formato de entrada para klip e começou a escrever:

> Me desculpe por isso,
> mas não vou conseguir...

Ela apagou e recomeçou.

> Me desculpe por ter que fazer isso. Houve um grande
> atraso em Gora, e, enquanto eu estava lá, comecei a
> brilhar. Encontrei uma creche a cerca de uma decana
> daqui, mas isso significa que não vou poder...

Apagou isso também, as bochechas manchadas de amarelo.

> Sabe como dizem que fazer planos é a melhor maneira
> de ter certeza de que não vão acontecer? Bem...

Apagou, apagou, apagou.

> Eu não queria estar escrevendo isso, e está sendo uma luta
> saber o que dizer. Não sei por que é tão difícil. Comecei
> a brilhar em Gora e encontrei uma creche, mas...

Pei exalou com força, as bochechas amareladas de frustração e com um laranja melancólico. Pressionou as pontas dos dedos com força contra o tecladeiro, apagando todas aquelas palavras inadequadas mais uma vez.

Tentou de novo.

> Eu não quero...

Pei entrelaçou os dedos atrás do pescoço. A nave rastejou para a frente, seguindo os flutuadores de piloto automático.

Ela fechou o campo de mensagem e, em vez disso, ligou a câmera de comunicação. Sem nenhuma chamada em andamento, a única coisa que a tela mostrava era ela mesma.

Respirou fundo, fechou os olhos e cavou bem fundo, deixando as cores girarem como quisessem.

Pensou na creche Rin, com o chip de informações animado que dizia todas as coisas certas. Imaginou como seria participar de algo antigo e bonito, que todos os seus ancestrais tinham conseguido fazer com sucesso. Pensou em como seria incrível continuar aquela corrente e retribuir todas as dádivas que tinha recebido, dadas com tamanha boa vontade. Ela se lembrou das conversas que teve com amigas que voltaram do brilho falando sobre como tinha sido maravilhoso. Uma pausa tão necessária, elas disseram. Uma experiência tão especial. Sexo bom e muito descanso, além da sensação de um propósito primordial cumprido.

Pei abriu os olhos e examinou seu reflexo. Havia muitas cores presentes em suas bochechas, mas, predominavam os tons de vermelho, amarelo e laranja. Temor. Desgosto. Descontentamento.

A imagem a deixou trêmula, mas não havia surpresa. Uma parte de si sabia que isso era exatamente o que veria.

Fechou os olhos com força, cerrou os punhos bem apertado. Com uma intenção clara, mudou o objeto de seus pensamentos.

Pensou em Ashby. Pensou em sua nave feia e esquisita e nas pessoas boas que viviam lá com ele. Imaginou como seria conhecê-los de verdade desta vez, sem fingimentos, sem meias verdades, sem manter suas cores rígidas a cada interação para que a tripulação não notasse como se sentia quando ele estava perto. Pensou em como seria a cama dele. Nunca esteve na cama *dele*, no espaço privado *dele*. Qual seria a sensação de existir com ele por um tempo em um contexto que não era secreto? Curiosamente, pensou na dra. Miriyam, e em como apenas algumas sílabas de klip com um sotaque do ensk exodoniano geraram em Pei a sensação irracional de que aquela era uma pessoa na qual ela podia confiar.

Pensou em queijo, aquabol, escovas de cabelo, hambúrgueres de gafanhoto, arrepios, lágrimas e todas as miudezas humanas que ocupavam espaço em sua cabeça. Cada detalhe era tão esquisito, mas adorava conhecê-los mesmo assim.

Para sua surpresa, pensou em Falante. Lembrou-se do que a akarak dissera naquelas longas horas na nave, durante a vigília de Tupo.

Você não quer, afirmara Falante. *É isso. Não precisa de mais que isso.*

Pei abriu os olhos e viu duas coisas.

Viu o azul mais azul de todos, escuro como o mar, movendo-se em correntes que não traziam nada além de amor.

Viu laranja de um pesar nítido. Não era incongruente com o outro tom. Pesar era a coisa certa a sentir quando havia duas portas na sua frente e você sabia que uma delas ficaria fechada.

A decisão se firmou. Deveria ser assustador. Deveria parecer errado. Mas, quanto mais Pei deixava a decisão repousar, mais percebia que tudo que conseguia sentir era alívio. A escolha não respondia tudo, nem de longe. Como poderia? A vida nunca era uma decisão única. A vida era um monte de pequenos passos, um após o outro, cada um uma conclusão que levava a mais dez perguntas. Ainda não tinha ideia do que faria com o trabalho, a tripulação ou qualquer outra coisa. Mas sabia para onde estava indo, e isso não era pouco.

Abriu o campo de mensagem de novo. Mais uma vez, começou a escrever.

> Desculpe a demora. Houve uma confusão em Gora e fiquei presa lá por cinco dias. Mas estou bem e já estou a caminho. Conto a história toda assim que chegar.
>
> Mal posso esperar para ver você.

Enviou a mensagem antes que pudesse mudar de ideia. Seu sangue quase borbulhou.

Era a coisa certa a fazer.

Ela sacudiu os últimos resquícios de tensão em suas mãos e fez uma chamada de voz para o orbital da AT.

Um aandriskano apareceu na tela, as escamas verdes como uma risada e as penas parecendo uma discussão desenfreada. "Olá, eu sou o agente Siksish", disse ele. "Qual é o problema?"

"Meu nome é Capitã Tem, o número de identificação da minha nave é 9992-3-23434-7A. Atualmente estou na fila para o túnel número quatro, mas preciso mudar meu curso."

O agente da AT lhe deu um olhar significativo. "Meio em cima da hora, capitã."

"Eu sei."

O agente Siksish inseriu comandos rápidos com as garras. "Você disse que seu número de nave é...?"

"9992-3-23434-7A."

"Certo. E qual túnel você quer pegar em vez disso?"

"Túnel número um."

Ele estudou os monitores. "Como você entrará na fila mais uma vez, isso atrasará o horário de partida em mais uma hora. Está bem?"

"Sim", respondeu Pei. Àquela altura, uma hora não era nada.

Ele digitou mais comandos. "Certo, uma nave-guia está indo em sua direção para levá-la para fora da fila atual e mudá-la para a outra. Basta desativar o piloto automático e seguir quando estiver pronta."

"Muito obrigada", agradeceu Pei. A chamada terminou. Piscou os comandos e o ônibus saiu da pista. Ela se recostou no encosto de cabeça, piscando as pálpebras internas.

Puta merda, ia mesmo fazer isso.

A nave-guia chegou em alguns minutos; Pei a seguiu com firmeza. Quando sua nave deu meia-volta, Gora voltou a ficar visível. Começou a pensar nos últimos dias ali — as pessoas que conhecera, as conversas que tivera. Uma ideia começou a se formar. Era um tiro no escuro, mas... Hmm. Quanto mais se desenvolvia, mais ela gostava.

Virou-se outra vez para o painel de comunicação e consultou a longa lista de contatos de trabalho. Foi passando os contatos, sem saber direito por quem estava procurando. Precisava de alguém com o tipo certo de influência, alguém que gostasse dela, alguém que... sim. Apontou para o monitor quando viu surgir o nome Kalsu Reb Lometton. Sim, ela seria perfeita.

Kalsu, abençoada fosse, atendeu a chamada sib em poucos minutos. "Minha cara Capitã Tem!", cumprimentou. "Que surpresa agradável!" A harmagiana estava sentada no escritório ornamentado que Pei visitara algumas vezes em viagens de trabalho à Capital. Pei não trabalhava com tanta frequência com contratos que precisavam do selo de Kalsu, mas, quando acontecia, as experiências sempre eram... animadas.

"Como vão as coisas em Hagarem?", perguntou Pei.

"Ah, você sabe, o tempo está bom, as praias são lindas, a política é um inferno... O de sempre." Kalsu olhou para o canto inferior de sua tela. "Você não parece estar na vizinhança, então presumo que não seja uma ligação social."

"Você está correta, como sempre", confirmou Pei. Kalsu nunca perdia um detalhe, e era justo por isso que era ótima no trabalho do qual nunca parava de reclamar. "Gostaria de pedir um favor."

"Para você? Qualquer coisa, a qualquer hora."

"Bem, espere até ouvir. Não sei se você tem influência para isso."

Os tentáculos de Kalsu se curvaram, intrigados. "Um desafio! Que legal." Ela se inclinou e baixou a voz. "Não é nada impróprio, é?"

"Kalsu, por favor, sou eu!", exclamou Pei. "Claro que não. E, na verdade, foi exatamente por isso que liguei para *você*. Não serve de nada se não pudermos fazer tudo dentro dos conformes."

"Um desafio *legal*. Meus favoritos. Pode falar. Quero todos os detalhes."

Pei sorriu azul e continuou a mover sua nave na direção certa. Era sempre possível dar um jeitinho.

Dia 267, Padrão 307 da CG

roveg

Tinham mudado o arco.

Ao desembarcar no Espaçoporto Nobre Ancoradouro e sair da nave, a visão que os recém-chegados tinham era a de um arco decorativo de pedra, cheio de trepadeiras, coroando a passagem para o prédio da alfândega. Roveg vira o arco dezenas de vezes em diversas ocasiões, das férias de infância até sua partida por ordem do Estado. Mas desta vez foi diferente. Desta vez, não conseguiu ver o arco: fora removido e substituído por uma instalação de luz de mau gosto. Roveg havia se preparado para voltar a um lugar onde achava que jamais mais pisaria de novo; não estava pronto para ver que a vida seguira em frente sem ele.

A única coisa que não tinha mudado era o cheiro, um perfume avassalador que entrava direto em sua alma. O ar estava úmido — deliciosa, correta e idealmente úmido —, e nele dançavam os aromas das lagoas aquecidas pelo sol, das linhas de combustível lavadas, do aglomerado de vendedores de comida que Roveg sabia que estava esperando na esquina e dos feromônios de incontáveis membros de sua própria espécie, tanto frescos quanto desbotados, contando histórias sobre as pessoas nos arredores e que tinham passado por ali. Encontrara outros quelin nos últimos oito padrões — exilados, como ele —, mas nunca mais de um ou dois ao mesmo tempo. Nunca o suficiente para que fossem a maioria dentro de um espaço social. Roveg não ficava em um ambiente exclusivamente ocupado por quelin desde a última vez que passara pelo Nobre Ancoradouro. Tinha se esquecido de como era não ser o estranho.

Embora ainda fosse, é claro. Podia sentir o cheiro de nojo emanando com clareza dos transeuntes que viam as marcas arruinadas em sua concha. Ninguém mais desembarcando no Nobre Ancoradouro aquele dia tinha um par de oficiais à espera do outro lado da escotilha. Pelo menos tinha sido rebaixado para apenas dois oficiais, observou, com humor sombrio. Quando partiu, era escoltado por quatro.

Estava na hora de começar o processo desagradável. Afastou as pernas torácicas, preparando-se para a revista. "Oficiais, submeto-me humildemente à vontade do Protetorado e à sua autoridade", declarou. Cada palavra tinha um gosto podre quando as formou na boca e na garganta, e o gosto persistiu mesmo quando os sons saíram. "Meu nome é Roveg, e tenho um agendamento aprovado com o escritório legal."

Uma oficial marchou para mais perto e escaneou seu implante de identificação, enquanto o outro não se demorou ao abrir as sacolas amarradas em volta de seu abdômen e na frente de seu tórax. A oficial olhou para seu scrib quando a varredura do implante foi concluída. "Seu agendamento estava marcado para às 14h", afirmou.

"Estava", concordou Roveg.

Ela o olhou nos olhos. "Você está atrasado."

"Sim. Peço desculpas, houve um..." Ele hesitou. Ah estrelas, ah, merda, ele não conseguia se lembrar da palavra. Já fazia tanto tempo desde que tivera uma conversa formal em tellerain que não conseguia se lembrar da bosta da palavra. "Houve um desastre em minha rota, e isso me atrasou. Cheguei o mais rápido que a lei permitiu."

Roveg falou as palavras com uma inflexão submissa, mas a oficial fez uma anotação em seu scrib, sem dúvida registrando tanto o atraso quanto o tellerain enferrujado. Roveg foi perdendo as esperanças. Estava ali havia apenas um minuto e já tinha a forte sensação de que a viagem seria em vão.

Droga, precisava ao menos tentar.

Os oficiais o escoltaram até o escritório legal, um de cada lado, sem tocá-lo e sem falar com ele. Roveg sentia os olhares da multidão enquanto caminhava. Estava acostumado a ser encarado por outras espécies sapientes, e mal reparava. Mas aqueles olhares, lançados por olhos como os seus, lascaram sua concha, arrancando pequenos pedaços e deixando-os branquear ao sol.

Estava ali por Boreth, disse a si mesmo. Ele estava ali por Segred, Hron e Varit. Repetiu os nomes em sua mente, de novo e de novo, um cântico de coragem para poder seguir em frente.

O escritório legal era austero e claro demais, como todos os prédios institucionais. Era incrível como uma sala quase vazia podia parecer ameaçadora. A única coisa ali era uma estação de trabalho circular no centro, ocupada por um único agente jurídico. Roveg substituiu o mantra dos nomes que amava por uma revisão nervosa de tudo que havia preparado.

Vão perguntar sobre seu trabalho, pensou, e você não tem nada a temer sobre isso. Deixe claro que só faz simulações de férias. Vão perguntar onde você mora e se vive com outras espécies. Você mora sozinho, e eles dificilmente poderiam culpá-lo por morar em uma cidade mista — para onde iria, se não podia morar aqui? Farão um exame de hemolinfa. Devem verificar seus imunobôs. Vão olhar tudo em seu scrib, e não tem problema, não há nada de errado lá. Você verificou três vezes. Se o pressionarem pelo atraso, fale sobre por que você está aqui. Você apoia a tradição. Eles adoram isso. Insista nesse ponto. Você se lembra de como fazer isso. Boreth. Segred. Hron. Vari. Você consegue.

Você precisa conseguir.

O agente ergueu os olhos da estação de trabalho, cheirava a alguém que nunca tinha rido de uma piada na vida. "Você deve ser a minha reunião das 14h", disse ele, gesticulando comandos em um terminal.

"Sim, eu sou Roveg. E peço desculpas. Houve um acidente..." — tivera tempo de lembrar a palavra — "e isso acabou provocando um atraso inevitável." Ele abriu a bolsa (os oficiais observaram seus movimentos com toda a atenção) e tirou um pacote embrulhado com cuidado de impressões em pixel e chips de informação. Provas de sua casa, seu trabalho, suas finanças, seu histórico médico, sua rota de viagem e toda a sua vida. Passara decanas reunindo tudo, e, mesmo que tivesse conferido o material várias vezes para garantir que todos os campos tivessem sido preenchidos, seus espiráculos queimaram com o pensamento de que havia esquecido alguma coisa. A oficial que escaneou seu implante o encarou, e Roveg não precisou adivinhar o porquê. Sabia que fedia a preocupação.

Roveg apresentou o embrulho ao agente com cortesia, segurando-o com quatro pares de dedos. O agente olhou para cima. "Não será necessário", declarou.

Roveg sentiu como se cada um de seus joelhos estivesse prestes a ceder. Não. Não, eles tinham que lhe dar uma chance. Não podiam mandá-lo embora sem sequer lhe dar *uma chance*. "Mas... por favor, eu..."

Algo saltou de uma máquina na estação de trabalho — uma espécie de etiqueta. O agente a pegou, marcou com seis carimbos diferentes e a entregou a Roveg. "Coloque isso no torso, o mais próximo possível do rosto. A cola na parte de trás vai se desfazer depois de uma decana."

Roveg pegou a etiqueta. Era feita de acrílico rígido, com uma fonte feia em negrito.

PASSE DE VIAGEM TEMPORÁRIO
EXPIRA: 277/307
O USUÁRIO É UM DESVIADO CULTURAL E DEVE SER ACOMPANHADO POR UMA ESCOLTA DE OFICIAIS DA LEI EM TODOS OS MOMENTOS.

Roveg ficou parado em silêncio, olhando para o objeto mais precioso da galáxia, que agora descansava em seus dedos. Dizer que estava confuso era um eufemismo. Sem dúvida houvera algum engano, mas não estava disposto a dizer a eles que *talvez não devessem deixá-lo entrar*. "Eu... não precisa de uma entrevista para isso?", perguntou, hesitante.

O agente flexionou as pernas em um *não*. "Segundo nossos acordos de imigração sapiente com a CG, o fato de você ter um contrato com um empregador parlamentar, ter sido condenado por um crime não violento e ter cumprido os oito primeiros padrões de sua sentença de vida significa que está isento do requisito de entrevista para obter um passe de viagem temporário." O agente fedia a desaprovação, mas sua inflexão indicava que não tinha escolha a não ser obedecer. Afinal, a lei era a lei.

Roveg fez alguns cálculos rápidos. Sem dúvida houvera um engano. Não tinha ideia do contrato ou empregador ao qual o agente estava se referindo. Mas será que deveria expressar essa dúvida? Seria pior estragar suas chances aqui e agora, ou eles acabarem descobrindo depois que tinha conseguido um passe sob falsos pretextos?

Boreth, pensou.

Descolou o verso da etiqueta, que prendeu com firmeza no torso, bem abaixo da cabeça. A cola tinha um cheiro horrível. Ele não ligou. "Obrigado", disse, canalizando cada grama de energia que tinha para soar e cheirar calmo. "Você tem toda a garantia de que meu comportamento será exemplar."

"Quem vai avaliar isso será sua escolha, não eu", respondeu o agente. Ele apontou para o outro lado da sala. "Pode aguardar a chegada dela ali na sala de espera." O sujeito pegou um chip de informação de sua estação de trabalho e o entregou a Roveg. "A carta de patronato do seu empregador pedia que entregássemos isso quando você chegasse. O conteúdo, é claro, foi examinado."

Roveg pegou o chip, ainda confuso, mas pronto para encerrar a conversa antes que mais perguntas fossem feitas. "Muito obrigado", agradeceu. Dirigiu-se à área de espera, e os oficiais saíram, desaprovando aquela situação mais do que o agente.

Quando não estava mais sendo observado, pegou o scrib na bolsa e conectou o chip de informações, tentando, ao máximo, aparentar indiferença, embora estivesse desesperado para saber o que diabos estava acontecendo. O chip continha dois documentos, um deles marcado para ser lido primeiro.

Prezado Roveg,

Como fico feliz por você ter aceitado nosso contrato para criar simulações ambientais para os arquivos de educação cultural da Comunidade Galáctica! Infelizmente, são poucos os materiais desse tipo com paisagens quelin, e fico muito feliz por termos encontrado um cidadão nativo e talentoso como você para nos ajudar a preencher essa lacuna. Afinal, os quelin são membros muito valiosos da CG, e estamos ansiosos para celebrar adequadamente a rica cultura e história de sua espécie.

Podemos discutir os detalhes de pagamento e prazo assim que você retornar ao espaço Central. Neste chip, você encontrará uma lista dos pontos turísticos que gostaríamos que você escaneasse e mapeasse para a sua simulação, desde que o acesso a essas áreas seja permitido sob as regras de seu passe. Dada a sua situação legal delicada, estou incluindo estas informações em sua carta de patronato, em vez de enviá-la diretamente para você, em nome da transparência total. Também solicito que capture imagens da cerimônia de Primeira Marca de seus filhos, o que entendo que, por acaso, está acontecendo durante este projeto. Seria de grande valia para os nossos cidadãos compreender melhor essa tradição tão fascinante.

Uma nota pessoal: nossa amiga em comum, Gapei Tem Seri, envia seus calorosos cumprimentos. Ela e eu desejamos a você boa sorte com o projeto. Mal posso esperar para ver o resultado.

Que você aproveite a mais segura das viagens,
Kalsu Reb Lometton
Segunda Vice-Diretora do Escritório de Supervisão de Exportação, Departamento de Regulação de Fronteiras da CG

Confusão não era mais a palavra certa para o que Roveg estava sentindo. Ele estava total e completamente estarrecido.

E foi como continuou mesmo depois que a escolta chegou — uma mulher de casca robusta que Roveg teria considerado atraente, se seu cheiro não revelasse que estava doida por uma desculpa para jogá-lo em um poço de prisão. "Eu sou a Agente Greshech", apresentou-se a mulher, com uma inflexão tão gélida quanto seu cheiro. "Serei sua escolta durante sua estadia temporária em Vemereng. Você não tem permissão para ir a lugar algum sem mim. Não tem permissão para entrar em nenhum prédio sem a minha aprovação. Não tem permissão para abordar nenhum assunto que não tenha sido expressamente aprovado por mim. Você me dará uma proposta detalhada de suas atividades até as 6h de cada dia. O não cumprimento desses requisitos resultará na reversão de seu passe, bem como..."

Roveg fixou os olhos nela como se estivesse ouvindo com toda a atenção do mundo e deixou o monólogo burocrático passar batido. Com alegria, transportou sua mente para outro lugar e começou a imaginar os primeiros esboços do que iria fazer. Daria um trabalho imenso, mas já conseguia visualizar as cores, as formas, as sensações... Tinha certeza de que seria lindo, mas guardou o produto de sua imaginação para mais tarde. Primeiro, encontraria os filhos. Veria seus rostos, aprenderia seus cheiros de adultos, talvez até os tocaria, se lhe fosse permitido. Nunca os vira com as conchas endurecidas, e passara decanas se preparando mentalmente para a possibilidade de não reconhecê-los. Parado ali, com um documento espalhafatoso colado no tórax, essa ideia não o incomodava mais. Eram seus meninos, e não importava que aparência tivessem, também seriam lindos.

Dia 16, Padrão 308 da CG

falante

"Falante?", chamou Rastreadora, do corredor.

Falante estava acordada, mas ainda não tinha saído da cama. Não tinha planos de fazer isso tão cedo. Estava muito, muito cedo. "O quê?", respondeu, deitada de bruços, sem se preocupar em levantar a cabeça.

"Você está esperando um drone de correio?"

Falante pensou um pouco. Não tinha encomendado nada. "Talvez seja a tinta de fuselagem que você comprou?"

"Foi o que eu pensei, mas..."

"Mas o quê?"

"Bem, o endereço de entrega é para o *ônibus*, não para a nave."

Falante levantou a cabeça. "Que estranho. De quem é?"

"Eu não tenho ideia de quem...", Rastreadora hesitou. "É aquele quelin que você conheceu?"

Falante se levantou. "Pode deixá-lo atracar."

O caixote trazido pelo drone era pequeno e não muito pesado. Dentro, havia uma caixa sem identificação, e amarrado em cima dela, com um pedaço de fita, estava um chip de informação. Falante pegou o chip, conectou-o ao scrib e leu a mensagem que apareceu na tela.

Olá, Falante,
 Espero que enviar algo sem qualquer aviso prévio não seja uma intrusão. Pensei em entrar em contato com antecedência, mas você sabe que não resisto a uma surpresa.
 Estou correndo um pequeno risco aqui e enviando um presente que não pude testar. Confesso que não tenho certeza se vai funcionar. Veja bem, fiz algumas pesquisas depois que

saímos de Gora e descobri que o Instituto Médico da CG tem mapas cerebrais de todas as espécies sapientes conhecidas. Foi a primeira vez que trabalhei com um mapa que não fazia parte de um modelo de design de simulações pré-construído, então usar o material cru foi um grande desafio. Se não funcionar como o esperado, gostaria de ouvir exatamente o que deu errado para que eu possa tentar de novo e ter resultados melhores.

Porém, no cenário otimista de que funcione: espero muito que esta seja uma experiência positiva para você (e para sua irmã e com quem mais você desejar compartilhar).

Se você passar perto de Cálice, por favor, venha dar um oi. Eu adoraria dar aquela festa que prometi.

Atenciosamente,
Roveg

PS: Se está curiosa, meus filhos estão muito bem.

"O que é isso?", perguntou Rastreadora.

Falante teve um pressentimento — um pressentimento surpreso e cético, mas mesmo assim empolgante. Abriu a caixa e sua suspeita foi confirmada.

Roveg lhe enviara lentes de simulação, uma caixa de adesivos descartáveis e um drive de download impresso à mão em klip. *Wushengat*, dizia o rótulo.

Lago das Flores, ela lembrou.

Na parte de trás do drive havia instruções em letras minúsculas:

1. *Deite-se ou sente-se em um lugar confortável.*
2. *Coloque um adesivo na nuca, bem acima do tronco cerebral, com a faixa vermelha voltada para cima.*
3. *Ligue as lentes de simulação. Você ouvirá um apito quando elas se conectarem ao adesivo.*
4. *Conecte o drive.*
5. *Feche os olhos e espere dez segundos até a simulação carregar.*

Rastreadora moveu-se na visão periférica de Falante. "Você não vai colocar essa coisa na sua cabeça, vai?"

"Ah, claro que vou", respondeu Falante. Ela guardou tudo de volta na caixa, botou-a debaixo do braço não dominante e foi para o quarto.

"Falante." Rastreadora foi atrás dela. "Falante, espera. Não podemos usar..."

"Nós não usamos. Mas isso não quer dizer que não podemos usar." Falante entregou a caixa para a irmã. "Pode levar isso para mim?" Ela apontou a cabeça para a cama, onde não conseguia subir usando uma mão só.

Rastreadora segurou a caixa com os pés, franzindo a testa. "Você pode se machucar", afligiu-se. "Isso é coisa de modificador. Uma simulação picareta..."

"Não é picareta", respondeu Falante. "Roveg é um profissional. Ele sabe o que está fazendo".

"Sim, para *outros tipos de cérebros*. Você não quer pensar um pouco?"

"Já pensei."

"Por *dois segundos*."

Falante sentou-se na cama e botou uma almofada atrás de si, deixando-a suportar seu peso. Ela olhou a irmã nos olhos. "Eu confio nele."

Rastreadora continuou de testa franzida. Devagar e relutante, entregou-lhe a caixa.

"Obrigada", disse Falante. "E, se fizer você se sentir melhor, pode ficar aqui comigo enquanto eu experimento."

"Ah, eu com certeza vou", retrucou Rastreadora. Ela se jogou na cama e se sentou na frente de Falante.

"Certo", começou Falante, pousando as lentes. "Sente-se em um lugar confortável, pronto. Coloque um adesivo na nuca..." Ela abriu a caixa e pegou um dos adesivos. Era fino, da grossura de um curativo, e de alguma forma macio, apesar dos fios que passavam por ele. Grudou o adesivo na nuca, logo abaixo da base do crânio.

"Dói?", perguntou Rastreadora.

"Não. Eu não sinto... nada", respondeu Falante. Ligou as lentes. Um leve calor se espalhou pelo adesivo. As lentes apitaram quando a conexão foi estabelecida. "Tudo bem", disse, segurando a unidade. "Aqui vai."

"Se você começar a se contorcer, vou arrancar essa coisa de você", avisou Rastreadora.

Falante estreitou os olhos, estendeu a mão e colocou a palma da irmã sobre o próprio coração. "Aqui", disse. "Se eu começar a parecer preocupada, você pode desligar."

Ela inseriu o drive, fechou os olhos e começou a contar.

Um. Dois. Três. Quatro. Cinco. S...

Tudo bateu de uma vez.

Havia luz. Falante tinha visitado dezenas de planetas, e luas também, mercados, estações de trânsito, parques e espaçoportos, todos aquecidos por sóis alienígenas. Mas, em cada um daqueles lugares, sua visão tinha sido confinada pela janela do traje mecânico, uma moldura de metal que ficava entre ela e todas as vistas que a galáxia tinha a oferecer. Os únicos lugares em que já estivera sem o traje eram naves e ônibus, também feitos de metal, de paredes, de limites. Aqui, na ilusão que Roveg construíra, não havia separação entre ela e o mundo, nada dividindo seu campo de visão ao meio. Tudo era impossível, inimaginável e esmagadoramente brilhante.

Era tão aberto. O espaço aberto era uma experiência que ela pensava conhecer por ter visitado planetas e visto o chão se estender em todas as direções. Mas, sem o traje para sustentá-la e protegê-la do entorno, o tamanho daquele lugar a fazia se sentir tão, tão pequena.

Uma sensação varreu sua pele, registrada no mesmo instante pela mente como um perigo. Havia um vazamento de ar em algum lugar, pensou. Uma válvula quebrada, uma vedação danificada, uma escotilha ou antepara prestes a estourar. Levou vários momentos para reinterpretar a sensação, aos poucos, como uma exploradora. Como uma cientista. A pressão não estava mudando. Podia respirar bem. O ar não estava vazando. Estava apenas se movendo. Com um gritinho trêmulo, Falante percebeu o que isso significava.

Estava sentindo o vento.

"Falante?", chamou Rastreadora. Ouvi-la foi desconfortavelmente dissonante, porque sabia que a irmã estava sentada bem na frente dela, mas as duas não estavam mais no mesmo lugar. A voz dela vinha do nada.

Falante teve dificuldade para encontrar as palavras. "Estou bem", afirmou, com a voz trêmula. "Estou bem." *Estou bem*, repetiu para si mesma, embora não estivesse totalmente certa disso — não porque a simulação a estava machucando, mas porque era *demais*.

Roveg construíra um mundo para ela, e Falante o adentrou pela margem de um lago. Estava ajoelhada na areia — branca como creme e macia como açúcar. A água era de um tom ametista e batia com ternura nas pedras polidas pelo tempo. Uma floresta circundava o lago, as árvores estavam carregadas de flores. Um pedalinho do tamanho dela estava amarrado a um poste e balançava nas ondas arroxeadas. Algum tipo de artrópode dourado minúsculo serpenteava à frente das ondas, disparando aqui e ali com uma rapidez cômica. E, ao redor dela, pela areia e até nas árvores, havia postes práticos de madeira branca e lisa, cada um esculpido com entalhes nos quais um akarak poderia se balançar.

Ela não subiu nos postes. Não foi em direção ao barco. Permaneceu ajoelhada e enfiou as mãos na areia. Apertou os dedos, depois os estendeu, depois os empurrou mais fundo. Tentou pensar em uma sensação comparável. Uma tigela de amido de cozinha. Um saco de solo hidropônico. As cinzas que você tirava ao limpar o filtro do motor a cada poucas decanas. Não, nenhuma daquelas coisas chegava perto da sensação da areia. Eram todas pequenas, contidas, embaladas. Tudo que Falante achava que entendia sobre o *toque*, sobre as sensações dos mundos que visitava, sobre o que era um mundo... tudo estava errado. Completamente errado.

Nunca estivera em lugar algum.

Falante estendeu a mão e arrancou o adesivo da nuca. A realidade voltou com um solavanco, e ela estremeceu da cabeça aos pés, embora sua nave estivesse quente e seca. Sua nave. Sua cama. Sua irmã. Tudo existindo dentro da escala compacta que sempre conheceu. Era terrível de se ver agora e, no entanto, era tudo que queria. Era familiar. Seguro.

"Opa, opa", disse Rastreadora. Ela segurou os pulsos de Falante com gentileza em suas mãos. "Opa, o que...?"

Sem uma palavra, Falante se jogou contra a irmã e começou a chorar como uma criança ferida. Os gritos rasgavam sua garganta, inconscientes e livres, cada um deles trazendo um gemido gorjeado. Rastreadora fez o que qualquer gêmea faria: abraçou sua outra metade com força, sem dizer nada, segurando-a firme e dando espaço para a dor se derramar. Falante não sabia por que estava agindo assim, mas também não conseguia parar. Ela se lamentou e pranteou até a garganta ficar em carne viva.

"Eu nunca...", disse, finalmente, sem fôlego. "Eu nunca... nós... nós... nós não... nós não entendemos..." Ela se agarrou a Rastreadora como se estivesse caindo. "Nós não entendemos *como seria*."

Rastreadora a acariciou, afagou sua cabeça, esfregou bico contra bico. "Ah, meu coração, meu coração, meu coração", repetiu, entoando as palavras como uma canção de ninar. "O que aconteceu?"

Falante se afastou um pouco, tentou respirar, tentou pensar. Depois de um momento, estendeu a mão, pegou os adesivos e ofereceu a caixa a Rastreadora. "Você precisa ver isso", declarou.

Rastreadora a encarou, mas não protestou como tinha feito quando a caixa de Roveg foi aberta pela primeira vez. Estavam em um lugar diferente agora, as duas — aquele espaço de compreensão muda que apenas irmãos dividiam, um lugar criado quando alguém se abria por completo. Falante precisava que Rastreadora visse o que tinha visto, então Rastreadora veria. A irmã colocou um adesivo. Fechou os olhos. Ela respirou... até que a respiração mudou. Parou por completo, então ficou mais rápida, parou, então ficou trêmula — não daquele jeito que fazia Falante acordá-la durante a noite, mas igual à maneira como Falante respirara antes de começar a chorar.

Falante segurou as mãos de Rastreadora com força, sentindo o pulso da irmã acelerar contra suas palmas.

"Ah", exclamou Rastreadora, sem fôlego. "Ah... puta merda." Ela soltou algo parecido com uma risada. A expressão em seu rosto passou de alegria para tristeza, e Falante sentiu o eco em seus ossos. Rastreadora apertou suas mãos com urgência. "Volte aqui comigo", pediu. "Não quero ficar aqui sozinha."

"Você quer ficar?", perguntou Falante.

"Quero", disse Rastreadora. "Estrelas, e como."

Falante recolocou o adesivo que havia arrancado e voltou para o lago. Rastreadora parecia estranha. Falante nunca tivera uma vida sem Rastreadora, e conhecia o corpo da irmã tão bem quanto o próprio... mas nunca a vira fora de uma nave e sem seu traje. Nunca a vira banhada pela luz do sol.

Era claro que Rastreadora sentia o mesmo, pois ficou boquiaberta. "Eu pareço tão pequena quanto você?", perguntou.

Falante sabia do que Rastreadora estava falando. Não sabia como pensar na irmã agora — ela sempre fora maior do que Falante, sempre fora alta e forte —, parecendo tão frágil e delicada em uma praia com uma brisa. Falante começou a rastejar em direção a Rastreadora, na intenção de tranquilizá-la, mas uma sensação inesperada a fez parar. Ela inclinou a cabeça, avançou um pouco mais e riu. "Você tem que experimentar isso", disse.

"Experimentar... o quê?", perguntou Rastreadora.

"Rasteje", pediu Falante. "E não deixe de tocar a areia com a barriga."

Rastreadora lançou um olhar interrogativo, mas se apoiou nos membros superiores e rastejou para a frente. "Ha!", gritou. Balançou o torso para a frente e para trás, grãos de areia se espalhando abaixo dela. "Ah, isso é tão estranho!" Ela olhou para Falante, os olhos brilhantes. "O que mais podemos tentar?"

Eles experimentaram a sensação da areia juntas. Experimentaram a sensação da água nas pernas, de flutuar em um barco e de rir depois que o barco virou. Subiram em uma árvore e se penduraram nos galhos. Deitaram-se no chão e olharam para o céu. Passaram horas no lugar favorito de Roveg, esquecendo-se das tarefas e listas de consertos que as esperavam na nave que não podiam mais ver. O lago não era real. Não era real, mas isso não importava. Elas nunca sentiriam um mundo real daquela maneira, Falante sabia. Ninguém de seu povo sentiria, não em sua vida. Mas, talvez...

... talvez, um dia, um deles sentisse.

A simulação não era real, mas seus corpos eram, e chegou um momento em que mesmo um céu roxo e uma areia de açúcar não podiam mais distraí-las do ronco no estômago.

"Podemos voltar depois de comermos", disse Falante. "Ou a qualquer momento."

"Sim", concordou Rastreadora. "Pronta?"

Juntas, tiraram os adesivos. As duas piscaram, olhando para seu lar como se nunca o tivessem visto. Estenderam os braços sem dizer uma palavra e seguraram as mãos uma da outra.

"O que vamos fazer com isso?", perguntou Rastreadora, acenando para as lentes. "Não podemos guardar só para nós."

Falante pegou o drive e o segurou, passando um dedo pelo rótulo que Roveg havia escrito para ela. "Vamos fazer cópias e mostrar a todos. Vamos dá-la a qualquer pessoa que queira saber como é um mundo."

"E o que isso vai fazer?", perguntou Rastreadora.

"Não sei", confessou Falante. "Só quero que vejam o que vimos. Sintam o que sentimos." Ela virou o drive de download várias vezes em suas mãos, saboreando a memória do mundo imaginário. "Não sei se vai adiantar alguma coisa. Não sei se mais alguém vai se importar. Mas acho que é o que temos que fazer."

Dia 119, Padrão 308 da CG
● ● ● ● ● ● ● ● ● ●

ouloo

Ouloo acordou não por hábito ou ritmo, mas graças a um cheiro. Tirou a cabeça de onde estava, embaixo da perna traseira, e inalou fundo. Isso bastou para fazê-la se levantar de um pulo e começar a correr.

Alguma coisa estava pegando fogo.

A direção da calamidade misteriosa que se abatera sobre sua casa foi fácil de identificar, pois havia luzes acesas na cozinha, além de muito barulho e clangores vindos do mesmo ponto. Ela tropeçou porta adentro, com as patas batendo umas nas outras graças à pressa, os pelos arrepiados de alarme.

"Está tudo bem!", gritou Tupo, no tom irritado de quem tivera esperanças de resolver um problema sem ser notado. "Está tudo bem!" Elu estava na torneira das panelas, jogando água em uma panela fumegante. Vapor e fumaça se misturavam aos restos carbonizados da coisa que elu estava tentando raspar.

"Tupo, o que..." A explosão de adrenalina que a acordou ainda travava uma guerra com seu estado sonolento, e Ouloo levou um momento para digerir a cena. A cozinha, que ela deixara brilhando antes de dormir, estava um caos, como se o conteúdo dos armários tivesse sido expelido com violência para todas as bancadas imagináveis. Massa crua pingava de uma tigela inclinada empilhada sobre várias outras. Colheres e xícaras sujas estavam espalhadas por todos os cantos. Por baixo da fumaça, havia o forte odor de óleo de cozinha, que era explicado pela pilha de trapos encharcados por cima de uma poça na aparente tentativa de limpar a bagunça.

A reprimenda perplexa na ponta da língua de Ouloo se dissolveu quando Tupo virou o rosto para ela. "Eu queria fazer café da manhã para você", explicou, tristonhe.

Ouloo fechou os olhos, respirou fundo e se aproximou da pia. "O que você estava tentando fazer?"

"Pastéis de sol", Tupo suspirou.

Ouloo olhou para a panela carbonizada, analisando as formas derretidas que lembravam muito vagamente pastéis de sol — ou uma tentativa deles. Eram um de seus pratos favoritos, quando não reduzidos a lava, mas por que uma criança que quase não passava tempo no fogão tentaria preparar um prato tão intrincado estava além de sua compreensão. "De onde veio essa ideia?", perguntou, pegando a panela e a espátula e começando a desgrudar os pastéis arruinados.

Tupo remexeu as patas. Estava tão alte quanto a mãe agora — um desenvolvimento que acontecera em um piscar de olhos e ao qual Ouloo ainda estava se acostumando —, mas seus movimentos ainda eram suaves e desajeitados. Um corpo quase adulto abrigando um espírito infantil. A adolescência era isso, ela supunha, mas, estrelas, como queria ter podido manter Tupo menor só por mais um tempinho.

"Bem", disse ê filhe, "não temos nenhum hóspede para atracar hoje, e temos vários chegando amanhã, então pensei...", o mexer de patas se intensificou. "Pensei que talvez pudesse te dar uma folga."

De uma maneira bem maternal, Ouloo ficou dividida entre derreter-se pelu filhe querendo lhe fazer uma gentileza e o fato de que realmente teriam vários hóspedes no dia seguinte e ela teria gostado das horas de sono não interrompidas e uma cozinha que não precisasse ser limpa de novo. "Ah, meu amorzinho...", disse Ouloo, quando o lado que se derretia venceu. Ela acariciou a cabeça de Tupo com a lateral do pescoço, então piscou. "Você cortou o pelo?"

"Cortei."

O corte estava extremamente irregular, mas nunca, em um milhão de anos, Ouloo expressaria isso. Não pedira a Tupo para aparar os pelos, então não botaria um asterisco na vitória. "Ficou ótimo", mentiu, depois acrescentou, com sinceridade: "É bom poder ver seus olhos".

Tupo murmurou algo ininteligível, parecendo satisfeite.

"Bem", disse Ouloo, examinando a cozinha. "Que tal abrirmos um espaço e então eu posso assumir a produção dos pastéis?"

"*Não*", retrucou Tupo. Seu pescoço se ergueu de maneira assertiva. "*Eu* vou fazer o café da manhã." Elu abaixou a cabeça e a empurrou contra a lateral de Ouloo, enxotando-a em direção à porta. "Volte para a cama. Ou vá fazer outra coisa."

"Mas..." Ouloo começou a se sentir ansiosa com a bagunça, com o óleo desperdiçado, a panela provavelmente arruinada. Ê filhe olhou de volta para ela, franzindo a testa com gosto. "Tudo bem, tudo bem", desistiu Ouloo. Ela passou a língua pelos incisivos enquanto pensava. "Mas, talvez... talvez pastéis de sol sejam algo que a gente possa fazer juntes em outro momento. Eu posso ensinar a receita. E se agora você fizesse mingau de melão?"

O pescoço de Tupo baixou. "Não é tão divertido."

"Mas você faz um que é ótimo. Da última vez que você fez ficou uma delícia." Isso também era verdade, embora a apresentação tivesse deixado muito a desejar.

Tupo parecia, ao mesmo tempo, relutante em admitir a derrota e aliviade por ter uma saída. "Bem... está certo." A cara feia voltou. "Mas você não pode ajudar." Elu pegou a panela e a espátula de volta e deu outro empurrão na mãe. "Vá embora."

Ouloo riu e cedeu seu território. "Tudo bem", respondeu, saindo da cozinha. "Certo. Você é quem manda."

Voltar para a cama estava fora de cogitação, então foi para seu armário de tosa e pensou no dia que tinha pela frente enquanto as mãos robóticas lavavam e enrolavam seus pelos. Por mais que preferisse ver o domo cheio de visitantes, seu negócio estava indo bem, e um dia sem hóspedes era uma rara oportunidade de terminar projetos com mais calma e descontração. Poderia retocar a pintura da nave, mas isso não era urgente e não era bem o tipo de tarefa que estava com vontade de fazer. O esfoliante de escamas na casa de banho estava quase acabando, mas não estava com vontade de preparar mais, não com a cozinha naquele estado. Ah, mas havia o jardim — ela quase tinha se esquecido, de tão ocupada que andara. Quase uma decana antes, tinha recebido algumas plantas novas para o jardim, que ainda estavam esperando nos caixotes de drones. Aguardara as plantas ansiosamente, mas acabou se ocupando com outras coisas, como acontecia com frequência. Sim, era a atividade perfeita para um dia livre. Ouloo saltou para fora do armário assim que o programa de tosa terminou, devidamente penteada e cheia de energia.

"Estou indo para o jardim", gritou, enquanto se dirigia para a porta. "Por favor, não bote fogo na casa."

Era provável que Tupo a tivesse ouvido, mas a única resposta que ela recebeu foi o som de algo caindo e quicando no chão, seguido por xingamentos abafados.

Ouloo saiu pela porta sem dizer mais nada. Não precisava saber.

Foi até o escritório pegar uma fatia do bolo jenjen da vizinha para tapear a fome, então carregou o carrinho com caixas de drones, ferramentas de jardim e capas para as patas. Naves e ônibus cruzavam o céu enquanto ela empurrava sua carga pelo caminho — uns pousando, outros subindo, alguns orbitando lá em cima. Outro dia qualquer. Houve um tempo, pouco depois de ter comprado o pedaço de planeta sob seus pés, em que a proximidade dos veículos no céu a fazia torcer o pescoço para trás a cada vez que passava um. Ainda se lembrava de Tupo — tão pelude e pequenininhe — anunciando as categorias de naves. *Aquele é um cruzador! Esse é um cargueiro! E lá é... hã... uma nave!* O charme do hábito logo se esvaneceu, mas Ouloo não podia negar que compartilhara o maravilhamento. Na época, pensava que jamais se cansaria de olhar para aquelas construções incríveis, que elas sempre seriam um pouco mágicas para ela. E ainda eram, quando tinha tempo de parar e pensar a respeito. Mas Ouloo não precisava mais olhar para cada uma delas. Sempre seriam marcantes, mas, no momento, o que mais chamava sua atenção era o chão em que estava. As naves acima eram de estranhos, máquinas carregando outras vidas e outros planos. O mundo dentro da cúpula de Ouloo era pequeno, claro — mas havia algum mundo que não fosse, quando comparado tão de perto com todo o resto? A cúpula era o mundo *dela*, isso era o mais importante. Começara com um quadro em branco e construíra algo daquele lugar. Poderia colocar uma placa aqui, um pouco de tinta ali, mudar o que não lhe agradasse. Para Ouloo, isso era uma coisa poderosa, mais poderosa do que a maior nave com os maiores canhões. Uma nave como aquela só servia para um tipo de trabalho. O Cinco Paradas, por sua vez, poderia ser o que ela quisesse. Acha isso muito mais interessante.

O caminho serpenteava até o jardim, os cantos pavimentados agora eram suavizados por galhos curvados e trepadeiras descontraídas. As samambaias-de-verão irrompiam em folhas novas, cada uma ainda formando uma espiral, esperando o momento certo para se desenrolar. O arbusto de fruta-doce estava em plena floração, e os robôs polinizadores voavam com diligência de flor em flor, garantindo que mais tarde houvesse frutas para assar doces.

Ouloo parou o carrinho ao lado de um canteiro cheio de gotas-de-orvalho, embora não por muito mais tempo; seriam substituídas pelas plantas recém-chegadas. Ouloo abriu o menor dos dois caixotes, revelando trinta cápsulas em formato de ovo em fileiras arrumadas, acolchoadas com espuma protetora. As cápsulas eram transparentes, e dentro de cada uma havia uma pequena planta enfiada em um gel nutritivo de um azul fantasmagórico. Recebera informações contendo os nomes de todas as plantas, assim como instruções de como cuidar de tudo, mas cada variedade no caixote era um mistério para ela, uma espécie que ainda não conhecia. Escolheu uma cápsula ao acaso e a colocou na pata dianteira, virando-a de um lado para o outro para admirá-la. Era uma coisinha curiosa, com galhos em espirais e folhas circulares com listras azuis delicadas. A planta era pequena, mas verdejante, com as raízes brancas e saudáveis. Uma sombra caiu sobre Ouloo e a planta enquanto alguma nave zumbia lá no alto; ela não prestou atenção.

Ouloo recolocou a cápsula entre as amigas, pôs as capas de patas, pegou a pá e começou a trabalhar — não nas plantas novas, mas nas lindas gotas-de-orvalho com flores brancas que estavam prestes a encontrar seu fim. Sentiu-se culpada por desenterrar plantas que não tinham nada de errado. Estavam saudáveis. As pessoas gostavam delas, tinha quase certeza. Mas não as queria mais, e era isso. Parecia um pouco tolo ter gastado tanto tempo, esforço e água em algo que iria parar na composteira, mas o que antes tinha sido lindo agora era apenas um pano de fundo, e Ouloo estava pronta para cores e formas que ainda não havia experimentado. Isso não a fez se sentir menos mal por arrancar as raízes gordas, mas a impediu de hesitar. Acalmou a culpa dizendo a si mesma que plantas eram comidas e pisoteadas em seus ambientes naturais o tempo todo. Era assim que a vida funcionava, e ela podia fazer parte disso.

Um pouco de terra caiu nos seus pelos, logo acima da luva. Ouloo franziu a testa e espanou os cachos recém-penteados. Verdade fosse dita, não gostava muito de trabalhar no jardim. Não era ruim, para uma tarefa. Preferia jardinagem a limpar os filtros de água ou esfregar um motor sujo. Mas o que mais gostava na jardinagem era *ter um jardim*. Gostava de imaginá-lo e de ficar sentada nele depois de pronto. A parte intermediária de cavar, podar, sujar as patas de seiva e os pelos de terra e acabar com um torcicolo — essa parte ela poderia viver sem. Mas não dava para ter um jardim sem a parte intermediária, a menos que contratasse outra pessoa para trabalhar nele, e aí não seria realmente *seu*. Jamais ficaria como o jardim em sua imaginação, se fizesse assim.

Não que o jardim ao seu redor tivesse ficado igual ao de sua imaginação. Passava mais ou menos a sensação que Ouloo queria, e servia ao propósito que ela pretendera, mas a disposição e a aparência não se pareciam muito com o que ela havia imaginado no início. Não tinha planejado colocar uma árvore *seshthin* no meio, nem que o arbusto de fruta-doce ocupasse um canteiro inteiro, e jamais teria pensado que um dia arrancaria as gotas-de-orvalho pelas quais era tão apaixonada cinco padrões atrás. E não importava o quanto trabalhasse no jardim, sempre havia algo faltando. Ouloo dava um passo para trás e o olhava, pensando *sim, até que ficou bom*, ou *hmm, não gostei muito, vou tentar de novo em algumas semanas*, mas nunca parecia *terminado*.

Em certa medida, porém, isso não importava, porque o jardim não era para ela. Se quisesse flores só para si, poderia plantá-las ao redor de sua casa e deixar por isso mesmo. Não, aquele jardim era para seus hóspedes, e fora por isso que escolhera o *seshthin*, cujo cheiro fazia sucesso com os aandriskanos, e por isso que escolhera as fruta-doces azuis em vez das roxas, de que gostava mais, para o conforto dos hóspedes aeluonianos, e era por isso que estava preparando aquele canteiro com o caixote ao seu lado. As novas plantas eram todas mudas de vegetais enviadas por Falante — não por *ela*, exatamente, mas por *um contato dela*. Falante as conseguira com um de seus inúmeros contatos, depois que uma troca de mensagens entre as duas sobre receitas akaraks levou Ouloo a perguntar se akaraks ainda cultivavam alguma planta de seu planeta natal. Sim, Falante havia escrito, mas não conhecia nenhuma que fosse cultivada para outros propósitos além da alimentação.

Ouloo pensou um pouco e decidiu que era uma ideia maravilhosa. Se akaraks não poderiam comer bolo em seu jardim, ela cultivaria sua comida para eles levarem para casa. O que cada espécie ganhava dela não importava. A coisa mais importante era que todos se sentissem bem-vindos. E, se isso não acontecesse... bem, então descobriria o motivo e faria uma nova tentativa.

As gotas-de-orvalho saíram com mais facilidade do que esperava. Ela arou o canteiro, colocou uma camada de adubo e se preparou para a parte complicada. O desafio com os vegetais akaraks era que precisavam de uma atmosfera específica, e era para isso que serviria a segunda caixa, que continha todos os componentes de um grande terrário selado, com seu próprio sistema minúsculo de suporte à vida. Ouloo estava ansiosa para vê-lo montado, mas primeiro precisava colocar as plantas na terra, e não poderia fazer isso dentro de um tanque cheio de metano. A última mensagem de Falante repassara o conselho de um contato chamado Arikeep — *Fazendeiro* —, que garantiu que as plantas suportariam o ar rico em oxigênio por um curto período, pois estavam saindo da estase, mas não deveriam passar mais de uma hora assim.

Ouloo não estava preocupada. Sabia trabalhar rápido quando necessário.

Cavou um pequeno buraco com a espátula, pegou uma das cápsulas e abriu a tampa. Nada mudou na planta, é claro, mas ela sabia que, com o lacre quebrado, o pequeno dispositivo de estase dentro da cápsula tinha sido desligado. As células dentro da planta estavam despertando de seu sono interestelar, lembrando-se de como transportar água e carbono, como produzir açúcar a partir da luz do sol.

Da forma mais delicada que pôde, Ouloo puxou as raízes do gel do recipiente e colocou a muda delicada no solo. Cobriu a plantinha de terra com as patas, enterrando as raízes, conferindo para ver se o caule tinha o apoio necessário para ficar em pé sozinho. O gel se dissolveria com o tempo; as raízes se espalhariam, sempre procurando. Ela limpou alguns grãos de uma das folhas com o dedo e assentiu, satisfeita. Aquela podia não ser a melhor parte de ter um jardim, mas não podia negar que plantas pequenas e exuberantes em um canteiro fresco eram muito bonitas. Nada parecia tão limpo e agradável como o começo de algo novo.

Pegou a espátula e cavou outro buraco.

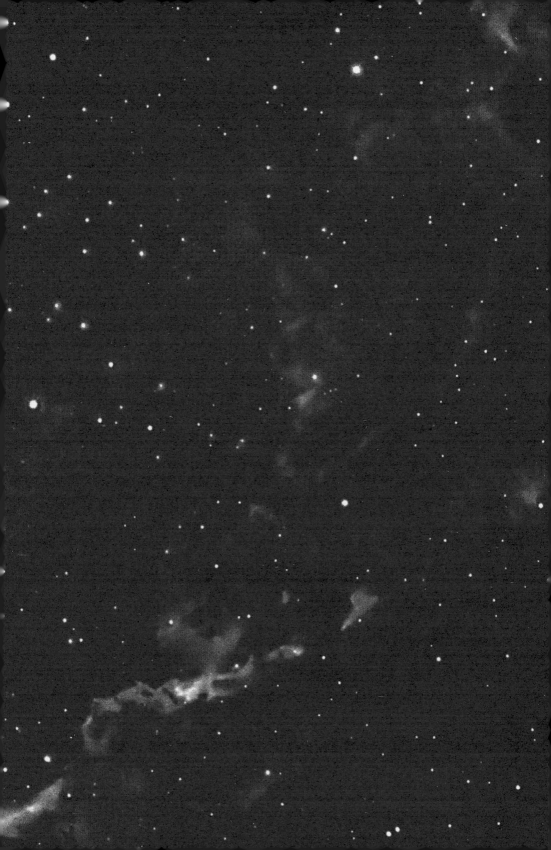

agradecimentos

Terminar uma série é sempre uma sensação agridoce, ainda mais considerando as mudanças sísmicas que esta trouxe à minha vida. Como todas as coisas grandes, eu nunca poderia ter feito isso sozinha.

Na esfera profissional, meus maiores agradecimentos vão para Molly Powell, Oliver Johnson e Seth Fishman, pelo apoio constante e pelos bons conselhos. Um abraço para todas as equipes incríveis da Hodder & Stoughton e da Harper Voyager US, bem como para minhas editoras ao redor do mundo.

Na esfera pessoal, agradeço a Susana, que me ajudou a fazer engenharia reversa em algumas partes complicadas e que, em geral, sabe o que estou tentando dizer melhor do que eu mesma. Obrigada a Greg, a melhor Girl Friday e minha amiga para sempre. Obrigada aos Hammers por recarregarem minhas baterias criativas quando nada mais faria isso. Obrigada aos meus amigos e familiares por, mais uma vez, aturarem meus absurdos. Obrigada à minha esposa, Berglaug, que me traz mais alegria do que todas as palavras do dicionário e todas as estrelas no céu. (Isso é meloso demais? Deve ser. Não ligo. Se apenas um pedaço da minha escrita sobreviver a mim, quero que sejam as palavras dizendo que eu a amei, então as escreverei sempre que puder.)

Eu já disse isso muitas vezes, mas vou dizer mais uma, para ficar: nem eu nem estes livros estaríamos aqui se não fossem as legiões de pessoas que nem conheço. Aos meus apoiadores e fãs, às pessoas maravilhosas que conheci em todo o mundo, a todos que me escreveram cartas, me abraçaram em eventos, me contaram suas próprias histórias e me fizeram rir e chorar — nunca, jamais serei capaz de dizer o quanto sou grata. Obrigada por esta jornada incrível. Mal posso esperar para mostrar o que vem a seguir.

BECKY CHAMBERS é uma revelação na literatura sci-fi. Filha de cientistas espaciais, sempre que precisa, checa informações com a mãe, especialista em astrobiologia, e com o pai, engenheiro espacial. Becky recorda com carinho da primeira vez em que assistiu a um episódio de *Star Trek: Next Generation*, aos três anos de idade. Geek com muito orgulho, adora jogar games no PC e RPGs de papel e caneta. Seus livros, *A Longa Viagem a um Pequeno Planeta Hostil* (DarkSide® Books, 2017) e *A Vida Compartilhada em uma Admirável Órbita Fechada* (DarkSide® Books, 2018), foram indicados ao Hugo Award, ao Arthur C. Clarke Award, ao Bailey's Women's Prize for Fiction, entre outros grandes prêmios. O livro que você tem em mãos foi indicado ao Locus Award 2022 e ao Hugo Award 2022. Saiba mais em otherscribbles.com.

DARKLOVE.

"A bondade facilita a mudança.
O amor silencia o medo."
— OCTAVIA E. BUTLER —

DARKSIDEBOOKS.COM